ATÉ O FUTURO

EMMA STRAUB

ATÉ O FUTURO

Tradução
Isabela Sampaio

Rio de Janeiro, 2024

Copyright © 2022 by Emma Straub. All rights reserved.
Copyright de tradução © 2024 por Casa dos Livros Editora LTDA. Todos os direitos reservados.

Título original: *This Time Tomorrow*

Todos os direitos desta publicação são reservados à Casa dos Livros Editora LTDA.

Nenhuma parte desta obra pode ser apropriada e estocada em sistema de banco de dados ou processo similar, em qualquer forma ou meio, seja eletrônico, de fotocópia, gravação etc., sem a permissão do detentor do copyright.

Publisher: *Samuel Coto*
Editora executiva: *Alice Mello*
Editora: *Lara Berruezo*
Editoras assistentes: *Anna Clara Gonçalves e Camila Carneiro*
Assistência editorial: *Yasmin Montebello*
Copidesque: *Rayssa Galvão*
Revisão: *Suelen Lopes e Thaís Carvas*
Design de capa: *Grace Han*
Adaptação de capa: *Guilherme Peres*
Diagramação: *Abreu's System*

Dados Internacionais de Catalogação na Publicação (CIP)
(Câmara Brasileira do Livro, SP, Brasil)

Straub, Emma
　　Até o futuro / Emma Straub ; tradução Isabela Sampaio. –
Rio de Janeiro : HarperCollins Brasil, 2024.

　　Título original: This Time Tomorrow.
　　ISBN 978-65-6005-141-6

　　1. Ficção norte-americana I. Título.

23-184165　　　　　　　　　　　　　　　　　　CDD: 813

Índices para catálogo sistemático:

1. Ficção : Literatura norte-americana　813

Tábata Alves da Silva – Bibliotecária – CRB-8/9253

Os pontos de vista desta obra são de responsabilidade de seu autor, não refletindo necessariamente a posição da HarperCollins Brasil, da HarperCollins Publishers ou de sua equipe editorial.

HarperCollins Brasil é uma marca licenciada à Casa dos Livros Editora LTDA.
Todos os direitos reservados à Casa dos Livros Editora LTDA.
Rua da Quitanda, 86, sala 601A – Centro
Rio de Janeiro, RJ – CEP 20091-005
Tel.: (21) 3175-1030
www.harpercollins.com.br

Para Putney Tyson Ridge

Era só quando a história ficava pronta, todos os destinos resolvidos, toda a questão encerrada do início ao fim, tornando-se, pelo menos sob esse aspecto, semelhante a todas as outras histórias concluídas no mundo, que Briony se sentia imune, pronta para fazer furos nas margens, encadernar os capítulos com barbante, pintar ou desenhar a capa e levar a obra pronta para a mãe, ou o pai, quando ele estava em casa.

Ian McEwan, *Reparação**

Amanhã a essa hora
Onde estaremos?

The Kinks

Até o futuro!

Leonard Stern, *Irmãos do tempo*

---

* Companhia das Letras, 2011, 2ª edição, p. 12. Tradução de Paulo Henriques Britto.

PARTE UM

1

No hospital, o tempo não existia. Assim como nos cassinos de Las Vegas, não havia relógios em lugar algum, e a iluminação fluorescente intensa mantinha-se igualmente forte durante todo o horário de visitas. Certa vez, Alice chegara a perguntar se desligavam as luzes à noite, só que a enfermeira pareceu não ter ouvido, ou talvez tivesse achado que se tratava de uma piada; de qualquer maneira, a mulher não respondeu, então Alice ficou sem saber a resposta. O pai dela, Leonard Stern, ainda estava na cama, no centro do quarto, conectado a mais fios, cabos, bolsas e máquinas do que Alice podia contar, e mal falara durante uma semana, então, mesmo que voltasse a abrir os olhos, não seria ele que lhe contaria. Será que ele sentiria a diferença? Alice lembrou-se dos tempos de adolescência, quando se deitava na grama do Central Park no verão e deixava as pálpebras sentirem o calor do sol enquanto ela e os amigos se acomodavam em toalhas amarrotadas, esperando que JFK Jr. os acertasse sem querer com um frisbee. Aquelas luzes não eram como a luz do sol. Eram brilhantes demais, frias demais.

Alice podia ver o pai aos sábados e domingos e nas tardes de terças e quintas-feiras, quando saía do trabalho mais cedo para pegar o trem e chegar ao hospital antes do fim do horário de visitas. Do apartamento onde morava, no Brooklyn, a viagem de metrô levava uma hora, pegando a linha 2/3 de Borough Hall até a 96th Street, depois o trem local até a 168th Street; mas, do trabalho, era meia hora na linha C, que seguia direto da 86th com a Central Park West.

Durante o verão, Alice visitava o pai quase todos os dias, mas, desde o começo das aulas, o melhor que conseguia era alguns dias por semana. Parecia que fazia décadas desde a época em que o pai ainda era ele mesmo, mais ou menos igual ao que sempre tinha sido para Alice, sorridente e irônico, com a barba mais castanha do que grisalha, mas a verdade é que apenas um mês havia se passado. O pai já estivera em outro andar do hospital, em um quarto que mais parecia um quarto de hotel mal decorado do que um centro cirúrgico, e uma foto de Marte que ele recortara do *New York Times* e colara na parede ficava ao lado de uma fotografia de Ursula, sua gata muito velha e poderosa. Alice se perguntou se alguém guardara aqueles itens junto com o restante dos pertences dele — a carteira, o celular, a roupa que estava vestindo quando deu entrada no hospital, a pilha de livros que trouxera consigo —, ou se tinham jogado tudo fora em uma daquelas lixeiras grandes dos corredores esterilizados.

Quando alguém perguntava como estava o pai — às vezes Emily, com quem dividia uma mesa no escritório de admissões; ou Sam, sua melhor amiga da época do Ensino Médio, que tinha três filhos, um marido, uma casa em Montclair e um armário cheio de saltos altos para usar no emprego em uma firma de advocacia aterrorizante; ou seu namorado, Matt —, Alice queria ter uma resposta simples para dar. Quanto mais o tempo passava, mais a pergunta se tornava mera formalidade, um "tudo bem?" que se pergunta aos conhecidos com quem cruzamos na calçada, antes de seguir caminho. Não havia tumores para remover, nem germes para combater. Acontecia que várias partes do corpo de Leonard estavam se deteriorando, em um grande coro unificado — o coração, os rins, o fígado. Agora, mais do que nunca, Alice entendia que o corpo funcionava como uma máquina de Rube Goldberg, e o sistema inteiro parava toda vez que uma peça de dominó ou uma alavanca saíam do lugar. Quando os médicos apareciam na UTI, repetiam sempre a mesma palavra: falha. Todos estavam esperando que seu pai morresse. Poderia ser dali a alguns dias, semanas ou meses, ninguém podia afirmar com certeza. Uma das piores partes de tudo aquilo, Alice logo entendeu, era que os médicos viviam especulando. Eram pessoas inteligentes, e suas previsões eram baseadas em exames, estudos e anos de experiência, mas não deixavam se ser especulações. Agora, Alice entendia. Durante toda a sua vida, pensara na morte como um momento singular — o coração parando, um último suspiro —, mas agora sabia que podia ser mais como dar à luz, com nove meses de preparação. O pai estava com uma gravidez de morte avançada, e não havia muito a fazer além de esperar — os médicos e enfermeiros, a mãe de Alice na Califórnia, os amigos e vizinhos do pai e, acima de tudo, eles dois. Aquilo só poderia acabar de um jeito, só aconteceria uma vez. Não importava quantas vezes a pessoa viajasse em um avião turbulento, se envolvesse em um acidente de carro, ou conseguisse escapar de raspão de um atropelamento, não importava quantas vezes caísse e não quebrasse o pescoço. Com a maioria, era daquela maneira que acontecia: uma morte que se estendia por um bom tempo. A única surpresa restante seria saber quando chegaria o momento, a data exata, então viriam todos os dias seguintes, quando o pai não empurraria o tampo da sepultura nem forçaria a mão para fora da terra. Alice sabia de tudo aquilo e às vezes se conformava com aquela realidade, porque era a maneira como o mundo funcionava; outras vezes, porém, ficava tão triste que mal conseguia manter os olhos abertos. O pai tinha só 73 anos. Dali a uma semana, Alice faria quarenta. E se sentiria imensuravelmente mais velha depois que o pai partisse.

Alice conhecia alguns dos enfermeiros do quinto andar e alguns do sétimo: Esmeralda, cujo pai também se chamava Leonard; Iffie, que achava engraçado quando Leonard comentava que o almoço do hospital era composto por maçãs servidas de três maneiras diferentes (suco, purê e uma fruta inteira); George, o que tinha mais facilidade para levantar o pai. Quando reconhecia alguém que cuidara dele em alguma fase mais inicial da doença, era como relembrar alguém de uma vida passada. Os três recepcionistas eram os cuidadores mais consistentes, por serem amigáveis e se lembraram dos nomes de pessoas que, como Alice, estavam sempre ali, pois entendiam o que isso significava. Eram chefiados por London, um homem negro de meia-idade com espaço entre os dois dentes da frente e memória de elefante. Ele se lembrava do nome dela, do nome de seu pai, do que o pai fazia, tudo. Seu trabalho era enganosamente fácil, não era só sorrir para pessoas carregando balões e vindo visitar os recém-nascidos. Não, visitantes como Alice apareciam sempre, de novo e de novo, até não haver mais motivos para voltar ali, só uma extensa lista de números para os quais ligar, coisas a fazer e detalhes a organizar.

Alice tirou o celular da bolsa para ver que horas eram. O horário de visitas estava quase acabando.

— Pai — chamou.

O pai não se mexeu, mas suas pálpebras tremeram. Ela se levantou e apoiou a mão sobre a dele. Estava magra e cheia de hematomas — o pai tomava anticoagulantes para evitar um derrame, e isso significava que toda vez que enfermeiros e médicos o picavam com outra agulha uma nova manchinha roxa surgia. Os olhos dele permaneceram fechados. De vez em quando, uma pálpebra se abria, e Alice o observava enquanto o pai perscrutava o quarto, sem se concentrar em nada, sem olhar para ela — ou, pelo menos, achava que não olhava para ela. Quando conseguia falar com a mãe ao telefone, Serena lhe dizia que a audição era o último sentido que perdíamos, então Alice sempre falava com o pai, mas não sabia bem aonde as palavras chegavam, se é que chegavam a algum lugar. Pelo menos ela podia ouvi-las. Serena também dizia que Leonard precisava se livrar do próprio ego, que, se não o fizesse, ficaria eternamente preso ao corpo terreno. Dizia ainda que os cristais ajudariam. Alice não conseguia ouvir tudo o que a mãe dizia.

— Volto na terça. Amo você. — Ela tocou o braço do pai.

Àquela altura, já estava acostumada com o afeto. Nunca dissera ao pai que o amava até ele ter dado entrada no hospital. Talvez uma vez, no Ensino Médio, quando estava se sentindo mal e os dois tinham brigado por ela ter chegado em casa depois do horário combinado, só que havia sido em meio a gritos, um epíteto cuspido do outro lado da porta do quarto. Agora, dizia aquela frase em todas as visitas e olhava para ele ao dizer. Uma das máquinas que ficavam atrás do pai emitiu um bipe em resposta. A enfermeira de plantão, com os dreads presos a uma touca branca cheia de imagens do Snoopy, a cumprimentou com a cabeça enquanto Alice deixava o quarto.

— Ok — disse Alice.

Foi como encerrar uma ligação com o pai, ou mudar de canal.

2

Alice sempre mandava uma mensagem para a mãe depois de sair do hospital. *Papai está bem. Nenhuma mudança, isso parece positivo, né?* Serena respondia com um emoji de coração vermelho e um de arco-íris, indicando que lera a mensagem e não tinha algo a acrescentar, nenhuma pergunta a fazer. Não parecia justo que a mãe abdicasse de toda a responsabilidade só porque não estavam mais casados, mas o divórcio significava exatamente aquilo, é claro. E os dois já estavam divorciados fazia muito mais tempo do que estiveram casados. *O triplo do tempo*, pensou Alice, fazendo as contas. Tinha seis anos quando a mãe acordou, anunciou que recebera uma visita de sua consciência futura, ou da própria deusa Gaia, Serena não tinha certeza, mas estava *certa* de que precisava se mudar para o deserto e se juntar a uma comunidade de cura liderada por um homem chamado Demetrious. O juiz disse que era muito raro um pai conseguir a guarda total de um filho, mas nem ele contestou. Serena era carinhosa quando entrava em contato, mas Alice nunca desejou que os pais continuassem juntos. Se Leonard tivesse se casado de novo, teria outra pessoa ali segurando a mão dele e fazendo perguntas aos enfermeiros, mas ele não se casou, então Alice estava sozinha. A poligamia seria excelente nesses casos, ou ter um monte de irmãos, mas Leonard tivera apenas uma esposa e uma filha, então só havia Alice. Ela desceu as escadas em direção à estação de trem e, quando o trem 1 chegou, nem fingiu pegar um livro para ler antes de cair no sono com a testa encostada na janela suja e arranhada.

3

Alice e Matt não tinham ido morar juntos, pois manter dois apartamentos sempre pareceu um truque fantástico, uma forma verdadeiramente revolucionária de manter um relacionamento sério, para quem podia bancar. Ela morava sozinha desde a faculdade, e compartilhar o espaço diariamente com outro adulto — cozinha, banheiro, tudo — era um nível de comprometimento ao qual não aspirava. Já lera na coluna *Modern Love* sobre um casal que mantinha dois apartamentos no mesmo prédio, e aquilo lhe parecia o sonho ideal. Alice morava na mesma quitinete desde os 25 anos, logo após sair da faculdade, onde passara pelo Instituto de Artes o mais devagar possível. Era um apartamento térreo em um edifício de tijolinhos na Cheever Place, uma ruazinha em Cobble Hill onde se ouvia o barulho da rodovia Brooklyn-Queens, que embalava Alice todas as noites como se fosse o mar. Como morava ali fazia muito tempo, pagava um aluguel menor do que os jovens de 25 anos que conhecia, que viviam em Bushwick.

Surpreendentemente, Matt morava em Manhattan, no Upper West Side, o bairro em que Alice crescera e onde trabalhava. Na primeira vez que saíram para jantar e ele lhe contou onde morava, ela pensou que fosse brincadeira. A ideia de que alguém da idade dela — cinco anos mais novo, na verdade — tinha condições de morar em Manhattan era absurda, por mais que Alice já tivesse entendido havia tempo que, muitas vezes, o lugar onde a pessoa tem condições de morar não tem muito a ver com o salário que ganha, ainda mais quando se trata de Manhattan. Matt morava em um dos novos edifícios reluzentes perto de Columbus Circle, com porteiro e uma sala de encomendas com seção refrigerada para entregas de mercado. O apartamento ficava no décimo oitavo andar, de onde dava para ver até Nova Jersey. Quando olhava pela janela de sua casa, Alice via um hidrante e a metade inferior das pessoas na rua.

Por mais que tivesse uma cópia da chave do apartamento de Matt, ela sempre parava na portaria antes de entrar no elevador, como todo visitante deve fazer. Não era muito diferente de dar o nome na recepção do hospital. Naquele dia, um dos porteiros, um sujeito mais velho com a cabeça raspada que sempre piscava para ela, simplesmente apontou para o elevador enquanto Alice se aproximava, e ela assentiu. Um passe livre.

Depois da curva de mármore brilhante, uma mulher e duas crianças pequenas esperavam o elevador. Alice reconheceu a mulher na mesma hora, mas ficou quieta e tentou passar despercebida. As crianças — dois meninos loiros, talvez de quatro e oito anos — corriam ao redor das pernas da mãe, tentando acertar um ao outro com raquetes de tênis. Quando o elevador finalmente chegou, as crianças entraram correndo, e a mãe os seguiu devagar, os tornozelos finos sem meia à mostra nos mocassins. Ela ergueu os olhos ao se virar para as portas, e só então viu Alice, que se acomodou ao lado dos botões, apertada no cantinho do cubículo.

— Ah, oi! — cumprimentou a mãe.

A mulher era loira e bonita, com um bronzeado saudável, daqueles que se adquire aos poucos em quadras de tênis e campos de golfe. Elas se conheceram quando a mulher — Katherine, talvez? — levara o filho mais velho ao escritório de admissões da Escola Belvedere.

— Oi — respondeu Alice. — Tudo bem? Oi, meninos.

As crianças tinham desistido das "espadas" e agora se chutavam nas canelas. De brincadeira.

A mulher — Katherine Miller, lembrou Alice, e os meninos eram Henrik e Zane — ajeitou o cabelo.

— Ah, tudo ótimo. Estamos muito felizes com a volta às aulas, sabe? Passamos o verão todo em Connecticut, e os dois estavam morrendo de saudade dos amigos.

— A escola é um saco — disse Henrik, o mais velho.

Katherine o pegou pelos ombros e o pressionou contra as pernas, explicando:

— Ele não quis dizer isso.

— Quis, sim! A escola é um saco!

— A escola é um saco! — repetiu Zane, em um volume três vezes mais alto do que o necessário em um elevador.

Katherine ficou roxa de vergonha. O elevador parou, e ela empurrou os meninos para fora. O mais novo entraria no jardim de infância naquele outono, o que significava que Katherine em breve visitaria o escritório de Alice de novo. Várias emoções estavam visíveis no rosto da mulher, e Alice tomou o cuidado de ignorá-las.

— Tenha um bom dia! — cantarolou Katherine.

As portas do elevador se fecharam outra vez, e Alice a ouviu repreender os filhos em um sussurro firme enquanto caminhavam pelo corredor.

Havia vários tipos de ricos em Nova York. Alice era especialista em identificá-los, mas não por vontade própria; era como ser criada bilíngue, sendo que uma das línguas que dominava era a do dinheiro. Uma regra de ouro: quanto mais difícil fosse identificar a origem da fortuna, mais dinheiro a pessoa tinha. Se ambos os pais fossem artistas ou escritores, ou se não tivessem empregos notáveis e estivessem sempre disponíveis para buscar e levar os filhos à escola, significava que o dinheiro vinha de uma fonte muito grande, como gotas de um iceberg. Muitos pais e mães eram invisíveis, trabalhavam o tempo todo e, quando iam à escola ou ao parquinho, estavam sempre ao telefone, com um dedo enfiado no ouvido para abafar o barulho da vida real. Eram as famílias com funcionários. Aqueles que se envergonhavam da própria riqueza usavam o termo *au pair*, já os que não se envergonhavam diziam *empregada*. Mesmo que as crianças nem sempre entendessem muito bem, tinham olhos, ouvidos e pais que trocavam fofocas quando marcavam de reunir os filhos para brincar.

O dinheiro de sua própria família tinha uma origem bem simples: quando Alice era criança, Leonard escrevera *Irmãos do tempo*, um romance sobre dois irmãos que viajavam no tempo, que vendera milhões de exemplares e virara uma série de televisão a que todo mundo assistia — seja intencionalmente ou por pura preguiça de trocar de canal — pelo menos duas vezes por semana, entre 1989 e 1995. Por isso, Alice estudara na Belvedere, uma das escolas particulares mais prestigiadas da cidade, desde o quinto ano. No espectro que ia de "loiros de uniforme" até "escolas sem provas onde todos chamavam os professores pelo primeiro nome", Belvedere ficava praticamente no meio. Tinha judeus demais para o gosto dos protestantes e tradições confortáveis demais para os marxistas.

Para quem confia na literatura, quase todas as escolas particulares de Nova York são iguais: desafiadoras, enriquecedoras e superlativas em todos os aspectos. Porém, por mais que fosse verdade, Alice via as diferenças: havia uma escola para os superdotados com transtornos alimentares, outra para os nem tão brilhantes e com problemas de drogas, mas com pais ricos. Havia também uma para atletas e outra para miniaturas de executivos que acabariam se tornando CEOs, uma para os padrõezinhos que virariam advogados e outra para os artistas excêntricos e para pais que queriam que os filhos se tornassem artistas excêntricos. Belvedere fora inaugurada nos anos 1970, no Upper West Side, então já fora cheia de hippies e socialistas. Hoje em dia, cinquenta anos mais tarde, as mães esperavam pelos filhos na saída em seus Teslas, e todas as crianças tomavam remédio para TDAH. Tudo o que é bom dura pouco, mas aquele ainda era o seu lugar, e ela o amava.

Alice só passara a reparar nas diferentes categorias de famílias depois de adulta: as loiras de famílias protestantes com braços tonificados por baixo das jaquetas de grife, com seus armários de bebidas bem-abastecidos; os atores de séries de TV com uma segunda casa em Los Angeles, para quando a sorte mudasse; os intelectuais, romancistas e afins com fundos de investimento obscuros e casas maiores do que deveriam ter condições de bancar; o pessoal das finanças, com suas bancadas impecáveis e estantes embutidas vazias. Havia aqueles com sobrenomes que se encontravam em livros de História, para quem *trabalho* era algo supérfluo, mas que poderia incluir design de interiores ou captação de recursos. Alguns desses ricos eram muito bons — bons em fazer martínis, bons em fofocar, bons em reclamar de problemas (quem poderia se irritar com eles?). Todos pertenciam a algum comitê de uma instituição cultural. E, quase sempre, um desses tipos se casava com um dos outros tipos, de forma que pudessem fingir que se casaram com alguém de fora da bolha. Eram uma farsa, aqueles contorcionismos que os ricos faziam para parecerem menos privilegiados. E também era o caso de Alice.

Encontrava todos esses tipos quando entravam no escritório de admissões da Escola Belvedere, onde ela, uma mulher solteira e sem filhos, formada em pintura com especialização em marionetes, decidiria se seus queridinhos seriam ou não aceitos. Havia vários tipos de ricos, mas todos queriam matricular os filhos em sua escola de preferência, pois viam a vida dos pequenos como trilhos de trem, e cada parada levava diretamente à próxima: de Belvedere a Yale, de Yale à Escola de Direito de Harvard e, em seguida, ao casamento, aos filhos, a uma casa de campo em Long Island e a um cachorro de grande porte chamado Huckleberry. Alice era só uma etapa, mas uma etapa importante. Tinha certeza de que receberia um e-mail de Katherine mais tarde, dizendo como tinha sido *ótimo* encontrá-la. Tanto no mundo real quanto na própria vida, Alice não tinha poder, mas, no reino da Belvedere, era um Lorde Sith — ou um Jedi, dependendo se a criança era ou não aceita.

4

O apartamento de Matt estava sempre limpo. Ele morava ali fazia um ano e nunca preparara mais do que uma refeição por dia, já que fazia tudo o que podia por aplicativos. Tendo crescido na cidade, Alice também já pedira muita comida, mas ao menos pegava o telefone e conversava com outros seres humanos. Como muitos migrantes de cidades pequenas espalhadas pelo mundo, Matt parecia encarar Nova York como um cenário por onde se podia passear, sem pensar muito no que havia ali antes. Alice deixou a bolsa na bancada branca grande e abriu a geladeira. Encontrou três tipos de energético, meia garrafa de kombucha que deixara ali havia um mês, um salame, um pedaço de queijo cheddar fora da embalagem e já começando a endurecer nas pontas, meia barra de manteiga, um jarro de picles, várias embalagens de comida para viagem, uma garrafa de espumante e quatro Coronas. Ela fechou a geladeira e balançou a cabeça.

— Oi? Matt? — chamou, na direção do quarto de Matt.

Ninguém respondeu e, em vez de enviar uma mensagem, Alice decidiu lavar a pequena pilha de roupas sujas que enfiara em uma ecobag antes de ir para o hospital. A melhor parte do apartamento de Matt era que tinha uma máquina de lavar louça e uma lava e seca. A máquina de lavar louça era inútil para ele, que raramente comia em pratos de verdade, mas a lava e seca era o amor da vida de Alice. Antes, ela levava as roupas sujas para a lavanderia na esquina de seu apartamento — não precisava atravessar uma única rua para chegar lá, e lavavam e dobravam as peças, depois devolviam as roupas limpas em um saco gigante de lavanderia —, mas a facilidade de poder lavar sua calça jeans favorita, três pares de roupas íntimas e a camisa que queria usar no trabalho no dia seguinte, aquilo era especial. Em frente à máquina, Alice decidiu que, já que estava ali, poderia pôr para lavar o que estava vestindo, então tirou a calça jeans e a camiseta e botou tudo ali dentro. Quando as roupas começaram a se agitar na máquina, ela deslizou com as meias pelo chão escorregadio e foi até o quarto de Matt procurar o que vestir. Em seguida, a porta da frente se abriu, e ela ouviu as chaves do namorado pousarem na bancada da cozinha.

— Oi! Estou aqui atrás! — gritou.

Matt apareceu na porta do quarto com grandes manchas de suor no pescoço e nas axilas. Então, tirou os fones de ouvido.

— Juro, quase morri. Hoje combinamos três circuitos, incluindo levantamento de peso e *burpees*. Bebi umas quatro cervejas ontem à noite, achei que fosse vomitar.

— Que ótimo — comentou Alice.

Matt fazia crossfit o bastante para ter uma barriguinha de chope um pouco menor do que deveria, mas não o suficiente para completar uma aula sem quase vomitar. Ele dizia a mesma coisa sempre que ia.

— Vou tomar banho. — Matt olhou para ela. — Por que está pelada?

— Não estou pelada — retrucou Alice. — Estou lavando a roupa.

Matt abriu a boca e arfou.

— Ainda acho que vou vomitar.

Ele deu a volta em Alice correndo e abriu a porta do banheiro. Ela se sentou na cama e ficou ouvindo o chuveiro.

Não formavam um grande casal, Alice sabia. Não eram como alguns dos amigos e conhecidos, que postavam declarações apaixonadas no Instagram em cada aniversário de vida e relacionamento. Não gostavam exatamente das mesmas coisas, não ouviam as mesmas músicas, nem tinham os mesmos sonhos e esperanças, mas, quando se conheceram através de um aplicativo (claro) e saíram para beber, foram de um drinque para um jantar, e do jantar para mais um drinque, e do drinque ao sexo, e agora já se passara um ano, e o porteiro já não perguntava mais o nome dela. Um ano era um tempo considerável. Sam — que era casada e, portanto, sabia como aquelas coisas funcionavam — achava que Matt não demoraria a pedi-la em casamento. Alice não fazia ideia do que responderia caso ele fizesse mesmo o pedido. Examinou os pés, que precisavam de um retoque da manicure, pois as unhas estavam apenas com disquinhos vermelhos nas pontas. Dali a uma semana, completaria quarenta anos. Ela e Matt não tinham planejado fazer algo, mas Alice pensou que, se alguma coisa fosse acontecer, talvez fosse no aniversário. Sentiu um nó no estômago só de imaginar, como se o órgão estivesse tentando virar do avesso.

No geral, casamento parecia um bom negócio: sempre ter alguém por perto e, no leito de morte, contar com aquela pessoa a seu lado, segurando sua mão. Claro que isso não se aplicava aos casamentos que acabavam em divórcio ou aos casamentos infelizes, em que o afeto virava uma memória distante. Também não se aplicava às pessoas que morriam em acidentes de carro, ou às que tinham ataques cardíacos fatais sentadas à mesa do trabalho. Qual seria a porcentagem de pessoas que de fato tinham a chance de morrer se sentindo amadas e apoiadas pelo parceiro? Dez por cento? Claro que a morte não era o único atrativo do casamento, mas era um aspecto bem significativo. Alice sentia pena do pai; ela era tudo o que ele tinha, e sentia medo de ser tão parecida com ele a ponto de também não ter mais nada além disso. Não... na verdade, Alice teria menos. Leonard participara da criação de uma vida. E não uma vida qualquer: era uma filha. Se Alice fosse menino, se não tivesse sido treinada pela sociedade para ser uma boa cuidadora, uma cuidadora zelosa, as coisas talvez tivessem sido diferentes. Os trinta passaram rápido demais, e os vinte já tinham sido um borrão; havia dez anos, os amigos tinham começado a se casar e ter filhos. A maioria só teve filhos por volta dos 33, 34, 35... então Alice não estava tão atrasada assim, mas, de repente, estava prestes a fazer quarenta, o que significava que era tarde demais, não? Tinha amigos divorciados, amigos que já estavam no segundo casamento. Esses últimos sempre avançavam mais depressa, então era fácil ver o que dera errado da primeira vez: se um casal se divorciasse e, dois anos depois, um deles estivesse casado e com um bebê a caminho, não havia mistério. Alice não sabia se queria ter filhos, mas sabia que, em algum momento não muito distante, aquela indecisão logo viraria fato, um fato consumado. Por que o tempo parecia tão curto?

Matt saiu do banho e olhou para ela, debruçada sobre os pés como um golem preocupado.

— Quer pedir comida? Talvez uma rapidinha antes de chegar?

Ele estava com uma toalha enrolada na cintura, mas a deixou cair e não a pegou. A ereção dele a cumprimentou.

Alice fez que sim.

— Pizza? Daquele lugar?

Matt clicou em alguns botões do celular e o jogou atrás dela, na cama king-size.

— Temos de 32 a quarenta minutos — avisou.

Matt podia até não ser muito bom de cozinha e outras coisas, mas era bom de cama, e isso não era pouca coisa.

5

Belvedere, como muitas escolas particulares da cidade, não se resumia a um único prédio; com o passar do tempo, a escola se espalhara como um vírus por um trecho do bairro. O Ensino Fundamental e o setor de admissões ficavam no prédio original, no lado sul da 85th Street, entre Central Park West e Columbus: uma monstruosidade arquitetônica, compacta e moderna, com seis andares e um excelente sistema de ar-condicionado, com janelas grandes, telas de projeção embutidas, biblioteca com carpete e cadeiras confortáveis em cores vibrantes. Os alunos mais velhos — do sétimo ano do Ensino Fundamental ao terceiro ano do Ensino Médio — agora frequentavam o prédio novo, na esquina da 86th Street. Para Alice, era um alívio não ter que lidar com adolescentes todos os dias. Os alunos do último ano passavam o outono inteiro entrando e saindo do escritório de preparação para a universidade, na sala ao lado, e ver seus corpos esguios e peles sem poros a três metros de distância já era exposição o suficiente. O escritório de admissões ficava no segundo andar, e, se esticasse o pescoço para fora da janela, Alice poderia ver o topo da colina do Central Park.

O escritório de admissões tinha uma sala de espera bem arejada, com quebra-cabeças de madeira caros, mas populares, que ficavam em mesas baixas de madeira e eram montados por pais ansiosos enquanto os filhos se encontravam com Alice, sua colega Emily ou a chefe das duas, Melinda, uma mulher formidável com quadris largos e uma variedade de colares vistosos que as crianças sempre queriam tocar. "Truques do ofício!", dizia Melinda, toda vez que os colares eram elogiados por mães trêmulas feito cães ansiosos em suas roupas de ginástica. Também era o que Alice e Emily diziam quando saíam escondidas para fumar durante o expediente. Emily inclinava a cabeça para o outro lado da meia parede que as separava e perguntava: "Truques do ofício?", então as duas saíam pela porta de emergência nos fundos da escola e fumavam no espacinho cinza de asfalto que abrigava as latas de lixo.

— Você viu o Pai da Bicicleta hoje? Porra, eu amo o Pai da Bicicleta — comentou Emily.

Ela tinha 28 anos e estava em plena temporada de casamentos, que era igualzinha à temporada de bar-mitzvás, só que cada um pagava pela própria roupa e pelo presente. Emily já fora a oito casamentos ao longo do verão, e Alice sabia disso porque a amiga mandava mensagens quando estava bêbada, ainda mais se estivesse triste.

— Aposto que ele é de Leão. Você não acha? — perguntou ela.
— Ele tem muita energia de leonino. Já viu o jeito que ele pega na bicicleta para subir na calçada com os dois filhos em cima? Aquilo deve pesar uns noventa quilos, e ele… raaaaarrrr. — Emily estendeu uma garra imaginária.

— Não — responde Alice, dando um trago.

O cigarro era de Emily, um Parliament. Tinha gosto de jornal molhado, se alguém conseguisse acender um jornal molhado. Alice já tentara parar de fumar várias vezes na última década, mas nunca conseguia, independente dos chicletes, dos livros e dos olhares de censura de estranhos e amigos. *Que bom que tenho Emily*, pensava. Quase nenhum dos funcionários mais jovens fumava — não usavam nem *vape*! Fumavam maconha, mas mal sabiam enrolar um baseado. Preferiam os comestíveis. Eram uns bebês. Alice sabia que era mais saudável, claro, que era melhor para os pulmões e provavelmente para o planeta, mas aquilo a fazia se sentir solitária.

— Ele estava com uma camiseta listrada, tipo Picasso, só que gato, não esquisito. Eu amo esse cara. — Emily raspou a sola do sapato no concreto.

— É a esposa dele que vem buscar as crianças — comentou Alice. — E o Ray? Eu o vi entrar, o que está rolando?

Ray Young era professor assistente do jardim de infância e tocava ukulele. Emily e ele dormiam juntos uma vez por mês, mais ou menos. Emily sempre jurava que nunca mais ia acontecer, mas Ray passeava com o cachorro perto da casa dela, o que para Alice soava como um problema digno de *Melrose Place*, mas Emily nunca tinha visto *Melrose Place*, então ela guardava esse pensamento para si. Ray tinha 25 anos e estava perfeitamente disponível, o que significava que Emily o achava entediante.

— Ah, sabe como é — retrucou Emily, revirando os olhos. — Ele fode como se os pais estivessem olhando.

Alice engasgou com a fumaça.

— Você é terrível.

Emily piscou para ela.

— Vamos voltar antes que nos coloquem de castigo. — Então jogou o cigarro no chão e o esmagou com o pé. — Ah, aliás, como está o seu pai?

— Nada bem — respondeu Alice, jogando o cigarro ainda aceso no chão.

6

Melinda entregou uma pilha de pastas a cada uma, cada pasta com o nome de uma criança escrito na capa com caneta permanente. Havia duzentos candidatos para 35 vagas, e isso só para o jardim de infância. Alice, Emily e Melinda entrevistariam os candidatos de suas respectivas pilhas, depois acrescentariam suas anotações na planilha de admissão que as três compartilhavam, com todas as crianças organizadas e classificadas — se tinham irmãos, se algum dos pais estudara na escola, se os pais eram famosos, se tinham solicitado bolsa de estudos, se eram alunos não brancos, se vinham de famílias internacionais, qualquer detalhe digno de nota. Às vezes, Alice ficava enjoada pensando em todos os requisitos que aquelas crianças já tinham cumprido. Sentia-se uma jurada do concurso Miss América. Essa toca piano! Essa aqui sabe ler em dois idiomas! Essa venceu uma regata! Mas as crianças, quase todas, eram maravilhosas, claro, estranhas e fofas e desajeitadas e engraçadas, como todas as crianças são. Eram a melhor parte do trabalho. Em certos momentos, Alice pensava que queria ser psicóloga infantil, embora parecesse tarde demais para isso. Adorava conhecer os pequenos, conversar com eles a sós, ouvir seus pensamentos malucos e suas vozes agudas e ver a timidez desaparecer.

O plano nunca foi trabalhar em sua antiga escola para sempre.

O plano era ser pintora. Ou algum tipo de artista que fosse pago para fazer arte. Ou uma professora de artes adorada pelos alunos, com paredes repletas de coisas bonitas feitas por crianças pequenas, e que fizesse a própria arte nas horas vagas. Agora, as chances de se tornar uma Artista Famosa e Bem-Sucedida eram pequenas, mas, como ainda vivia rodeada de pessoas que a conheceram como uma adolescente artística, Alice continuava a ser vista assim, por mais que não tocasse em uma tela ou em um pincel fazia mais de um ano. Os amigos da Belvedere que de fato haviam se tornado artistas deixaram Nova York, uma cidade cara demais. Tinham ido embora cinco, dez, quinze anos antes. Alice perdera a conta. Aqueles que ela mais amava chegaram até a abandonar as redes sociais, a não ser por uma ou outra foto de paisagem desfocada ou alguma coisa engraçada que tinham visto em supermercados. Ela sentia saudade de todos.

— Terra chamando Alice — disse Melinda, sem deixar a gentileza de lado.

Estavam sentadas em um círculo desajeitado, as cadeiras de rodinhas do escritório voltadas para dentro.

— Desculpa, estava distraída pensando numa coisa. Mas estou aqui — respondeu Alice.

Emily piscou para ela.

— Eu adoraria se terminássemos esse lote nas próximas duas semanas… se puderem entrar em contato com as famílias da lista que receberam e marcar os horários, acredito que a Emily já tenha feito a planilha de inscrição. Ótimo. — Melinda assentiu para as duas.

A pilha de pastas era pesada, cada uma com a foto de uma criança grampeada do lado de fora e recheada de informações para a candidatura. Alice não conseguia imaginar os pais passando por esse processo quando a inscreveram na escola: os dois jamais preencheriam mais do que uma folha. Misturou o monte de pastas no colo, procurando nomes que reconhecesse. Sempre havia alguns. Seus colegas de turma que permaneceram em Nova York tinham procriado a uma velocidade impressionante: alguns já estavam no terceiro filho, e a fábrica de reciclagem de escolas particulares era muito eficaz. Às vezes, Alice achava estranho que algumas pessoas vivessem no mesmo código postal onde cresceram, então se lembrava de como havia muita gente em cidades pequenas, além de outras cidades por todo o país, que faziam isso. Só parecia estranho porque era Nova York, um local que se regenerava a cada ano, povoado por migrantes e recém-chegados. Em geral, era bom ver nomes familiares — quase sempre mulheres que Alice não conhecia muito bem, mas que eram amigáveis e pareciam muito bem encaminhadas. Mais do que ela. Raramente, Alice se deparava com o nome de alguém que conhecia melhor.

Como o pequeno Raphael Joffey. Quantos Joffey poderiam existir no mundo? O menino da foto tinha pele marrom, cabelo castanho-
-escuro, sobrancelhas grossas e lhe faltava um dente. Era tão parecido com o pai que Alice sabia o que encontraria antes mesmo de abrir a pasta. Ali estava, na segunda linha: Thomas Joffey. O endereço listado ficava em Central Park West — no edifício San Remo, onde Tommy crescera. Era quase dois anos mais velho do que ela e, na época da escola, estava um ano à frente. Alice não lembrava o número do apartamento, o que era reconfortante, mas lembrava seu telefone de casa. Se a informação estivesse correta, Tommy morava a poucos quarteirões da escola e ainda estava no mesmo bairro onde ambos tinham crescido. Era estranho que Alice nunca o tivesse visto na rua, nunca mesmo, mas, às vezes, era assim que as coisas funcionavam. Havia aquelas pessoas que simplesmente cruzavam seu caminho; podiam morar virando a esquina ou do outro lado da cidade, mas, sabe-se lá por quê, mantinham sempre o mesmo trajeto que você, então era comum esbarrar com elas. E havia pessoas que moravam na porta ao lado e tinham rotinas diferentes, então nunca se viam. Caminhos diferentes, linhas de metrô diferentes, horários diferentes. Alice imaginou o que Tommy fazia da vida, se alguém ainda o chamava de Tommy. Se tinha acabado de voltar ou se estivera ali o tempo todo. Se ele e a família moravam no apartamento em que ele crescera ou se moravam em outro andar, e o pequeno Raphael subia ou descia de elevador para visitar os avós. Imaginou como o rosto de Tommy estaria agora, se o cabelo já começara a ficar grisalho, se o corpo ainda era tão bonito como antes, alto e esguio por baixo das roupas, como se uma brisa constante soprasse sobre ele. Alice nem sequer ouvira seu nome desde a reunião dos vinte anos da turma

do Ensino Médio, ano retrasado, da qual Timmy não participara, mas onde ouvira muita gente perguntar se ele viria. Aquela era uma verdadeira demonstração de poder: repararem na sua ausência. Alice fechou a pasta e a deixou no topo da pilha. Perguntou-se como deviam chamar o menino, se pelo nome todo, ou se preferiam usar Rafe, ou Raffy ou Rafa. Mandaria o e-mail dele primeiro, dirigido ao pai e à mãe. Alice diria o que sempre dizia aos ex-alunos de suas pilhas: "Olá! Aqui é Alice Stern, turma de 1998!". No final, depois de colar a mesma mensagem sobre o agendamento da entrevista e da visita à escola, com um link para a página de inscrição, Alice escreveu e deletou um pós-escrito. "Olá", digitou. "Oi!" Não. "Oi... mal posso esperar para encontrar você e conhecer o Raphael." Era sempre melhor colocar o foco nas crianças. Melinda lhe explicara isso logo que Alice começara a trabalhar no escritório de admissões. Os pais podiam ser estrelas de cinema ou músicos que tocavam no Madison Square Garden. Não importava. Não queriam ser bajulados nem as ouvir gaguejando. Queriam que olhassem para seus filhos e se deslumbrassem, como todos os pais. Queriam que reconhecessem sua flor especial. Alice não se impressionava com os famosos, não mais do que se impressionaria se os visse andando na rua, mas algumas pessoas que conhecia da adolescência ainda davam um frio na barriga. Não sabia o que diria a Tommy se o visse na rua ou nos fundos de um bar escuro e lotado — talvez nem dissesse nada —, mas sabia o que dizer em seu escritório. Abriria a porta e sorriria, irradiando nada além de luz e confiança. E ele também sorriria.

7

O quarto de hospital de Leonard estava sempre frio, como todos os quartos de hospital, para evitar infecções. Os germes adoram calor, que lhes permite invadir depressa um hospedeiro fraco após o outro, e só os médicos e enfermeiros têm um sistema imunológico forte o bastante para combatê-los e mandá-los de volta aos cantos empoeirados. Alice sentou-se na poltrona de visitas de couro sintético — fácil de limpar, com assento acolchoado para quem fosse passar longas horas no mesmo lugar — e enfiou as mãos dentro das mangas do suéter. Nos últimos tempos, vinha tentando se lembrar das conversas que tivera com o pai. Uma de suas amigas, uma mulher cuja mãe falecera alguns anos antes, recomendara que ela gravasse as conversas que tinha com o pai, afirmando que Alice iria querer ouvi-las mais tarde, não importava qual fosse o assunto. Alice sentira vergonha de pedir, mas gravara uma conversa no hospital no mês anterior, o celular virado para baixo na mesinha entre a poltrona dela e a cama de Leonard.

LEONARD: ...e vem aí a nossa dama, vem aí a rainha desse lugar inteirinho.

(Enfermeira, ininteligível)

LEONARD: Denise, Denise.

DENISE: Leonard, trouxe dois comprimidos, são os remédios da tarde. Um presente para você.

(Som de algo sendo chacoalhado)

ALICE: Obrigada, Denise.

DENISE: Ele é o meu favorito, mas não conte aos outros pacientes. O seu pai é o melhor.

LEONARD: Eu amo a Denise.

ALICE: A Denise ama você.

LEONARD: Estávamos conversando sobre as Filipinas. Sobre Imelda Marcos. Várias das enfermeiras são das Filipinas.

ALICE: Isso não é racista?

LEONARD: Você acha que tudo é racista. Várias das enfermeiras são das Filipinas, só isso.

(Uma máquina apita)

ALICE: Está escrevendo alguma coisa?

LEONARD: Ah, por favor.

Por que perguntara aquilo? Sabe-se lá quantas conversas ainda teria com o pai, e era aquilo que Alice queria saber, a mesma coisa que qualquer jornalista medíocre teria perguntado em qualquer momento dos últimos vinte anos? Era mais fácil do que fazer uma pergunta pessoal ou contar algo sobre si mesma — e, além do mais, queria saber.

Quando fechava os olhos e imaginava o pai, a imagem dele que permaneceria para sempre em sua mente era a de Leonard sentado à mesa redonda da cozinha, na casa da Pomander Walk. Havia algumas ruas como aquela na cidade: Patchin Place e Milligan Place no West Village, algumas no Brooklyn, perto de onde Alice morava, mas Pomander Walk era diferente. As casas eram quase todas antigos estábulos, ou tinham sido construídas para armazenamento das obras de algum grande edifício sendo erguido nas proximidades; agora eram caras, mas ainda do tamanho de casas de bonecas, para os ricos que valorizavam exclusividade e o charme mais do que o espaço para guardar suas coisas. Pomander era uma travessa estreita e reta que cruzava o quarteirão, cortando da 94th até a 95th Street, entre Broadway e West End. Tinha sido construída por uma empresa hoteleira em 1921, e o que Leonard sempre amara ali era que Pomander era uma travessa real, inspirada em um romance transformado em peça sobre uma pequena cidade da Inglaterra. Era uma cópia de uma cópia, uma versão real de um lugar fictício, com duas fileiras de casinhas que pareciam saídas de *João e Maria*, todas com um portãozinho.

As casas eram pequenas, de dois andares, e a maioria era dividida em dois apartamentos, um no primeiro e outro no segundo pavimento. Jardins pequenos e bem cuidados ornamentavam a frente de cada porta, e, no final da 95th, ficava uma guarita do tamanho de uma cabine telefônica, com equipamentos comunitários: pás para a neve, teias de aranha e uma ou outra barata que passava por ali. Quando Alice era criança, Reggie, o zelador, disse que Humphrey Bogart já tinha morado na Pomander e que seu segurança particular usava a guarita como posto, mas ela não sabia se era verdade. O que sabia era que a Pomander Walk era um lugar especial e que, por mais que as janelas da frente ficassem a apenas três metros dos vizinhos do outro lado da rua e as janelas dos fundos tivessem vista para prédios enormes, parecia que estavam em um universo particular.

A cena era sempre a mesma, igualzinha: Leonard à mesa da cozinha; o abajur aceso atrás dele; um livro ou três na mesa à frente; um copo d'água e depois um copo de alguma outra coisa, que suava com o gelo lá dentro; um bloco de notas; uma caneta. Durante o dia, Leonard assistia a novelas, passeava no Central Park, caminhava pelo Riverside Park, ia até os correios e ao supermercado Fairway, depois ia ao City Diner na Broadway com a 90th Street e conversava com os amigos ao telefone. À noite, porém, ele se sentava à mesa da cozinha e trabalhava. Alice tentou se inserir naquela cena, tentou se observar entrando pela porta, deixando a bolsa cair no chão e se acomodando na cadeira de frente para o pai. O que teria dito a ele depois da escola? Será que conversaram sobre o dever de casa? Conversaram sobre filmes, sobre programas de TV? Sobre as respostas que sabiam do *Jeopardy!*? Alice sabia que sim, só que suas memórias eram apenas imagens sem som.

Uma enfermeira entrou: Denise, cuja voz ela gravara. Alice arrastou a cadeira para trás, endireitando-se no assento. Denise respondeu com um aceno de mão, dizendo:

— Fique à vontade.

Alice fez que sim com a cabeça e observou a mulher, que inspecionava várias máquinas e trocava bolsas de fluidos opacos nos suportes ao lado da cama de Leonard.

— Você é uma boa garota — falou Denise ao sair, dando um tapinha no joelho de Alice. — Já falei disso com o seu pai, mas eu amava *Irmãos do tempo*... quando ainda estava na escola de enfermagem, eu e a minha colega de quarto nos fantasiamos de Scott e Jeff para o Halloween. Contei ao seu pai. Eu fui o Jeff, na época em que ele usava bigode. Fantasia muito boa, todo mundo sabia quem eu era. *Até o futuro!* — Era o bordão deles, três palavras que Leonard achava constrangedoras, mas que muitas vezes lhe eram gritadas enquanto caminhava pela rua, ou escritas à caneta nas suas contas em restaurantes.

— Aposto que você ficou ótima — comentou Alice.

Os personagens de *Irmãos do tempo* davam ótimas fantasias: nada tão apertado quanto um uniforme de Star Trek, nem tão universitário quanto um manto da Grifinória, além de simples o bastante para serem montadas com roupas comuns. Jeff usava calça jeans justa, capa de chuva amarela e, nas últimas temporadas, um bigode loiro. Scott, o irmão mais novo, com cabelo comprido, camisa xadrez e coturno, tinha virado um ícone da moda lésbica fazia muito tempo. O pai não fazia ideia do que ia acontecer quando publicou o livro. Não tinha como prever o que estaria por vir. O livro ainda vendia, sempre venderia. Já tinha saído da lista de mais vendidos, mas não havia uma só livraria que não o tivesse em estoque, um adolescente que não guardasse uma edição de bolso no quarto, ou um adulto nerd que nunca tivesse procurado uma capa de chuva e um bigode falso, como Denise. Leonard não estivera envolvido na série de TV, mas era pago sempre que uma reprise ia ao ar, e já figurara entre as respostas das palavras cruzadas do *New York Times* mais vezes do que poderia contar. O pai nunca publicara outro livro, mas vivia escrevendo.

Quando era criança, Alice às vezes pensava nos *Irmãos do tempo* como seus irmãos de verdade: era uma das brincadeiras solitárias que inventava em seu quartinho. Os atores que faziam Scott e Jeff eram jovens e bonitos e, quando a série foi ao ar, mal tinham saído da adolescência. Naquela época, ela ainda não tinha lido o livro do pai, mas entendia a ideia: os irmãos viajavam no tempo e no espaço e resolviam mistérios. O que mais precisava saber? Hoje em dia, o ator que interpretava Jeff faz comerciais de vitaminas para idosos, dando uma piscadela para a câmera e dizendo que até seu bigode tinha ficado grisalho, e o ator que interpretava Scott vive em uma fazenda de cavalos nos arredores de Nashville, no Tennessee. Alice só sabia disso porque ele ainda enviava um cartão de Natal para o pai dela todos os anos. Será que ela teria que contar a ele sobre Leonard? Será que teria que dar um jeito de também contar ao ator que interpretava Jeff? Ele sempre tinha sido um babaca de marca maior, mesmo quando Alice era criança, e fazia décadas que não o via. Ele enviaria algo extravagante e inútil, tipo um buquê gigante que não teria escolhido e um bilhete que não teria escrito. Queria contar ao pai que estava pensando naqueles dois idiotas, um fofo e um palhaço.

Sempre que saía do hospital, Alice temia que pudesse ser a última vez que veria o pai. Já ouvira falar que algumas pessoas esperavam os entes queridos saírem do quarto. Ela ficou até o fim do horário de visitas e disse ao pai que o amava enquanto saía.

8

Matt escolhera o restaurante com antecedência, o que foi uma surpresa agradável. Mandara uma mensagem avisando da reserva que fizera para os dois, então lhe enviara os detalhes. Era um lugar aonde nunca tinham ido, ou ao menos Alice nunca tinha ido, e ela passou batom.

"O Matt fez reserva para o jantar", contou para Sam, por mensagem. "Um lugar chique no centro da cidade, com um chef do *Top Chef*." Sam respondeu na mesma hora: "Aquele gato diabético ou a japonesa sexy? Amo os dois igual". Alice deu de ombros, como se Sam pudesse vê-la, então fez uma chamada no FaceTime para que a amiga de fato a visse.

— Oi — cumprimentou.

— Oi, meu bem — respondeu Sam, que parecia estar dirigindo.

— Samantha Rothman-Wood, você está dirigindo? Por que atendeu o FaceTime? Por favor, não morra.

— Estou no estacionamento da aula de balé da Evie, relaxa. — Sam fechou os olhos. — De vez em quando, tiro um cochilo sentada. — Evie tinha sete anos, era a mais velha de três. O choro estridente de uma boca invisível surgiu ao fundo. — Porra, o bebê acordou.

Alice ficou olhando enquanto Sam habilmente subia no banco de trás, desafivelava Leroy da cadeirinha, abaixava o sutiã de amamentação e acomodava o bebê no seio.

— Enfim — disse Sam. — E aí?

— Estou indo encontrar o Matt para jantar, e é num lugar chique, e sei lá, acho que pode ser uma surpresa de aniversário antecipada, ou... — Alice roeu a unha. — Não sei.

O bebê Leroy chutou com as perninhas e bateu a mão minúscula no peito de Sam.

— Tá — disse a amiga. — Acho que é isso. Acho que ele vai pedir você em casamento e vai ser em público, mas bem discreto. Tipo, nada de banda mariachi, nada de flash mob, algo tipo um anel escondido na sobremesa. E o garçom vai saber antes de você.

Alice inspirou pela boca.

— Ok. É. Pode ser.

Sam olhou para ela.

— Você está respirando?

Alice balançou a cabeça.

— Eu ligo depois, tá? Amo você.

Sam soprou um beijo e acenou com a mãozinha de Leroy. Os dois pareciam minúsculos no fundo do SUV de Sam, um veículo gigante com uma cadeirinha de bebê virada para trás e outra cadeirinha virada para a frente, além de um monte de biscoitos esfarelados nos tapetes. Alice apertou o botão para encerrar a chamada.

Durante uns bons anos — dos vinte aos trinta e poucos —, Alice sentia inveja das amigas. Não só de Sam, mas principalmente dela. No casamento de Sam e Josh, ao ver a amiga no elegante vestido de seda branco, dançando Whitney Houston com todas as mulheres negras da sua família e as mulheres judias da família de Josh, Alice pensara: *A felicidade é assim, e eu nunca terei isso.* Tinha chorado quando Sam engravidou pela primeira vez, e pela segunda vez também. Não sentia orgulho disso, já até discutira o assunto na terapia. Então, anos depois, Alice olhara em volta e se dera conta de que, enquanto todas as amigas da faculdade tinham filhos e não podiam ficar fora até tarde, ou dormir até tarde, ou só conseguiam encontrá-la entre 10h30 e 11h30 da manhã, dependendo da soneca de alguém, ela ainda podia fazer o que quisesse, sempre que quisesse. Alice superara a inveja. Tinha liberdade para viajar, liberdade para levar desconhecidos para casa, liberdade para fazer qualquer coisa.

Não ajudava que o pai sempre tivesse tratado o casamento como uma doença terrível da qual se recuperara. Ser divorciado e pai solo lhe caía bem: Leonard amava Alice e as amigas dela, amava ir ao parquinho, amava comer em frente à TV, tudo na mesma proporção em que odiava as coisas que o casamento o obrigara a fazer. Ele não gostava de comprar presentes de Natal para parentes com quem mal falava. Detestava jantares e jogar conversa fora com pais que considerava entediantes. Leonard tinha uma excentricidade a que os pais de escolas particulares não estavam acostumados, o que significava que não era exatamente como todo mundo. Houvera mulheres, em vários momentos, que Alice imaginava serem namoradas do pai, mas nunca passavam a noite ou sequer davam um beijo na bochecha de Leonard na frente dela. O mais difícil era imaginar o pai e a mãe juntos, no mesmo ambiente, se tocando. E não só de um jeito íntimo, qualquer toque que fosse. Mão no ombro. Braços, lado a lado. Os dois foram casados por quase dez anos, quatro anos antes de Alice nascer e seis depois. Quando ela estava no primeiro ano, Serena foi para a Califórnia, e os pais ficaram separados por um país inteiro.

Já conhecera casais felizes, claro — pais de amigos, cujas vidas Alice experimentava em festas do pijama e feriados prolongados —, mas era sempre como se estivesse assistindo a um documentário sobre a natureza. "Aqui está um casal heterossexual americano em 1989. Vejam só como preparam molho de tomate para o jantar enquanto volta e meia tocam o traseiro um do outro de brincadeira." Não parecia a vida real. Pela primeira vez, Alice quis que o pai tivesse sido outro tipo de pai, um daqueles chatos, com tacos de golfe na mala do carro. Que tivesse um carro, só isso. E alguém carinhoso sentado no banco do passageiro. Se o pai tivesse sido dentista, em vez de artista, se tivesse sido contador, veterinário ou encanador, como o pai dele havia sido, talvez a vida de Leonard tivesse sido bem diferente. Se os pais dela tivessem continuado casados, teriam sido infelizes. Provavelmente foi isso o que discutiram na época — qual tristeza era a mais importante, qual infelicidade pesava mais? O problema era a falta de qualquer felicidade desconhecida que ainda pudesse estar à frente deles? Ou eram os sentimentos de Alice? Duvidava que tivessem pensado tanto assim. A noite começara a esfriar, e Alice tremeu, desejando ter vestido mais uma camada de roupa. O restaurante ficava no saguão de um hotel no Central Park South. Ela caminhou pelo parque, passando pelos cavalos presos às carruagens e condutores preguiçosos tentando chamar a atenção de turistas com dinheiro para torrar. Quase pisou em um cocô de cachorro, depois em um de cavalo. As folhas de cada árvore do Central Park tremeluziam com o último resquício de sol. Quem não gostava de Nova York tinha mais é que se foder. Olha só esse lugar! Olha só esses bancos, os paralelepípedos, os táxis e os cavalos lado a lado! O que quer que acontecesse, ainda tinha aquilo. Então Alice suspirou, desceu da calçada e esperou o trânsito dar uma brecha antes de atravessar a rua correndo.

9

O restaurante era tão escuro que Alice precisou se apoiar na parede enquanto descia os dois degraus e caminhava em direção ao balcão da recepção, onde três mulheres com vestidos pretos idênticos estavam paradas, de pé, muito sérias. Por um momento, achou que pudesse estar tão escuro que as mulheres de fato não podiam vê-la, então a do meio disse:

— Posso ajudar?

Alice pigarreou e deu o nome de Matt. Sem dizer uma palavra, uma das outras se virou e mexeu a mão, como se entregasse um drinque invisível. Em seguida, fez a curva em direção ao salão principal, e Alice a seguiu.

O chão era preto, brilhante como mármore, e Alice caminhou com cautela, com medo de escorregar. Todas as cadeiras estavam cobertas pelo que pareciam toalhas de mesa, como os móveis em filmes de época, prontos para serem descobertos por um exército de empregados antes que a família rica chegasse. Matt estava sentado a uma mesa distante contra a parede, todo bonito de terno.

— Oi — cumprimentou Alice, dando-lhe um beijo na bochecha antes de se acomodar na cadeira. Era como se sentar em um lençol mal dobrado.

Matt pegou o copo e deu um gole.

— Oi — respondeu. — Esse lugar não é uma loucura?

Alice olhou ao redor. Todos os garçons estavam de pijama de seda, o que parecia uma péssima ideia, considerando as manchas e as contas da lavanderia. O restaurante era novo. Ela nunca trabalhara com serviços de alimentação, mas era uma nova-iorquina nativa, o que significava que conhecia as estatísticas de quantos restaurantes fechavam as portas. Não tinha grandes expectativas. Hoje em dia, pelo menos, os chefs famosos sempre podiam recorrer à TV.

Uma garçonete de pijama de seda se aproximou e colocou os cardápios na mesa, cada um era um tablet com capa de couro e quase sessenta centímetros de comprimento. Pelo que Alice reparou, os pratos eram descritos apenas pelos ingredientes, não pela forma final: *Brotos de ervilha, purê de abóbora cabotiã, ricota caseira. Sálvia, ovo, manteiga marrom. Cogumelos com ostras, salsichas.*

— Posso pedir uma taça grande de vinho, por favor? Branco? Nada doce? — pediu Alice, antes que a garçonete se afastasse.

Matt sacudia o joelho debaixo da mesa, fazendo-a tremer bem de leve, como um pequeno terremoto. Estava bonito e suado, e Alice sabia o que ia acontecer. Dava para ver tudo acelerado: a refeição, Matt ficando cada vez mais ansioso, os dois comendo coisas pequenas e deliciosas de pratos que pareciam obras de arte, uma pausa antes da sobremesa, então ele colocando uma caixinha de veludo na frente dela, bem em cima de uma pequena gota de shoyu.

— Andei pensando — disse Matt. — E se você se mudasse para a minha casa?

O garçom trouxe o vinho de Alice, e ela bebeu um gole generoso, sentindo o líquido fresco deslizar pela língua.

— Por quê? — perguntou. — Você não gosta de ter o próprio espaço? De passar um tempo sozinho?

Alice nunca apresentara Matt ao pai. Sam achava isso estranho, mas ela achava estranho que Sam gostasse de estar grávida. Era óbvio que Leonard e Matt não se dariam muito bem, então não parecia valer a pena. Um dos benefícios de ter um pai solteiro era não ter pressa para se casar, como acontecera com tantas pessoas que conhecia, só porque estavam tentando ser adultas. Parando para pensar, era constrangedor notar quantas decisões importantes da vida são tomadas porque se encaixavam nos modelos que nos foram transmitidos.

— Sei lá — respondeu ele. — Eu só estava pensando que, sabe, se você viesse morar comigo, a gente talvez pudesse ter um cachorro? O meu amigo da faculdade acabou de adotar um husky siberiano, é tão maneiro. Parece um lobo.

— Então, você quer que a gente more junto só para ter um cachorro?

Alice estava só de brincadeira... Matt estava se esforçando. Percebia isso, embora não soubesse se queria evitar o que estava por vir ou simplesmente deixar acontecer. Sabe-se lá como Alice se sentiria quando ele de fato dissesse as palavras. Talvez a sensação fosse diferente do que havia imaginado, talvez fosse bom saber que alguém já quis lhe fazer aquela pergunta, pois talvez ninguém jamais quisesse novamente.

Matt usou a ponta guardanapo para secar a própria testa. Estava começando a parecer indisposto.

O garçom voltou e perguntou se já tinham decidido o que queriam. Depois, começou a dar uma longa explicação de dez minutos sobre o cardápio. Alice e Matt ouviram e assentiram. Quando ele terminou, Alice perguntou onde ficava o banheiro e seguiu por mais um corredor escuro até uma porta sem placa que levava a uma grande pia comunal cercada por cabines. Parecia um bunker, como se estivesse no subsolo. Ela jogou água no rosto, e uma mulher surgiu do nada para lhe entregar uma toalha.

— Aqui seria um ótimo lugar para matar alguém — comentou Alice. A mulher recuou. — Desculpa, o lugar é realmente bonito, só é bem escuro. Mil desculpas, não quis dizer isso. O meu namorado vai me pedir em casamento, eu acho.

A mulher sorriu de nervoso, talvez ponderando a possibilidade de Alice ser mesmo uma assassina.

— Enfim, obrigada — continuou.

Então tirou dois dólares da carteira e depositou as notas no pote de gorjetas da mulher.

De volta ao andar de cima, fizeram o pedido e comeram. Cada prato parecia ter levado uma eternidade para ser preparado. Alice ainda estava com fome. Quando o garçom recolheu os pratos, Matt a encarou enquanto ela se recostava na cadeira.

— Estava ótimo — comentou ela. — Tudo estava ótimo.

— Ok — disse Matt.

Estava acontecendo. Ele empurrou a cadeira para trás e se inclinou bem devagar, até as mãos tocarem o chão, abaixando um joelho, depois o outro. Alice observou, horrorizada, enquanto Matt engatinhava alguns passos antes de endireitar as costas e se apoiar sobre um só joelho. Então, fez menção de pegar a mão dela, que a estendeu para aceitar.

— Alice Stern — começou ele. — Aceita pedir delivery comigo e discutir sobre séries da Netflix pelo resto das nossas vidas? — Jura que aquilo parecia bom para ele? Matt continuou: — Você é tão inteligente e tão engraçada... Sério, muito engraçada. E quero me casar com você. Quer se casar comigo?

Ele sequer tinha mencionado o *amor*? Ela era engraçada? E se Alice quisesse fazer algo além de pedir comida e assistir à TV? Realmente pensava que seria mais difícil dizer não. Havia um anel na mão dele: um anel lindo, que Alice não tinha o menor interesse em colocar no dedo.

— Matt — começou.

Ela se inclinou para que os rostos chegassem perto de se encostar. O restaurante era barulhento e escuro o suficiente para que só as pessoas nas mesas mais próximas vissem o que estava acontecendo, o que a fez querer voltar ao banheiro para pedir mais desculpas à mulher e dizer: "Ah, Deus abençoe esse lugar escuro e homicida".

— Eu não posso me casar com você. Sinto muito, mas não posso.

Ele piscou algumas vezes, então voltou para a cadeira, todo desajeitado.

— Merda, sério? — indagou, embora o rosto parecesse mais relaxado.

Alice não achava que Matt quisesse se casar mais do que ela queria. A mãe ligava para ele todos os dias, a irmã mais velha também. Alice podia imaginar a pressão que caía sobre um jovem bem-sucedido. Era a trama da maioria dos romances, não? Conseguir achar uma noiva? Era a trama da maioria dos romances e da maioria das pessoas de sua classe socioeconômica: faculdade, trabalho, casamento. Matt estava atrasado, mas ainda dentro da normalidade. Os homens tinham mais tempo, claro.

— Sério — respondeu Alice.

Nem tinha reparado, mas havia um prato na mesa com uma sobremesa misteriosa. Era verde e redonda, mais molhada do que um bolo. Talvez fosse um pudim ou coisa do tipo. Experimentou. Tinha gosto de grama batida. Deu outra garfada.

— Acho que você ainda vai encontrar a pessoa certa. Acho ótimo que queira se casar, sério mesmo. Só que eu não sou essa pessoa.

— Tinha uma garota... uma mulher, na verdade... da época do Ensino Médio, ela vive me escrevendo no Facebook. Fomos juntos à festa de formatura. Ela acabou de se divorciar. — Matt pegou a colher e rodeou a borda do pudim. — Isso é meio estranho.

— Eu acho que ela parece perfeita — comentou Alice, comendo mais uma colherada da sobremesa, diretamente do centro, onde o sabor era mais intenso.

Durante toda a vida, Alice se perguntara se estava fazendo as coisas do jeito errado, se havia algo de errado com ela, mas, na verdade, talvez só fosse igual ao pai e, portanto, ficaria melhor sozinha. *Talvez*, pensou, abraçando a ideia, *seu erro tenha sido presumir que, em algum momento no futuro, tudo se encaixaria e a vida seria igualzinha à de todo mundo.* No meio do pudim, escondido, havia uma bola de creme.

— Aaah, olha só! — exclamou. — Ganhei!

10

Como sempre, Alice marcara entrevistas para o dia todo, uma após a outra. Não podia ser diferente: a lista tinha famílias demais para espaçá-las, teria levado meses. Mas agendara Raphael Joffey como a última criança do dia, porque, assim, se a entrevista se prolongasse, ninguém reclamaria ou se sentiria menosprezado. Também já notara, ao longo dos anos, que havia uma porcentagem muito maior de ausência paterna nas entrevistas agendadas para o meio do dia, ao contrário das entrevistas no início ou no fim do dia, quando havia uma probabilidade maior de ambos os pais comparecerem.

Não fora Tommy quem enviara o e-mail, e sim sua esposa, claro. A mãe. Hannah Joffey. Eram sempre as mães. Não houvera um reconhecimento de qualquer conexão pessoal, de Alice ter sido alguém que o marido já conhecia, de terem se conhecido dentro daquelas mesmas paredes. Com tantas coisas automatizadas, talvez a esposa tivesse achado que estava se correspondendo com um computador, algum assistente virtual. No entanto, Hannah usara a palavra "nós", então Alice esperava os três ali, a família completa. Seu escritório estava minimamente arrumado — depois que cada criança ia embora, Alice tinha alguns minutos para finalizar suas anotações e guardar os quebra-cabeças, jogos, papéis e gizes de cera.

Emily bateu à porta que compartilhavam e enfiou a cabeça pela fresta. Alice lhe contara o básico (amigo do Ensino Médio, paixonite aguda, uns pegas desajeitados, um coração partido cedo demais, deixando-a arrasada), o que provavelmente tinha sido um erro, porque agora Emily estava empolgada demais.

— Eles chegaram. Quer que eu os traga aqui? Ou quer ir buscá-los você mesma? Ele é gato, só pra você saber. Assim, é velho. Mais velho do que eu. Tipo, ele tem a sua idade. Mas é gato. Eu pegaria, com certeza. Beleza. — Emily arregalou os olhos. — Quer que eu os traga para cá?

Alice suspirou.

— Eu vou. Vá ficar sentada quietinha em algum canto.

Emily fez que sim com a cabeça.

Alice estava de vestido, o que era raro. Era cor de vinho, vintage, feito para uma *disco queen*. Nenhuma mãe da Belvedere usava roupas parecidas; todas vestiam as mesmas coisas, as mesmas marcas de calça jeans, as mesmas marcas de sapatos, as mesmas roupas de ginástica, os mesmos casacos acolchoados no inverno. Alice não estava interessada naquilo. Queria que Tommy a olhasse e pensasse: *Cacete, o que foi que eu perdi?* Queria aquilo quase tanto quanto desejava vê-lo e não ter exatamente o mesmo pensamento. Queria vê-lo de terno, enfadonho, com bochechas rechonchudas e entradas no cabelo. Aquele homem não tinha um perfil online: Thomas Joffey praticamente não existia, exceto pela pasta que Alice tinha em mãos. Alisou a saia do vestido e foi até a sala de espera, já sorrindo.

A criança estava de frente para ela, do outro lado de uma das mesinhas baixas. Brincava com um carrinho contornando um quebra-cabeça, fazendo sons de explosão. Os pais estavam ajoelhados em frente à mesa, de costas para Alice. Pareciam rezar no altar de um deus minúsculo. O menino olhou para ela por trás da franja comprida e escura e congelou.

— Oi, Raphael — cumprimentou ela. — Eu sou a Alice. Posso ver o seu carro?

O menino não se mexeu, mas os pais, sim. Alice observou, como se em câmera lenta, os Joffey virando a cabeça na direção do som da voz dela.

Hannah era linda, claro. Alice encontrara o Instagram dela e já passara por fotos o suficiente para vê-la de vários ângulos que a favoreciam. Ela não era como Alice esperava, o que, obviamente, piorava tudo. Hannah tinha um rosto interessante, com o nariz grande e meio descentralizado, como se talvez já o tivesse quebrado, e olhos tão distantes que dava para imaginar que ela fora alvo de piadinhas na infância. O cabelo castanho-escuro, com ondas suaves, batia na cintura. Ela não sorriu.

— Você deve ser a Hannah — falou Alice, caminhando em direção a ela com a mão estendida.

Notou que não conseguia olhar diretamente para Tommy, que se levantava para cumprimentá-la. Observava-o de canto de olho, só uma silhueta e sombras, e sentiu o coração disparar. Apertou a mão magra de Hannah, sentindo todos os ossinhos, depois virou-se depressa.

Raphael fugira e fora se esconder atrás das pernas do pai. Tommy estava com uma mão na cabeça do menino e outra na barriga. Alice estendeu a mão, mas Tommy levantou o braço e inclinou a cabeça para o lado, convidando-a para um abraço. Alice fechou os olhos e recebeu o abraço, roçando o rosto no ombro dele. A boca estava perto o suficiente da bochecha de Tommy para que pudesse beijá--lo, mas não o fez.

— Bom ver você — comentou Tommy.

Alice finalmente o encarava.

Não havia qualquer coisa rechonchuda ou flácida nele. O cabelo ainda era cacheado, ainda era escuro, embora com alguns fios grisalhos nas têmporas. Alice não sabia se ainda o amava, em algum lugar bem lá no fundo, ou se era apenas a memória que tinha dele, mas ambas as opções pareciam iguais: uma saudade em seu âmago. Tommy sorriu.

— E aí, Raphael, pronto para brincar comigo? Ou vamos primeiro conversar com seus pais, para depois brincar?

Alice estava usando seu melhor colar, presente de Melinda. Era bem pequenininho, com carros e aviões pendurados como em uma pulseira da sorte. Ela se abaixou para mostrá-lo ao menino, que alcançou o colar com uma das mãos e, com toda a delicadeza, apoiou a outra no antebraço de Alice. Ela olhou para Tommy e deu uma piscadela. Se o menino fosse aceito, o equilíbrio de poder mudaria, e ela seria apenas alguém com quem ele estudou e que, por algum motivo, permaneceu naquele lugar, alguém que nunca superou o Ensino Médio. Mas, naquele momento, Alice estava no comando, e era uma sensação boa.

11

Emily amou a história do restaurante. Amou que Alice tivesse dito não. Emily ainda queria agradar todo mundo, e seus términos eram sempre longos, uma espécie de bolo de infelicidade, cheio de lágrimas e com pitadas de discussões na calçada.

— Tipo, acho que é a coisa mais fodona que eu já ouvi. — As duas estavam do lado de fora, fumando. — E nem acredito como aquele cara com quem você estudou é gato. O que aconteceu com ele, afinal?

As informações foram vindo aos poucos, em tom de brincadeira, como acontecia em uma conversa envolvendo um menino de cinco anos. Tinham acabado de voltar para Nova York, vindo de Los Angeles, onde Hannah nascera. Rafe — como chamavam o menino — tinha alergias severas, e estavam consultando um médico em Nova York, o melhor da especialidade. A família não voltara para ficar perto dos pais de Tommy, mas os Joffey tinham um pequeno apartamento no prédio, então era ali que estavam morando. Hannah fazia joias e curtas-metragens. Tommy afirmou ser um filantropo; quando ele disse aquilo, Hannah tocou a perna dele, acariciando a coxa de leve.

— Que merda isso quer dizer? — perguntou Emily, atirando o cigarro para longe.

— Não faço a ideia — respondeu Alice. — A última coisa que eu soube é que ele estava cursando Direito.

Quando voltaram ao escritório, Melinda estava à espera delas.

— Vamos ficar de castigo? — perguntou Emily, enfiando uma bala de menta na boca.

Eram quase cinco da tarde, e todo mundo já tinha ido embora, exceto o segurança e o time de vôlei do Ensino Fundamental.

Melinda balançou a cabeça.

— Sentem-se.

As duas se sentaram. Emily e Alice olhavam a chefe com expectativa, como músicos à espera da batuta do maestro.

— Eu vou me aposentar. No fim do semestre. — Ela falava daquilo havia anos: era uma ameaça vazia em geral feita antes das férias ou na primavera, quando os pais raivosos começavam a reclamar que seus filhos perfeitos e especiais não tinham sido aceitos. — Já está na hora.

— Melinda! — exclamou Alice. Então olhou ao redor para ter certeza de que não havia mais alguém no escritório. — Eles te demitiram? Aqueles babacas! Isso é etarismo! Ou será machismo? Deve ser as duas coisas!

Melinda fez um som de reprovação.

— Não, não, querida. Foi decisão minha. Eu já queria me aposentar no ano passado, e no ano anterior, e no ano anterior ao anterior, mas nunca parecia ser a hora certa.

Tudo nela era reconfortante. As crianças vinham ao escritório só para cumprimentá-la e abraçá-la. Nos aniversários de Emily e Alice, Melinda mandava fazer doces extraordinários na padaria da esquina, com cartões escritos à mão que inevitavelmente as faziam chorar.

— Não quero que você vá embora — protestou Alice.

— Já tenho setenta anos — respondeu Melinda. — Vai ficar tudo bem.

— Bom — começou Emily —, primeiro: que tristeza. E segundo: isso quer dizer que a Alice agora é a nova chefe? — Ela fez um joinha com os dois polegares.

Alice corou, pega de surpresa.

— Ah, eu nem tinha pensado nisso.

Ter um cargo mais importante traria um bom equilíbrio, depois de ter terminado com Matt. Sentiu um calafrio ao pensar que em breve poderia ter mais horas para se ocupar, quando não precisasse mais ir ao hospital. Era assim que as pessoas lidavam com o luto, não? Dedicavam-se ao trabalho. Alice conseguia imaginar aquilo muito melhor do que se imaginava aprendendo tricô ou baixando um aplicativo de meditação e conseguindo usá-lo com a frequência necessária.

Melinda pigarreou.

— Seria maravilhoso, mas não. A escola vai trazer a chefe de admissões da Spencer Prep. — Ela fez uma pausa, pensando no que mais poderia dizer. — Acho que estão buscando um novo caminho, com objetivos diferentes.

Emily virou os polegares para baixo. Melinda lhe deu um tapinha no joelho.

— Ah — disse Alice. — É claro.

— Que burrice da porra — protestou Emily. — Desculpa o linguajar, Melinda.

— Ah, meninas, parem com isso — retrucou a chefe. — Nada de drama. Eu já conheci a mulher que vão contratar. Ela é muito inteligente, muito perspicaz. — Nenhuma daquelas palavras eram reconfortantes, e ela sabia disso.

Se tivessem lhe perguntado, Alice não diria que algum dia esperava assumir o cargo de Melinda. Sua chefe era insubstituível, uma força única... e, além disso, que qualificações tinha para o cargo? Belvedere pagara por alguns cursos de administração, mas Alice não tinha mestrado. Nunca sequer pensara em desempenhar o mesmo trabalho em outra escola. O que sabia sobre as pessoas, sobre as crianças? A ideia de uma Profissional com P maiúsculo vindo da Spencer Prep parecia muito errada, como se o trabalho — selecionar crianças, montar turmas, formar a comunidade — fosse uma decisão empresarial. Alice estava tão acostumada com Melinda, com a mesma maneira de sempre de trabalhar, que não conseguia se imaginar sentada no escritório com outra pessoa no comando. Emily ficaria bem, ainda era jovem. Logo iria embora, faria mestrado em alguma coisa. Era assim com a maioria das pessoas.

Recém-saída da faculdade de artes, o trabalho na Belvedere parecia excêntrico e divertido, meio como uma piada. Belvedere era conhecida por contratar recém-formados para cargos de nível mais baixo, uma leve onda de nepotismo que nunca parecia causar muitos problemas, já que as pessoas nunca ficavam por muito tempo. Mas Alice ficara. Continuara em Nova York, continuara no mesmo apartamento, continuara na Belvedere.

Aquela sempre tinha sido uma de suas melhores qualidades: a estabilidade. Ser alguém de confiança. A última vez que recebera uma promoção tinha sido na época da contratação de Emily, fazia quatro anos. Antes disso, Alice era a única assistente de Melinda e, ainda antes, fora realocada por toda a escola, oferecendo ajuda temporária em qualquer lugar que precisassem. O tempo passara depressa, cinco anos, depois dez, e assim por diante. Agora, Alice já trabalhava na escola havia mais tempo do que fora aluna, e alguns de seus colegas favoritos tinham sido seus professores. Ao longo da primeira década como parte do quadro de funcionários da escola, Alice era como um curativo humano: alguém saía de licença-maternidade, alguém quebrava a perna e não conseguia pegar o metrô, e lá estava ela, familiar e digna de confiança. Sempre fora feliz na Belvedere, tão feliz quanto podia ser. Às vezes, sentia-se uma boneca deixada para trás, com um valor sentimental evidente demais para ser descartada, mas, sim, era feliz na maior parte do tempo.

— Você vai gostar dela, Alice — comentou Melinda. — Na verdade, acho que ela vai ser uma boa mentora. Melhor do que eu. — Melinda inclinou a cabeça para o lado, e Alice notou os olhos dela marejados. — Eu vivia improvisando.

Alice e Emily começaram a chorar, e Melinda passou a caixa de lenços de uma para a outra, sempre preparada.

12

Na vida adulta, fazer aniversário em um sábado era mais ou menos como fazer aniversário nas férias quando se era criança. Aos vinte e poucos anos era ótimo, claro, significava que ninguém teria que trabalhar de ressaca no dia seguinte, mas, depois dessa fase, o encanto perdia a força. Aniversários em dias úteis contavam com festinhas improvisadas no trabalho, quem sabe uma garrafa de champanhe poeirenta no almoço, se todo mundo estivesse no clima. Mas, aos finais de semana, era menos provável que os adultos recebessem mensagens calorosas dos colegas de trabalho; recebiam no máximo uma breve mensagem ou um comentário em um post de rede social. Alice lamentou de verdade que seu aniversário caísse em um sábado, mas ficar triste por isso a fazia se sentir patética. Então empurrou a mesa de centro contra a parede e colocou um vídeo de yoga de dez minutos no YouTube, mas o abandonou no meio logo que a instrutora começou a respirar depressa pelas narinas enquanto contraía e relaxava a barriga, como um gato prestes a vomitar.

A campainha tocou. Uma encomenda. O pacote tinha como remetente a caixa postal de sua mãe. Fazia uma década que Serena não pisava no Brooklyn, e ela só visitara o apartamento de Alice uma ou duas vezes em todo o tempo em que morara lá. Serena nem sempre enviava presentes, mas aquele era o ano de uma idade importante e, quando abriu a caixa, Alice não ficou surpresa ao encontrar vários cristais grandes e um sino tibetano. Serena nunca encontrara uma modalidade de cura da qual não gostasse, e ela entendeu que aqueles presentes, e todos os outros parecidos que já recebera, eram um pedido de desculpas silencioso, o único tipo que iria receber.

Quando imaginava seu quadragésimo aniversário, na medida em que era possível imaginar algo do gênero, Alice não imaginava que seria daquele jeito. Já participara de algumas festas chiques de quarenta anos, eventos com serviço de buffet em mansões em Brooklyn Heights, e sabia que não teria algo assim, com garçons servindo miniquiches. Talvez no Peter Luger, ou algum outro restaurante tradicional de Nova York, com garçons que não eram aspirantes a atores e modelos, e sim homens velhos e carrancudos de colete, um lugar que parecesse agradavelmente parado no tempo. Quando Sam fez quarenta anos, alguns meses antes, o marido lhe dera uma reserva em um hotel onde ela passara a noite sozinha, em silêncio. Os pais de Alice já estavam separados quando a mãe completou quarenta anos, e Serena havia partido a caminho de uma nova vida. Muitos dos médicos de seu pai eram mais novos do que ela, pessoas que entravam no quarto e falavam com confiança, cheias de diplomas e conhecimentos na área. Alguns deviam ser uma década mais novos. Enquanto dissecavam cadáveres e decoravam nomes de ossos, o que será que Alice estava fazendo? O pai lia três livros por semana, às vezes mais, e respondia a todas as cartas de fãs que recebia. Certa vez, Alice tentara começar a correr. Por alguns anos, se juntara a um programa de mentoria, mas a jovem designada a ela entrara para a faculdade, e as duas tinham perdido o contato.

Era sempre difícil marcar um jantar com Sam, que tinha filhos e morava em Nova Jersey, pormenores que, por si só, já constituíam obstáculos. Tinham combinado de se encontrar em um restaurante no West Village, o que não era muito conveniente para nenhuma das duas, mas significava que ambas teriam que se deslocar, o que pelo menos parecia justo. Uma hora antes do jantar, entretanto, e pouco antes de Alice se dirigir à estação da linha F, Sam ligou para dizer que Leroy estava com febre e que ainda poderia ir, mas não conseguiria ficar por muito tempo. Poderiam se encontrar mais perto do túnel Lincoln? O túnel dava na 39th Street, logo abaixo do Javis Center, talvez o canto menos atraente de Manhattan. "Claro", respondera Alice, que queria comemorar seu aniversário, não importava onde, não mesmo.

Combinaram de se encontrar no térreo de um shopping de má fama logo ao sul do túnel. Já que seria desse jeito, por que não enfiar o pé na jaca? Além de irem a um lugar com cachorro-quente no menu, os tais cachorros-quentes custavam vinte dólares. No caminho, Alice baixou de novo alguns aplicativos de namoro e rolou a tela por um tempinho. A bênção e a maldição dos aplicativos de namoro é podermos dizer exatamente o que procuramos, e é mais ou menos só o que encontramos. Homens? Mulheres? Abaixo dos trinta, acima dos quarenta? Todos os homens e as mulheres cujas fotos apareciam tinham um bom aspecto. Ou frequentavam a academia, ou tinham gatos. Ou eram esnobes da culinária, ou eram esnobes da música. Alice fechou o aplicativo e guardou o celular dentro do bolso. Na tela, todos pareciam igualmente desinteressantes, mesmo os bonitos.

Quando saiu do trem, tinha recebido uma mensagem de Sam, que estava atrasada. Alice não se surpreendeu. Na época do Ensino Médio, Sam chegava a qualquer evento com uma hora de atraso, ainda vagando pelo alojamento de estudantes de Columbia, que pertencia aos pais e ficava em Morningside Heights, enquanto Alice esperava perto da cabine telefônica na saída da Barnes & Noble, na Broadway com a 82nd Street, ou segurava uma mesa em uma lanchonete e se recusava a pedir mais do que uma xícara de café enquanto a aguardava. Hudson Yards, o shopping gigante que abrigava o restaurante, ainda estava aberto, então Alice passou o tempo entrando e saindo de lojas vazias. Cumprimentava as vendedoras com a cabeça, todas ávidas por qualquer tipo de interação, então apontava para o celular, fingindo que estava falando com alguém. Emily mandou uma mensagem; Melinda mandou um e-mail. Alice tirou uma foto fazendo o sinal de paz e a postou com a legenda *4-0*. Quatro a zero. Seriam quatro vitórias e zero derrotas, ou zero vitórias e quatro derrotas? Não tinha certeza. Uma loja cheia de suéteres lindos estava em liquidação, e Alice experimentou um modelo ali mesmo, fora do provador. Custava duzentos dólares — em *liquidação* —, mas comprou mesmo assim, porque era seu aniversário. Sam mandou mensagem, finalmente, para dizer que tinha achado uma vaga no estacionamento e que a encontraria dali a dez minutos.

Alice já conseguira uma mesa quando Sam entrou correndo, segurando uma sacola enorme. A amiga estava sempre linda, mesmo exausta e de moletom. O cabelo, que usava alisado no Ensino Médio, agora estava sem nenhuma química, e a vasta cabeleira cheia de cachos emoldurava seu rosto como uma auréola. Às vezes, quando Alice reclamava das rugas ao redor dos olhos ou do cabelo liso e ralinho, Sam ria com delicadeza e dizia que envelhecer bem era o legado das mulheres negras e que lamentava pelos problemas de Alice.

— Oi, oi, oi — cumprimentou Sam, abraçando Alice pelo pescoço. — Desculpa, eu sei que isso é um pesadelo e que jamais, em um milhão de anos, você gostaria de vir aqui no seu aniversário, e sinto muito. Aliás, oi! Que saudade! Me conta tudo! — Sam se jogou no lado oposto da mesa e começou a remover camadas de roupas.

— Oi, oi — respondeu Alice. — Ah, você sabe, nada de mais. Terminei com o Matt, não consegui uma promoção no trabalho, o que eu nem sabia que era uma possibilidade, e o meu pai ainda está morrendo. Tudo ótimo.

— Sim, sim, *mas* — retrucou Sam —, olha o que eu comprei de aniversário para você.

Ela enfiou a mão na sacola de compras, de onde tirou uma linda caixa envolta em uma fita larga de seda. Sam sempre fora habilidosa com embrulhos. Na mesa, o celular dela vibrou.

— Merda — reclamou Sam, e pegou o aparelho. — Olha, eu juro, o Leroy é nosso *terceiro* bebê, e às vezes sinto que o Josh é pior do que uma babá adolescente. Ele acabou de mandar mensagem perguntando onde ficava o Tylenol de bebê, como se pudesse estar em um lugar estranho, tipo na garagem ou na minha gaveta de calcinhas. Alice deslizou a caixa para perto.

— Posso abrir?

— Sim, abra, abra! — respondeu Sam. — Aliás, preciso de um drinque bem grande, mas só um, dois no máximo, para poder ordenhar e descartar o leite quando chegar em casa. — Ela olhou ao redor à procura de um garçom e fez sinal para o primeiro que viu.

Alice tirou a fita da caixa e abriu a tampa. Dentro, havia uma enxurrada de papel de seda e, aninhada no meio, uma tiara. Os diamantes não eram de verdade, mas era uma tiara pesada, não daquelas de plástico para despedida de solteira.

— Continua — incentivou Sam, e Alice pôs a tiara na cabeça e tirou outra folha amassada de papel de seda.

No fundo da caixa havia uma foto emoldurada. Ela a pegou com cuidado. Na foto, Alice e Sam estavam usando tiaras, camisolas de cetim e batom escuro. Sam segurava uma garrafa de cerveja, e Alice tragava um cigarro. As duas encaravam a câmera fixamente com olhares penetrantes.

— A gente era tão grunge — comentou Alice.

— A gente não era *grunge* — retrucou Sam. — Fala sério. Tínhamos dezesseis anos e éramos fabulosas. Isso foi no seu aniversário, lembra?

A festa tinha sido na casa da Pomander Walk. Era arriscado receber pessoas em casa, já que Alice conhecia todos os vizinhos. Mas, como em todos os riscos que correra naquela época, Alice não prevera as consequências. Certificara-se de que todas as cortinas estavam fechadas e só convidara quinze pessoas, mas quase o dobro aparecera. Mesmo assim, estava tudo bem, contanto que a casa permanecesse sossegada. Leonard passaria a noite em um hotel no centro da cidade, em uma convenção de ficção científica e fantasia da qual participava todos os anos, e só voltaria na noite seguinte. Alice só se lembrava de flashes da festa: a calcinha da Calvin Klein que estava usando, o cheiro das garrafas de cerveja vazias que se acumulavam por todas as superfícies disponíveis, as tampinhas cheias de cinzas de cigarro. Ela e Sam tinham vomitado naquela noite, mas não antes de tirarem a tal foto. Todos tinham achado a festa muito boa, só que Alice terminara a noite aos prantos e de coração partido. Já fazia muito tempo.

— Amei — disse Alice, e era verdade. Mas aquilo também a deixou profundamente triste.

O garçom trouxe a taça de vinho grande de Sam e mais uma para Alice. As duas pediram mais aperitivos do que precisavam: grão-de-bico frito, couve-flor assada, pão e queijo, bolinhos de presunto, copinhos de gaspacho.

— Eu pago — anunciou Sam —, e quero comer coisas que fariam os meus filhos se esconderem debaixo da mesa.

Comeram polvo, azeitonas e anchovas com torrada. Sam perguntou de Leonard, e Alice contou. Não era como se temesse a morte dele: o pai estava morrendo, sabia disso. A questão é que ela não sabia quando aconteceria, ou como se sentiria quando acontecesse. Tinha medo de se sentir aliviada, medo de ficar triste demais para trabalhar, medo de nunca mais ter outro namorado porque estaria triste demais para conhecer alguém, e já tinha quarenta anos — *quarenta* anos, o que era bem diferente de ter 39... então o celular de Sam vibrou, depois vibrou de novo, e Leroy tinha caído do sofá e batido a cabeça e talvez precisasse de pontos, Josh não sabia ao certo. Sam pagou por tudo, deu um beijo em cada bochecha de Alice e mais um na testa, então saiu pela porta sem nem vestir o casaco. A mesa ainda estava cheia de comida, então Alice comeu o máximo que conseguiu. E pediu para embrulhar o restante para viagem.

13

Antes de ser internado, Leonard ligava para Alice algumas vezes por semana. Conversavam sobre ao que estavam assistindo na Netflix, ou os livros que estavam lendo, ou o que tinham comido no almoço. Leonard cozinhava muito mal, só sabia ferver água para o macarrão, e fazer cachorro-quente ou legumes congelados. Como muitos nova-iorquinos, Alice aprendera a cozinhar discando números de telefone: Ollie's para comida chinesa, Jackson Hole para hambúrgueres, Rancho para comida mexicana, Carmine para macarrão com almôndegas e a mercearia para sanduíches de bacon, ovo e queijo. De vez em quando, conversavam sobre a mãe de Alice, se ela acreditava ou não em alienígenas (acreditava), se ela não poderia ser um alienígena (possível). Leonard gostava de ouvir sobre as crianças da escola. Não era que Alice e o pai não tivessem conversas honestas; tinham, e eram melhores do que as conversas que muita gente tinha com os pais, mas eram conversas que se esvaíam alegremente para o superficial, como uma rocha plana e perfeita.

Leonard passara meses sentindo dor e, quando finalmente concordara em ir ao hospital, as enfermeiras de plantão ajudaram a aliviar o sofrimento dele com medicamentos na veia, uma bolsa cheia de um líquido diluído e forte. Nos minutos antes de ele ficar muito chapado e cair no sono, Alice e o pai começaram a conversar de verdade.

— Você se lembra do Simon Rush? — perguntara Leonard.

Na época, estava em um quarto com vista para o poderoso rio Hudson e a ponte George Washington. Alice via barcos subindo e descendo o rio, via até jet skis. Onde as pessoas arranjavam jet skis em Nova York?

— Literalmente o seu amigo mais famoso? Claro que me lembro. — Alice ainda podia imaginá-lo de pé na entrada da Pomander e se lembrava das vezes em que o encontrava fumando com o pai na esquina da 96th Street com a West End Avenue, quando ela e os amigos voltavam do Riverside Park.

— Ele sempre tinha essas coisas. Era alucinógeno demais para mim, em geral, mas, de vez em quando, acontecia. Ficávamos doidões e nos sentávamos no apartamento dele, na 79th Street, para ouvir o *Forever Changes*, do Love, em vinil. Ele só tinha vinil, além de as melhores caixas de som que o dinheiro podia comprar. — Leonard apontou para ela. — Você tem esse álbum no seu celular? Pode tocar?

Leonard nunca tivera um smartphone, não via necessidade. Mas gostava que Alice pudesse trazer à tona imediatamente qualquer coisa que quisesse ouvir, como em um passe de mágica. Ela clicou em alguns botões, e a música começou a tocar pelos pequenos alto-falantes. Leonard levantou a mão magra e estalou os dedos de leve.

— É incrível, Alice, como você sempre foi simplesmente perfeita. Eu cuidava das minhas coisas, como sempre, e você se manteve firme, sempre. Como um buldogue. Terrestre, sabe?

Alice riu.

— Obrigada.

— Ué? Não era pra eu dizer isso? Eu fui ótimo quando você era pequena, cara, e a gente podia brincar e simplesmente usar a imaginação, criar histórias, mas aí, quando você chegou à puberdade, eu deveria ter chamado alguém que soubesse o que estava fazendo. Eu deveria ter mandado você para um internato. Deveria ter transferido você para a casa da Sam e dos pais dela. Mas você era uma criança tão boa que nem parecia perceber.

— Você me deixava fumar no quarto.

O quarto de Alice compartilhava uma parede e uma escada de incêndio com o do pai.

— Você não fumava, não para valer, fumava? Cigarros?

— Pai, eu fumava um maço por dia. Aos catorze anos. — Alice revirou os olhos.

Já tinham fumado juntos, na mesa da cozinha, compartilhando um cinzeiro.

Ele riu.

— Não, sério? Mas você nunca se meteu em confusão. Você, a Sam, o Tommy e todos os seus amigos... vocês eram boas crianças, tão divertidas.

— Quando eu estava no Ensino Médio, você me tratava feito adulta. Então achei que fosse adulta. Mas, tipo, não uma adulta careta. Eu me achava a Kate Moss ou o Leo DiCaprio, um daqueles astros de cinema que sempre saíam das boates aos tropeços. Acho que era o meu objetivo.

Leonard fez que sim com a cabeça enquanto os olhos começavam a fechar.

— Da próxima vez, teremos mais regras. Para nós dois.

Era verdade, Alice sempre estivera bem. Tão bem que ninguém jamais se preocupara em verificar o que estava acontecendo por baixo da superfície. Havia jovens com problemas: Heather, que foi mandada para a reabilitação por se drogar como se estivesse no filme *Diário de um adolescente*, e Jasmine, que só comia cem calorias por dia e teve que repetir de ano porque passou quatro meses em tratamento, alimentada por uma sonda. Alice não era assim. Era divertida, era normal. Ela e o pai eram como uma dupla de comédia, e Alice era sempre a que ria mais alto. Se tivesse tido regras, um horário definido para voltar para casa, ou um pai que a castigasse quando encontrasse drogas, em vez de simplesmente confiscá-las, talvez tivesse ido para Yale, ou tirado notas altas o suficiente para expressar essa vontade em voz alta sem arrancar uma risada do orientador. Talvez vestisse branco no outono, usasse o cabelo comprido, tivesse deixado a cidade para ir morar na França e feito algo, qualquer coisa. Talvez estivesse falando com as enfermeiras de sua casa em Montclair enquanto olhava pela janela e via o marido e os filhos brincando na piscina nos últimos dias da estação. Na adolescência, em um dia em que Sam ficara muito bêbada e fora para Pomander, Leonard a deixara dormir na cama de Alice. Talvez os pais devessem ser mais rígidos. Alice sempre presumira que o pai sabia de tudo e que confiava nela o suficiente para saber que não se meteria em apuros, mas talvez Leonard nunca tivesse prestado atenção de verdade, como todos os outros pais. No momento, era ainda mais difícil para ele prestar atenção, e o pai tinha que repetir a mesma pergunta várias vezes. Leonard se lembrava de Sam e Tommy, mas não saberia dizer o nome de ninguém com quem Alice trabalhava. Ela entendia, era assim que as coisas funcionavam. Quando era mais nova, achava que Leonard era velho; agora que ele estava velho, Alice se dava conta de como ele era jovem na época. A perspectiva é algo injusto. Quando Leonard caiu em um sono profundo, Alice foi embora.

14

Alice carregava uma sacola de compras grande em cada mão — o suéter chique em uma, a embalagem com os restos de comida na outra. Em toda a sua vida de nova-iorquina, nunca estivera sozinha à noite nessas ruas a oeste. Alice foi andando em direção ao leste, até a Eighth Avenue, até se encontrar no meio de uma multidão com malas de rodinha indo em direção à Penn Station. Não se sentia exatamente bêbada, mas o mundo parecia um pouquinho mais descontraído, e ria enquanto caminhava contra o fluxo de pessoas na faixa de pedestres. O metrô estava bem ali, mas ainda não queria pegá-lo. A beleza de Nova York estava nas *caminhadas*, nas descobertas acidentais e nos desconhecidos. Além do mais, ainda era seu aniversário, então resolveu continuar andando. Alice virou e subiu pela Eighth, passando pelas lojas de turistas que vendiam ímãs, chaveiros, camisetas Eu ♥ NY e dedos de espuma no formato da Estátua da Liberdade. Alice já havia andado mais de dez quarteirões quando se deu conta de que tinha um destino em mente.

Ela, Sam e os amigos tinham passado muitas, muitas horas em bares durante a adolescência — noites no Dublin House, na 79th Street, e no Dive Bar, na Amsterdam com a 96th Street, com o letreiro néon em forma de bolhas, embora fosse perto demais de casa para ser seguro; havia também alguns bares mais ao sul da Amsterdam, aqueles que ofereciam baldes de cerveja por vinte dólares e mesas de sinuca arranhadas. Às vezes, chegavam até a frequentar alguns bares da NYU, no centro, na MacDougal Street, onde podiam correr para a rua e comer um falafel, para depois voltar, como se estivessem no escritório saindo para o almoço. Mas o bar favorito era o Matryoshka, um bar temático russo na estação de metrô 1/9, na 50th Street. Só a linha 1 persistira, mas naquela época também havia a 9. As coisas viviam mudando, mesmo quando não dava para sentir. Alice se perguntava se as pessoas não se sentiam tão velhas quanto de fato eram porque tudo acontecia tão devagar. Ficamos mais lentos e enferrujados um dia de cada vez. O mundo muda de um jeito tão gradual que, quando nos damos conta de que os carros ficaram mais modernos, os táxis mudaram de cor ou que os bilhetes do metrô estão diferentes, já estamos acostumados. Somos todos lagostas na panela: quando nos damos conta, a água já está fervendo.

Não havia lugar como o Matryoshka. As estações de metrô tinham lojinhas do tamanho de armários, com garrafas d'água, barras de chocolate e revistas, e algumas no centro da cidade tinham sapateiros que também vendiam guarda-chuvas e outras coisas que os empresários poderiam precisar; havia também algumas barbearias, mas nada chegava perto do Matryoshka. Todos os bares eram escuros — a ideia era essa, claro —, só que o Matryoshka era literalmente subterrâneo, à esquerda das catracas, ao pé da escada que levava à rua. A entrada era uma porta preta com um "M" vermelho pintado na altura dos olhos, sem outras marcas que o identificassem. Alice não visitava o bar fazia quinze anos. Sabia que continuava ali, era famoso, um marco subterrâneo, o tipo de lugar para o qual revistas como a *New York* gostavam de enviar repórteres e astros do cinema em busca de uma atmosfera autêntica. Alice pegou o celular para mandar uma mensagem para Sam, mas refletiu sobre como aquilo soaria: "É meu aniversário e estou terminando a noite indo a um bar em uma estação de metrô. Sozinha!". Seria um tuíte cômico, um pedido de socorro. Mas Alice não queria ajuda, queria tomar um último drinque em um lugar que amava. Depois, iria para casa, acordaria com quarenta anos e um dia e poderia começar tudo de novo.

Um amontoado de gente subia as escadas da estação, e, por um momento, Alice teve medo de que o Matryoshka tivesse ficado popular demais, que fosse haver fila para entrar (e ela obviamente não esperaria), mas eram só pessoas saindo do metrô. A porta estava aberta, e a escuridão familiar era exatamente a mesma da qual ela se lembrava. Até o banco que mantinha a porta aberta — preto, com um assento de couro rachado — parecia o mesmo banco de couro onde passara horas, os cotovelos adolescentes magricelas apoiados no balcão pegajoso.

O espaço era dividido em dois: uma área estreita por onde os clientes entravam, em que ficava o bar em si, e uma pequena área de estar com sofás de couro preto que pareciam ter sido amados um dia, mas que depois foram abandonados na calçada e arrastados pelas escadas do metrô até seu local de descanso final. Lá nos fundos, havia algumas máquinas de pinball envelhecidas e uma jukebox que Alice e Sam sempre adoraram. Ficou surpresa de vê-la ainda ali — havia jukeboxes por toda parte quando estava no Ensino Médio, em bares e lanchonetes, às vezes pequenas, do tamanho de uma mesa, mas fazia anos desde que vira uma dessas, da altura dos ombros e imensa, do tamanho de um armário embutido típico de Nova York. O barman a cumprimentou com um aceno de cabeça, e Alice levou um susto. Era o mesmo homem que trabalhava no bar tantos anos antes — o que era normal, é claro, devia ser o dono —, mas ele estava exatamente igual ao que ela lembrava. Talvez houvesse alguns fios de cabelo branco aqui e ali, mas o cara não parecia tão mais velho do que ela, Alice tinha certeza. A escuridão favorecia a todos.

Alice retribuiu o cumprimento e deu uma volta pelo bar, depois entrou no segundo cômodo, que era maior. Era ali que ela e os amigos passavam a maior parte do tempo, já que havia mais sofás e espaço para se espalhar, flertar e dançar. Uma cabine fotográfica ficava posicionada no canto de trás, onde as pessoas às vezes posavam para fotos, mas que era mais comum de ser usada para pegação, já que a máquina quase sempre estava quebrada; mas ainda tinha a cortina e o banquinho, além da sensação emocionante de estar diante do olhar da câmera. Grupos de pessoas riam e bebiam por toda parte, os joelhos apontados uns para os outros, as bocas abertas e radiantes. Alice não sabia muito bem se estava à procura de algum conhecido, se só estava fingindo estar à procura de algum conhecido, ou se só estava procurando o banheiro meio sem entusiasmo. Voltou para o balcão e se acomodou por lá, deixando as enormes sacolas de compras no chão.

— É o meu aniversário! — anunciou para o barman.

— Feliz aniversário — respondeu o sujeito. Em seguida, pôs dois copinhos de shot no balcão e os encheu de tequila. — Quantos anos?

Alice deu risada.

— Quarenta. Eu. Tenho. Quarenta. Nossa, realmente não sei o que pensar.

Aceitou o copinho que ele empurrou pelo balcão e fez um brinde com o outro, que o barman esvaziou sem esforço. O shot ardeu. Nunca ligara muito para álcool, nem em quantidade, como as donas de casa bêbadas nos filmes, nem em qualidade, como as pessoas com quem estudara na faculdade e que agora tinham carrinhos de bar vintage bem abastecidos e se consideravam mixologistas amadoras.

— Uau — disse. — Obrigada.

Alice ouviu gargalhadas vindas do cantinho perto da jukebox. Um trio de mulheres jovens — mais novas do que ela, mais novas até do que Emily — tiravam fotos e mostravam os celulares umas às outras.

— Eu vinha aqui quando estava no Ensino Médio — comentou com o barman. — Usava uma identidade falsa que comprei na Eighth Street e que dizia que eu tinha 23 anos, porque achei que daria muito na cara se dissesse que tinha 21. Só que, quando fiz 21, minha identidade falsa dizia que eu tinha quase trinta. Mas agora não consigo mais diferenciar pessoas de 21 e pessoas de 29, então talvez não fizesse muita diferença.

O barman serviu mais um shot.

— Por conta da casa. Eu lembro como é fazer quarenta anos.

Alice queria perguntar se tinha sido no ano anterior, na década anterior, ou no dia anterior, mas não falou nada.

— Tá bom — respondeu —, mas é o último.

O gosto da bebida estava melhor daquela vez... menos ardente, mais como um beijo defumado.

15

Pomander Walk era muito mais perto do que sua casa, e Alice tinha a chave, em algum lugar. Eram três da manhã quando o carro de aplicativo parou na esquina da 94th Street com a Broadway. Abandonara os restos de comida no bar, ou os compartilhara com alguém, quem sabe? De qualquer forma, só carregava uma das sacolas de compras e, em vez do suéter novo, lá dentro estava o velho, pois derramara uma cerveja inteira em si mesma e trocara de roupa no banheiro. As garotas no fundo do balcão tinham sido hilárias, e todas eram *fumantes*, graças a Deus, pelo menos àquela hora da madrugada, que transformava quase todo mundo em fumante. Era uma corrida de dez minutos até o norte da cidade. Poderia ter vindo de metrô, claro, mas ainda era seu aniversário, e por isso havia escolhido o carro mais luxuoso disponível no aplicativo. Quando entrou, o motorista olhou para ela, ligeiramente esparramada no banco traseiro de seu Escalade novinho, e Alice teve certeza de que o homem esperava que ela vomitasse. Não faria aquilo.

Só que, no instante em que o carro se afastou, vomitou na sarjeta. A calçada estava vazia. Alice estremeceu e procurou as chaves na bolsa. Sempre carregava a chave da casa do pai, só por precaução, mas não a usava havia semanas. Passava lá só para pegar correspondências ou alimentar Ursula, mas uma das garotas que vivia na

Pomander estava sendo paga para alimentar e cuidar da gata, então Alice não se sentia tão culpada pela ausência. Raspou o fundo da bolsa com os dedos. As chaves deviam estar ali, em algum lugar.

A entrada principal da travessa era pelo lado da 94th Street, uma portinha gradeada ao lado de uma longa lista de nomes e interfones. Turistas às vezes paravam no portão e esperavam ter a entrada autorizada. Durante o dia, no geral, era um lugar inofensivo. A Pomander Walk devia estar em algum site de viagens ou guia alemão, já que eram quase sempre turistas alemães, de vez em quando um britânico. Mesmo assim, ninguém tocava a campainha às três da manhã. O zelador não morava no local, e não havia porteiro, só um ajudante que ficava por ali em meio período, alguém a quem recorrer para carregar coisas até a área de armazenamento, um armário minúsculo com uma lista de espera enorme. Se Alice não encontrasse a chave, sempre poderia interfonar para Jim Roman, que morava no número 12, o mais próximo do portão. Se ele estivesse acordado, pelo menos não teria que andar muito, e o vizinho também tinha a chave da porta da frente da casa de Leonard. Mas a ideia de acordá-lo era profundamente desagradável, Jim Roman era um viúvo elegante que devia ter mais de oitenta anos e que ela conhecia desde criança. Expô-lo a uma Alice bêbada e possivelmente ainda pegajosa era deprimente demais, então ela se encostou no portão para continuar vasculhando a bolsa. Quando apoiou todo o seu peso, o pesado portão de ferro forjado, que já esmagara seu tornozelo a ponto de precisar de raio X, se abriu.

— Ah, meu Deus, obrigada — agradeceu Alice.

Quem mais tinha uma chave do seu apartamento no Brooklyn? Guardava um conjunto de chaves extra na escola, mas de que serviria? A proprietária do apartamento tinha uma chave. Matt tinha outra, mesmo que nunca a tivesse usado para entrar na casa dela... teria que pegá-la de volta.

Alice subiu os degraus até a entrada em si, então se equilibrou no topo. Pomander Walk era o lugar mais bonito em que já morara. As casas eram quase do tamanho de casinhas de boneca, com detalhes em estilo enxaimel, como algo saído diretamente de um filme natalino brega, mas com a trilha sonora constante de Nova York, buzinas e britadeiras. Como era outono, já havia abóboras nos degraus da frente das casas — abóboras lindas, saídas de alguma fazenda do interior, caras demais para terem sido esculpidas. As mais normais viriam depois, pouco antes do Halloween. Sempre havia crianças o suficiente na Pomander para fazer uma boa festa de Halloween — humaninhos fantasiados passando de porta em porta enquanto os adultos bebiam vinho ou cidra de maçã, usando máscaras e chapéus engraçados. O pai de Alice tinha vários chapéus engraçados e uns bigodes falsos, e os dois sempre se divertiam, tanto quando ela ainda tinha idade para pedir doces quanto depois de crescida, quando passou a ajudá-lo a distribuir as guloseimas.

Ainda não conseguia encontrar a chave. Uma das janelas era meio instável, Alice sabia, e talvez fosse fácil de abrir por fora. Ou poderia simplesmente esperar algumas horas até amanhecer, e Jim Roman ou o zelador poderiam deixá-la entrar. Provavelmente era uma ideia melhor. Estava prestes a se sentar no degrau da casa do pai quando a pequena guarita chamou sua atenção. Era um dos domínios mais preciosos de Leonard, que nutria a mesma relação que Alice imaginava que os homens dos subúrbios tinham com suas garagens, seu próprio reino, mais organizado do que a casa em si. A guarita era de todos da Pomander, mas Leonard era quem mais amava e cuidava do lugar.

De perto, percebeu que a guarita estava quase vazia, só uma vassoura em um canto e alguns sacos fechados de terra para jardinagem encostados na parede oposta, mas, fora isso, a casinha estava impecável. Alice fechou a porta ao entrar e sentou-se no chão. Depois de alguns minutos, enrolou a sacola de compras com o suéter sujo dentro e a usou de travesseiro, com os sacos de terra servindo de apoio para as costas. Caiu no sono depressa, imaginando-se como o coelhinho no livro de Richard Scarry, aconchegada em sua árvore pelo inverno inteirinho.

16

O quarto estava escuro, e Alice sentia-se velha. Abriu os olhos e piscou. Demorou vários segundos para perceber onde estava. De alguma forma, durante a noite, conseguira entrar na casa e chegar à sua estreita cama de infância. Leonard não fora um daqueles pais que transformam o quarto dos filhos em um depósito de equipamentos de ginástica, mas também não era muito sentimental com as coisas de Alice. A maioria ainda estava ali, mas, certa vez, em uma faxina anual e sem tê-la consultado, Leonard mandara todas as edições da revista *Sassy* para a reciclagem, uma transgressão que ainda a irritava. Esticou os braços sobre a cabeça até que os dedos roçassem a parede às suas costas.

Seu corpo não estava tão ruim, mas a boca estava seca, e uma dor de cabeça se aproximava alegremente. Manteve os olhos quase fechados enquanto tateava o chão em busca da bolsa e do celular. Em vez disso, seus dedos só tocaram o tapete grosso e felpudo, que acreditava nunca ter sido aspirado, e a superfície abarrotada da mesa de cabeceira.

— Merda — resmungou, sentando-se.

A bolsa devia estar por perto. Sem o celular, não fazia ideia de que horas eram. Com certeza já era manhã, embora o quarto ainda estivesse escuro. A parte de trás das casas da Pomander vivia escura, ainda mais pela manhã, e a janela do quarto dava para as janelas dos fundos de todos os prédios grandes que se alinhavam pelo restante do quarteirão, uma paisagem urbana invertida — escadas de incêndio e janelas quase todas ocultas até onde a vista alcança. Alice começou a fazer uma lista mental de todos os cartões de crédito que precisaria cancelar caso não encontrasse a carteira, de tudo o que precisaria repor. Como marcar um horário na Apple Store para substituir um celular sem um celular? O laptop estava em casa. Alice suspirou.

Com as pernas meio bambas, ela pôs os pés no chão e se levantou. Ia alimentar Ursula, e em seguida descobrir como pegar o metrô sem o MetroCard. Devia ter alguns dólares por ali, dinheiro o suficiente para voltar para casa, e sua senhoria tinha uma chave do apartamento. O quarto estava uma zona, o chão completamente abarrotado de roupas, como se Leonard tivesse revirado tudo para descartar algumas coisas antes de ir para o hospital. Era estranho, mas ele era assim. Alice se limitou a afastar as coisas com os pés descalços, abrindo caminho até a porta.

Arrastou-se até o banheiro e nem se deu ao trabalho de fechar a porta. Sentou-se para fazer xixi e fechou os olhos. Ouviu um barulho na sala, depois o som de Ursula andando pelo corredor. Seu rostinho preto apareceu na porta e, no mesmo instante, o corpinho estava aninhado nas canelas de Alice.

— Boa gatinha — cumprimentou.

Só então olhou para o próprio corpo. Usava um calção e uma camiseta amarela enorme das lojas Crazy Eddie, que cobria seu colo. As coxas, mesmo achatadas contra o assento do vaso, pareciam finas, como se tivesse perdido peso durante a noite. Alice não se lembrava de ter trocado de roupa e, mesmo que lembrasse, não via aquela camiseta havia décadas, uma relíquia de infância. Ela se levantou e esticou a camiseta para admirá-la, um verdadeiro pedaço da história de Nova York. O comercial de TV começou a tocar em sua mente. Com certeza a usaria para voltar para casa. Ursula se enroscou nos seus pés, então saiu correndo, com certeza para esperar perto da tigela de comida. Alice ouviu um barulho vindo do outro quarto — devia ser a menina que estava cuidando da gata. Fechou a porta depressa, não queria dar um susto na garota.

O banheiro de Leonard era como uma cápsula do tempo. Talvez fosse porque ele ainda frequentava a mesma farmácia antiquada ou, quem sabe, porque as marcas mais modernas ainda não tinham chegado ao Upper West Side, mas tudo lá dentro — a pasta de dente, o creme de barbear, as toalhas que já tinham sido bege e agora só pareciam sujas — estava do mesmo jeito de sempre. Alice espremeu um pouco de Colgate no dedo e escovou os dentes. Depois de cuspir, jogou água no rosto e o secou com a toalha.

— Já estou saindo — anunciou. — É a Alice!

Crianças não deviam ter ataques cardíacos com muita frequência, mas, quando pensou na própria infância na Pomander Walk, lembrou-se do quanto se falava sobre o perigo de pessoas desconhecidas e de como sempre se mantivera pronta para chutar e morder, como toda boa menina da cidade. Pensou ter ouvido uma resposta baixa e, assim, endireitou a camiseta e saiu para o corredor. Era uma adulta que trabalhava com crianças e conseguia conversar com qualquer uma, mesmo usando seus pijamas da adolescência.

Ursula estava empoleirada em seu lugar favorito, a parte do parapeito acima da saída do aquecedor, o pelo preto absorvendo o sol. Era a gata mais velha do mundo — ninguém sabia ao certo quantos anos tinha, mas, se tivesse que chutar, Alice diria que ou tinha 25, ou era imortal. Ainda aparentava a mesma vitalidade de sempre.

— Oi, bom dia — cumprimentou, fazendo a curva do corredor para a cozinha. — Espero não ter te assustado.

— Você não é tão assustadora assim — disse o pai.

Leonard Stern estava sentado no lugar de sempre à mesa da cozinha. Ao seu lado, havia uma xícara de café e uma lata aberta de Coca-Cola. Ao lado das bebidas, um prato com algumas torradas e ovos cozidos. Alice pensou ter visto um Oreo também. O relógio na parede atrás da mesa dizia que eram sete da manhã. Leonard parecia bem, saudável. Na verdade, mais saudável do que Alice se lembrava de já tê-lo visto. Parecia pronto para dar uma corrida pelo bairro, se quisesse, só por diversão, como o tipo de pai que brincava de bola e ensinava a filha a patinar no gelo, por mais que definitivamente não fosse. Leonard parecia um astro de cinema, uma versão cinematográfica de si mesmo — bonito, jovem e ágil. Até o cabelo parecia cheio de vida, com as ondas castanhas e volumosas que tinha na infância de Alice. Quando foi que o cabelo do pai começara a ficar grisalho? Alice não sabia. Leonard ergueu os olhos e fez contato visual com ela. Em seguida, olhou para o relógio, virou-se de volta para ela e balançou a cabeça, dizendo:

— Se bem que você acordou cedo hoje. Um novo hábito! Gostei.

O que estava acontecendo? Alice fechou os olhos; talvez estivesse alucinando! Era possível! Talvez tivesse bebido muito além da conta e ficado tão bêbada que, várias horas depois, ainda estivesse mais alcoolizada do que jamais estivera em toda a sua vida. Talvez estivesse vendo coisas. Talvez o pai tivesse morrido, e aquele fosse o fantasma dele. Alice começou a chorar e apoiou a bochecha na parede fria.

O pai empurrou a cadeira para trás e foi andando devagar na direção da filha. Alice não tirou os olhos dele, temia que, caso desviasse o olhar, ele fosse desaparecer.

— O que está acontecendo, aniversariante? — perguntou Leonard, com um sorriso.

Os dentes dele estavam branquíssimos e alinhados. Dava para sentir o hálito de café.

— É o meu aniversário — disse Alice.

— Eu sei que é o seu aniversário — respondeu Leonard. — Você me fez assistir a *Gatinhas e Gatões* vezes o suficiente para garantir que eu não me esquecesse da data. Mas, apesar disso, não comprei um conversível de presente.

— O quê? — indagou.

Onde estava sua carteira? Seu celular? Alice apalpou o corpo outra vez, procurando por qualquer coisa que lhe pertencesse, que desse sentido àquela situação. Apertou a camiseta enorme contra o corpo e sentiu a barriga chapada, os ossos dos quadris.

— É o seu aniversário de dezesseis anos, Alicezinha.

Leonard cutucou a perna dela com o pé. Ele sempre conseguira se esticar desse jeito? Fazia muitos anos que não movia o corpo com tanta facilidade. Alice sentiu-se exatamente como quando via os filhos dos amigos pela primeira vez depois de alguns anos e eles de repente já eram seres formados, que sabiam andar de skate e tinham quase sua altura, mas ao contrário. Tinha visto o pai todos os dias, depois mais ou menos toda semana, a vida toda. Nunca houvera uma lacuna, um período de tempo em que pudesse vê-lo sob outra perspectiva. Estivera presente na chegada de cada cabelo grisalho, então claro que não notara o momento em que o jogo virou, o momento em que já havia mais fios brancos do que escuros.

— Quer um Oreo de café da manhã?

PARTE DOIS

17

Alice ficou parada na porta do quarto. O coração estava fazendo coisas que corações não deveriam fazer, como bater no ritmo de uma música da Gloria Estefan. Queria ir se sentar com o pai, mas também precisava compreender se estava viva, se ele estava vivo, se estava dormindo, ou se tinha mesmo dezesseis anos, em vez de quarenta, e acordara em seu quarto na casa do pai. Alice não tinha certeza de qual opção parecia menos atraente. Se estivesse morta, pelo menos não tinha sofrido. Se estivesse dormindo, em algum momento acordaria. Se o pai estivesse morto e aquilo fosse a reação do corpo dela ao trauma, era justo. A opção mais provável, para além de aquele ser o sonho mais lúcido de sua vida, era que tivesse sofrido um colapso mental e que tudo aquilo estivesse acontecendo dentro da própria mente. Caso tivesse viajado no tempo e sua consciência de quarenta anos estivesse de volta no corpo adolescente, e lá fora fosse 1996 e ela estivesse no penúltimo ano do Ensino Médio, isso geraria problemas graves. Era improvável que seu quarto contivesse as respostas para qualquer uma daquelas perguntas, mas os quartos de adolescentes escondem muitos segredos, então tudo era possível. Afinal, Alice crescera com dois irmãos imaginários que viajavam no tempo.

Acendeu a luz. As pilhas de roupas que empurrara para o lado não eram coisas que Leonard mexera; eram montanhas de sua própria autoria. O quarto estava exatamente do jeito que se lembrava, mas ainda pior. Cheirava a fumaça de cigarro e a Calyx, o perfume doce e vibrante que Alice usara durante todo o Ensino Médio e por um tempo da faculdade. Fechou a porta atrás de si e passou com cuidado por cima das pilhas de roupas até chegar à cama, a cama em que acordara.

Os lençóis Laura Ashley floridos estavam embolados, como se um tornado tivesse passado por ali, em cima do colchão de solteiro. Alice se sentou e puxou para o colo seu travesseiro mais macio, aquele com uma fronha dos Ursinhos Carinhosos. O quarto era pequeno, e a cama ocupava quase metade do espaço. As paredes estavam cobertas por fotos recortadas de revistas, uma colagem em que Alice trabalhara continuamente desde mais ou menos os dez anos até o dia em que saíra para a faculdade. Mais parecia um papel de parede psicótico — lá estava a Courtney Love beijando a bochecha do Kurt Cobain na capa da *Sassy*, e, logo ao lado, James Dean sentado em um trator; lá estava o Morrissey sem camisa, o Keanu Reeves sem camisa e a Drew Barrymore sem camisa, cobrindo os seios com as mãos e com margaridas no cabelo. Havia marcas de beijos de batom, onde Alice encostara os lábios na parede, em vez de usar um lenço — nas cores Brinde de Nova York, Passas ao Rum e Cerejas na Neve. A peça central era um pôster gigante do filme *Caindo na real*, comprado em uma locadora por dez dólares, com outras coisas coladas por cima e ao redor, deixando apenas Winona totalmente intocada. Havia palavras escritas atrás das estrelas de cinema: FILME, CONFIANÇA, TRABALHOS. E Alice incluíra as próprias: ENSINO MÉDIO, ARTE, BEIJOS. Alguém marcara o rosto de Ben Stiller — Andrew, um amigo de Alice, pelo que lembrou no segundo seguinte. Quase todos os seus amigos homens do Ensino Médio tinham uma lata de tinta e fingiam grafitar, por mais que a maioria só escrevesse nas páginas de cadernos, não nas paredes do metrô. Alice se virou em direção à mesinha de cabeceira e abriu a gavetinha bamba. Ali estavam seu diário, um isqueiro, um maço de Newport Lights, uma lata de Altoids, algumas canetas, alguns elásticos de cabelo, algumas moedas soltas e algumas fotos. Era como se tivesse acabado de acordar em um museu onde a única exposição era a própria vida. Tudo no quarto estava igual a quando tinha dezesseis anos.

Abriu a embalagem e pegou a pilha de fotos. Não eram de nenhum evento específico, pelo que podia ver. Sam sentada na cama; Sam falando ao telefone da escola; fotos de si mesma, tiradas no espelho, com um buraco negro onde o flash tinha disparado; Tommy na sala de estar dos alunos da Belvedere, escondendo o rosto — ou achava que era Tommy; vários garotos da Belvedere se vestiam do mesmo jeito: calças jeans largas, blusas que pareceriam mais arrumadinhas se fossem de três tamanhos menores. Ouviu o pai ligar o rádio na cozinha e começar a lavar a louça.

— Vou só tomar um banho, pai! — gritou do quarto.

Dera meia-volta e fugira, o que deve ter parecido tão típico de sua versão adolescente que Leonard simplesmente deu de ombros e se acomodou de volta para terminar o café da manhã. Como sua voz soava? Será que era a mesma? Examinou o próprio reflexo no espelho barato, de corpo inteiro, pendurado na parte de dentro da porta do armário.

Em cada segundo de sua adolescência, Alice acreditara ser mediana. Aparência mediana, inteligência mediana, corpo mediano. Desenhava melhor do que a maioria. Não entendia nada de matemática. Quando precisava correr, na aula de educação física, fazia pausas para caminhar até aquela dorzinha na lateral passar. Mas o que viu no espelho naquele momento a fez cair no choro. Claro que reclamara de envelhecer, já fizera comentários autodepreciativos para Emily nos próprios aniversários e coisas assim, além de sentir o envelhecimento nas costas e nos joelhos e vê-lo nas rugas em volta dos olhos, mas, no geral, se sentia igual a quando era adolescente. Só que estava enganada.

Alice parou diante do espelho e ergueu o dedo, ao estilo E.T., para se cumprimentar. O cabelo estava dividido ao meio e passava dos ombros. Uma pequena espinha ameaçava despontar no queixo, mas, fora isso, o rosto parecia uma pintura renascentista. A pele era lisa e macia, os olhos, grandes e luminosos. As maçãs do rosto tinham um tom cor-de-rosa que chegava a ser cômico.

— Caralho, eu pareço um anjinho querubim — sussurrou. Em seguida, olhou para a barriga chapada. — Que merda eu tinha na cabeça?

Começou a hiperventilar. O toca-fitas rosa estava aos pés da cama, a antena estendida. Alice o levou ao peito para um abraço. O pequeno marcador passava um pouco do 100 (Z100, 100.3, uma péssima estação de rádio que provavelmente ouvira todos os dias de sua juventude). Já fizera várias mixtapes para garotos de quem gostava, garotos nos quais não pensava fazia décadas (para Tommy Joffey, sem falar em Sam, mas também para outras mil pessoas, cada música uma mensagem secreta, sendo que pelo menos metade era da Mariah Carey, o que nem sequer era sutil). O rádio ficara no banheiro por um tempo, onde Leonard às vezes ouvia música enquanto tomava banho, mas Alice não via o aparelho havia mais de uma década. Ela o apertou mais forte, como se, só de segurá-lo, pudesse ouvir cada música que já amara na vida.

Os *Irmãos do tempo* usavam um carro para viajar de um lado para o outro no contínuo espaço-tempo. Marty McFly tinha seu capacitor de fluxo. Bill e Ted tinham sua cabine telefônica e George Carlin. A moça sexy de *Outlander* só precisava tocar em umas pedras antigas. Jenna Rink tinha um pozinho mágico no armário do porão dos pais. Em *Kindred: laços de sangue* e em *A mulher do viajante do tempo*, simplesmente acontecia, sem mais nem menos. Alice repassou todos os cenários dos quais se lembrava. Como era em *A casa do lago*? Uma caixa de correio mágica? Tinha ficado bêbada e desmaiado. Alice respirou fundo enquanto observava as bochechas se encherem e esvaziarem.

Aos seus pés, viu outro objeto familiar: o telefone de plástico transparente, com um cabo espiralado de quase três metros, longo o suficiente para alcançar qualquer lugar do quarto. Tinha sido um presente no aniversário de quinze anos, uma linha telefônica própria. Alice se acomodou no chão e puxou o telefone para o colo. O tom de discagem era tão familiar e reconfortante quanto o ronronar de um gatinho. Seus dedos discaram um número: o de Sam. O telefone cor-de-rosa de Sam, em seu quarto cor-de-rosa no apartamento dos pais. Ainda era bem cedo e, por mais que a Sam adulta já estaria acordada e servindo o café da manhã dos filhos enquanto os subornava com desenhos animados, a Sam adolescente estaria no vigésimo sono. Alice ligou mesmo assim.

Após alguns toques, Sam atendeu com um grunhido:

— Que foi?

— É a Alice.

— Ah, oi, Alice. Por que está me ligando a essa hora da madrugada? Tá tudo bem? Ah, merda, é o seu aniversário! — Sam pigarreou. — Pa-ra-béns pra você…

— Tá bom, tá bom, obrigada. Não precisa cantar. — Alice observou seu reflexo enquanto falava. — Só estava querendo conferir uma coisa. Pode vir aqui mais tarde? Ou eu posso ir aí? Me liga quando acordar, tá?

Seu queixo era afiado como uma faca. Por que Alice nunca tinha escrito poemas sobre o próprio queixo, tirado fotos do queixo, pintado quadros do queixo?

— Tá bom, aniversariante amarga. Como quiser. Amo você. — Sam desligou, e Alice fez o mesmo.

Seu armário compartilhava uma parede com o banheiro, e Alice ouviu o pai entrar, ligar a luz e o exaustor. Abriu a torneira, estava escovando os dentes. Não ouvira a porta se fechar — o que, com a fechadura defeituosa, era a única maneira de comunicarem um ao outro que precisavam de privacidade. Alice ouviu o pai escovar, enxaguar, cuspir e bater a escova de dentes na beira da pia antes de devolvê-la ao copo de vidro, batendo-a contra a escova dela. Fazia um tempão que não pensava naqueles sons, no moedor de café, no arrastar dos chinelos pelo corredor. Alice revirou o chão e o armário até achar roupas com cheiro de limpas.

18

Leonard estava sentado de volta no lugar de sempre, lendo um livro. Alice entrou com cautela, como se a qualquer momento pudesse cair em um bueiro. O pai virou uma página e esticou o queixo para que Ursula esfregasse o rosto nele. Alice o observava de canto de olho enquanto abria a geladeira e pegava o leite. Os cereais ficavam no armário ao lado dos pratos e copos, uma coleção de caixas ao lado de potes de manteiga de amendoim, latas de sopa e molho de tomate. Pegou a caixa de Grape-Nuts, o cereal favorito do pai.

— Está tudo bem, pai? Você está se sentindo bem?

Alice observou o rosto de Leonard à procura de qualquer sinal de que ele soubesse o que estava acontecendo, de que reconhecesse que havia algo errado. Mas era o rosto dele que estava errado, algumas ruguinhas ao redor dos olhos, a barba cheia, o sorriso de orelha a orelha. Ele estava jovem, jovem, jovem. Alice fez as contas de cabeça: se estava com dezesseis, significava que o pai tinha 49. Menos do que uma década mais velho que a Alice adulta. Ela estava acostumada a ver a vida como uma série de progressos: do Ensino Médio à faculdade, da faculdade à vida adulta, dos vinte aos trinta anos. Eram como voltas de uma corrida na qual estava se saindo bem, mas, no pai, via toda a ruína que estava por vir. As idas ao hospital, as inúmeras consultas médicas depois que ele aceitasse ajuda. Os aparelhos auditivos, depois de anos gritando "o quê, o quê, o quê?" do outro lado da mesa nos restaurantes.

— Claro, por quê? — Leonard a encarou, desconfiado.

— Por nada. — Alice olhou para a caixa de cereais. — Não conheço mais ninguém que compre isso — comentou. — Em toda a minha vida, nunca vi.

Leonard deu de ombros.

— Acho que você precisa conhecer mais gente.

Alice riu, mas também se curvou sobre a tigela para que Leonard não notasse as lágrimas que tinham surgido em seus olhos. Piscou para afastá-las, terminou de preparar o cereal e, por fim, foi se sentar ao lado do pai.

Na mesa, Leonard tinha o *New York Times*, a *New Yorker*, a revista *New York* e uma edição da *People* com uma foto do casamento de JFK Jr. e Carolyn Bessette na capa.

— Caramba — comentou Alice. — Que tristeza.

Leonard pegou a revista e a inspecionou.

— Ah, sim, entendi. Também achei que poderia haver uma chance para você, uma noiva mirim à moda antiga. Teria sido ótimo.

O pai deixou a revista cair de volta na mesa e lhe deu um aperto no braço. Alice parou de respirar. Parecia tão real... A cozinha parecia real, o corpo dela parecia real. O pai parecia real. E seu ídolo estava vivo e recém-casado.

— Não, eu quis dizer... Ah. — Alice fez uma pausa. — Entendi.

Levou uma colherada de Grape-Nuts à boca e prosseguiu.

— Esses cereais são tão esquisitos — comentou. — Parecem as sobras de quando estavam fazendo cereais bons, os farelos que decidiram reaproveitar para não desperdiçar.

Quando Alice estava ao lado do pai no hospital, desejando do fundo do coração que ele abrisse os olhos e falasse com ela, não imaginava que começariam uma conversa sobre Grape-Nuts.

Leonard estalou os dedos.

— Versátil *e* delicioso. E aí, qual é o plano para hoje? Você tem cursinho às dez, depois pode relaxar, fazer o que quiser, e mais tarde jantaremos com a Sam, certo? E depois eu vou para o hotel da convenção e volto amanhã à noite, após o painel. Tem certeza de que não se importa?

Alice apoiou os cotovelos na mesa. Ser jovem era uma loucura: comprar leite e cereal, garantir que houvesse pasta de dente, água sanitária para limpar o vaso e ração de gato era trabalho de outra pessoa, mas tudo o que se fazia — um cursinho preparatório para o vestibular aos sábados, ir à escola — era em função de um futuro ambíguo e indistinto. Ursula caminhou por cima do jornal aberto e cheirou Alice. Como muitos gatos pretos, seus olhos às vezes pareciam verdes, e em outros momentos, amarelos. Ela ergueu o focinho para Alice, que abaixou o rosto em direção à gata.

— Quantos anos a Ursula tem? — perguntou.

A gata cheirou o cereal e saltou de volta para o chão.

— Não dá para simplesmente atribuir um número a uma criatura dessas — respondeu o pai. — Eu não estava presente quando a Ursula nasceu, então só posso tentar adivinhar dentro do que é humanamente possível. Ela já era adulta quando a encontramos. Estava na frente da casa 8, lembra? Depois que a trouxemos para cá, achei que alguém fosse procurá-la... ninguém abandona uma gata assim.

Alice fez que sim com a cabeça.

— Eu lembro. — Talvez Ursula também tivesse viajado, vinda de um futuro em que os gatos viviam para sempre. Ou talvez houvesse uma nova Ursula a cada ano. — Então, onde é a aula do cursinho?

— Na escola. No mesmo lugar da semana passada.

— Na Belvedere?

Leonard fechou o jornal, dobrando-o cuidadosamente ao meio. Por que faziam jornais tão grandes, a ponto de todo mundo ter que segurá-los assim?

— Sim. — Ele inclinou a cabeça para o lado. — Você está bem? É febre de aniversário?

Na última página estava o guia de TV, e Leonard circulara o que queria assistir para não esquecer. Incluindo uma maratona de Hitchcock e o novo episódio de *Edição de amanhã*.

— Acho que sim — respondeu Alice.

Na verdade, a ideia de ir para a escola — no seu prédio, o prédio original — parecia ótima; vai que atravessava a porta, encontrava Emily e Melinda e pedia que as duas a levassem para o hospital para uma avaliação psicológica?

— Você sabe que não importa, né? A nota do vestibular? Leonard estudara na Universidade do Michigan, que ficava em sua cidade natal, e quase não dera despesa para os pais, por isso sequer tivera permissão para tentar se inscrever em outro lugar. Alice sabia disso agora, mas na Belvedere sempre houvera pressão. Sentia que fazia parte daquela pressão agora — os pais que levavam os filhos ao seu escritório tinham que dizer onde estudaram, como se isso tivesse alguma relevância na vida das crianças, seja porque frequentaram Harvard ou uma universidade comunitária ou mesmo por não terem feito graduação. Ser pai ou mãe parecia um trabalho bem merda — quando você atingia a maturidade necessária para entender os erros que tinha cometido, não havia a menor chance de seus filhos darem ouvidos. Cada um precisava cometer os próprios erros. Alice tinha sido uma das alunas mais novas da turma, alguns colegas eram um ano mais velhos. No terceiro ano do Ensino Médio, alguns de seus amigos já sabiam onde queriam estudar: Sam queria ir para Harvard, e Tommy já se candidatara a Princeton, onde toda a família dele estudara por pelo menos três gerações, mas jurava que preferiria morrer a ir para lá. Alice não tinha certeza — já não tinha certeza na época e, mesmo décadas depois, ainda achava que poderia ter escolhido centenas de coisas diferentes e vivido centenas de vidas diferentes. Às vezes, sentia que todos que conhecia já tinham se tornado fosse lá o que iriam ser, e ela ainda estava esperando.

— Acho que sim — respondeu.

Seu estômago roncou; ainda estava faminta.

O cursinho tinha sido uma gigantesca perda de tempo, lembrava agora. Ou parte dela lembrava. Alice estava ciente de seus pensamentos simultâneos; era como atravessar o país de carro, quando as estações de rádio locais ficam mudando à medida que se entra e sai de alcance. A visão dela estava clara, mas vinha de duas fontes diferentes. Alice era ela mesma, só ela, mas era ao mesmo tempo a sua versão de antes e a sua versão de agora. Tinha quarenta anos e tinha dezesseis. De repente, conseguiu ver Tommy reclinado na cadeira, mordiscando um lápis, e sentiu um frio na barriga de emoção. Não era a mistura de sentimentos que tivera quando Tommy levara o filho a Belvedere, uma combinação de ansiedade e vergonha. Era o sentimento antigo: um desejo absolutamente delirante.

— Sobre o que é o seu painel na convenção amanhã?

— Ah, é uma celebração da série de TV de *Irmãos do tempo* — disse Leonard. — Alguém vai me fazer perguntas. Tony e Barry também vão. Todo mundo está muito animado para ver os dois. — Ele contraiu os lábios. Leonard nunca gostara dos atores, sobretudo de Barry. — Tenho certeza de que o Tony vai contar algumas anedotas fascinantes sobre o tempo em que esteve no set de filmagem com Tom Hanks.

Tony tivera um pequeno papel na parte de *Forrest Gump* que é ambientada nos anos 1970, como se nenhum diretor de elenco soubesse em que época situá-lo. Alice pensou que devia ser por conta disso que ele abandonaria a vida de ator e passaria o resto de seus dias com cavalos, que só o conheciam no presente, enquanto ele segurava uma maçã na palma da mão.

— Você tem mesmo que ir?

Ursula saltou de volta para a mesa e começou a lamber as sobras de leite na tigela de Alice.

— Todo mundo está muito animado para ver os dois. Isso vende ingressos, vende livros, paga os Grape-Nuts. É tranquilo. — Leonard acenou com a mão, afastando o receio da filha. — Onde você quer jantar?

— Ainda estamos tomando café da manhã — respondeu Alice, acariciando Ursula. — Vou pensar.

O pai tomou um gole do café. Seus braços pareciam fortes. Se Alice estava alucinando, parabéns pelo excelente trabalho. Ao ouvir um barulho alto, ela pensou: *Ah, deve ser meu despertador, vou acordar a qualquer momento.* Mas não: era o telefone tocando no quarto.

— Não vai atender? — perguntou Leonard. — Normalmente, quando o telefone toca, você sai voando feito um raio cortando o céu. Um borrão humano.

— Deve ser só a Sam. Ligo pra ela daqui a pouco.

Ali fora, na travessa, os Headrick estavam varrendo a calçada. Alice sempre os adorara — eram o tipo de vizinho que lembrava os outros de tirar os carros no dia de varrer a rua, que deixava entrar a empresa de gás, ou que ajudava a tirar folhas dos bueiros. Tinham todas as ferramentas possíveis, por mais que a casa deles fosse do mesmo tamanho das outras e tão sem espaço para armazenamento quanto. Kenneth Headrick usava um boné dos Mets e calça cáqui e acenou quando a viu olhando pela janela.

— Uau. Será que já podemos chamar isso de maturidade, Al? — O pai balançou a cabeça. — Acho que ter dezesseis anos realmente faz diferença.

19

Sam ligou de novo e disse que a encontraria na Pomander para irem juntas à aula. Dez minutos mais tarde, Alice ligou para a amiga e perguntou o que ela iria usar. Meia hora depois, Sam ligou para dizer que iria se atrasar e que Alice deveria ir sem ela. Era tipo mandar mensagens de texto, só que com a voz. Fazia mais de uma década que não era tão fácil falar com Sam ao telefone. Na única vez naquela manhã em que a amiga não atendera, a secretária eletrônica aparecera em seu lugar, com um "me chame no pager" em uma voz abafada. Alice se lembrava de tudo: *911 para emergências, *143 para dizer "amo você". *187 para dizer "vou te matar se não me ligar de volta agora mesmo". Alice queria continuar ligando, só para ouvir Sam atender toda vez.

20

Alice pediu ao pai que a acompanhasse até Belvedere para a aula do cursinho. Claro que não precisava dele para aquilo, sabia chegar até de olhos fechados, dormindo, o que talvez já estivesse acontecendo, embora tudo começasse a parecer cada vez mais real. Fizera cocô (coisa que nunca tinha feito em um sonho), tomara banho e até comera três refeições em sequência, duas em frente à geladeira aberta. A aula só tinha uma hora de duração, e ver a Sam adolescente em pessoa era irresistível. Por isso, por mais que estivesse com receio de perder Leonard de vista, decidiu ir. Desde que o pai a acompanhasse.

Belvedere ficava perto, a doze quarteirões e meio. Bastava descer a Broadway até a 85th, depois virar à esquerda e subir a colina, ou poderia seguir em zigue-zague, aproveitando as brechas no trânsito. Alice sempre se orgulhara de seu ritmo e sua velocidade ao andar. Não havia algo como a satisfação de atravessar uma rua enquanto um carro passava acelerado, o balé diário de uma travessia bem-cronometrada fora da faixa de pedestres. Atravessar fora da faixa, seu único esporte profissional! Leonard andava meio devagar para um nova-iorquino, mas Alice estava impressionada com a velocidade com que ele se movia, praticamente dançando pela Pomander como Cary Grant com um guarda-chuva. A última vez em que vira o pai andando na rua tinha sido em junho. Tinham se encontrado para jantar no Jackson Hole, a gloriosa lanchonete no final do quarteirão da Belvedere, na 85th com a Columbus, o que facilitava o encontro para Alice, pois haviam marcado depois do expediente na escola e antes de pegar o trem e voltar para o Brooklyn. Leonard amava o Jackson Hole por conta dos hambúrgueres enormes, tipo discos de hóquei para gigantes, assim como as cebolas empanadas. Alice chegara primeiro e conseguira uma mesa perto da janela, então vira o pai correndo com dificuldade para atravessar a rua, quase sendo atropelado por um ônibus. Desde então, só o vira caminhar pelos corredores do hospital, e depois nem isso.

Leonard estava de jaqueta jeans, como quase sempre desde que Alice nascera.

— Não acredito que você tem dezesseis anos, Al.

Ele levara uma lata de Coca-Cola para beber no caminho, então a abriu, liberando as bolhas de ar açucaradas. Ao saírem, Alice olhara para a guarita, que parecia cheia de tralha, como sempre. O fim da noite anterior era um grande borrão, a não ser pelo vômito, bem rosado e bem nojento. Onde mais estivera? Tentava juntar as peças, como se estivesse resolvendo um problema complexo de matemática, mas de trás para a frente.

— Eu também não — respondeu.

Depois de falar com Sam, encontrara no chão do armário as roupas que a amiga havia sugerido: calça de marinheiro de lã preta com vários botões e um laço atrás, e uma blusa de seda que antigamente se usava como roupa íntima, nos tempos em que as pessoas ainda vestiam camadas de roupa a mais sem motivo e não existiam sutiãs Wonderbra.

— Quando você passeia, vai para onde? — perguntou Alice.

Já estava quase da altura do pai; Serena era mais alta por alguns centímetros, e Alice também acabaria um centímetro mais alta do que Leonard, mas isso ainda não tinha acontecido. A mãe não ligara para dar os parabéns, mas ainda era cedo na Costa Oeste, e sabe-se lá o que a lua ou os outros planetas estavam fazendo. Os planetas controlavam muitas das interações de Serena com o mundo. Estava fresquinho na rua. As mudanças climáticas tinham deixado Alice acostumada a usar camisetas em outubro, mas agora ainda estava meio frio. Será que a nevasca já tinha acontecido? Não lembrava, mas conseguia imaginar os montes de neve, o grosso manto branco que paralisara a cidade por alguns dias.

— Eu vou para tudo quanto é lugar — respondeu Leonard. — Do norte ao sul da cidade. Certa vez, dei a volta inteira, contornei toda a ilha de Manhattan, sabia? Por que a pergunta?

Alice tentou dar de ombros.

— Só por curiosidade, eu acho.

Estava pensando em Simon Rush e nos outros amigos de Leonard — todos idiotas bem-informados, inclusive os ricos e famosos. Tinha poucas lembranças do pai durante o dia, fora da Pomander Walk. Os Stern nunca foram de fazer trilhas, nunca acamparam e não gostavam de praia, nem de parques nacionais ou qualquer coisa que as famílias normais faziam. Só o que faziam era conversar. Ficavam no bairro, em seu pequeno reino. Era isso que Alice queria guardar, absorver ao máximo. Qual seria a sensação de conseguirem andar no mesmo ritmo, apertar o passo quando um táxi se aproximasse? Qual seria a sensação de ter o pai ao seu lado, de ouvi-lo resmungar e cantarolar, de ouvi-lo fazer ruídos que não constituíam frases? Qual seria a sensação de vê-lo e não se preocupar se seria a última vez?

Leonard pôs a mão no ombro dela.

— Muito legal da sua parte.

Alice não tocara nele até aquele momento. Queria tê-lo abraçado ao entrar na cozinha, mas sua família não era muito chegada em abraços, e tinha quase certeza de que, na melhor das hipóteses, estava cheirando a terra, e, na pior, a terra e álcool. Por isso, fugira o mais rápido possível para o quarto, com medo de que um dos dois evaporasse ou fosse reduzido a um montinho de pó. Alice pôs a mão sobre a do pai. Não se lembrava de já tê-lo visto mais jovem do que estava no momento.

— Qual você acha que foi a minha melhor idade? — Alice recolheu a mão, olhando de volta para o chão. — Tipo, se tivesse que me manter em uma idade para sempre, qual seria?

Leonard riu.

— Pois bem, vamos pensar. Você foi um bebê terrível. Gritava o tempo todo. A sua mãe e eu vivíamos preocupados, com medo de que os vizinhos chamassem a polícia. Depois disso, para compensar, você ficou muito fofa... dos três aos cinco anos, por aí. Foram anos bons. Mas não, eu escolheria a idade de agora. Posso falar palavrão à vontade, e você não precisa mais de babás. Além disso, é uma boa companhia.

Cada quarteirão por onde passavam tinha alguma coisa que Alice amara e esquecera: os vestidos de festa de elastano na Fowad e Mandee; o pão chalá brilhante na Hot & Crusty; a Liberty House, uma loja chique e boêmia de moda feminina, onde gastava a mesada em blusas indianas estampadas e brincos compridos. Tasti D-lite, seu grande amor. Ainda existiam Tasti D-lites? Certa vez, aos vinte e poucos anos, tinha visto Lou Reed e Laurie Anderson no Tasti D-lite, ambos com copinhos pequenos, sem confeitos. Começou a falar disso com o pai, mas parou. A única música do Lou Reed que Alice conhecia era da trilha sonora de *Trainspotting*, e não sabia se já havia sido lançada. Sem internet, como faria para conferir? A voz do Mr. Moviefone ecoou em seus ouvidos, uma memória robótica na qual não pensava havia uma década, e ela riu. Era outro século. Não parecera na época, mas era. Nova York fazia aquilo várias vezes, claro, como uma cobra que trocava de pele aos poucos, tão devagarzinho que, quando o animal já estava novo em folha, ninguém percebia.

— Obrigada — respondeu ao pai.

Talvez tenha sido por isso. Talvez ele tivesse razão, e aquela fosse sua melhor versão, e, por mais que aquela versão do pai não a tivesse visto se formar aos trancos e barrancos no instituto de arte, nem ter um namorado bobo após o outro, nem fazer qualquer arte de verdade e ainda trabalhar na Belvedere, ele sabia que aquele era o ápice dela.

Leonard a agarrou pelo cotovelo e a puxou de volta para a calçada. Um sedã cinza e retangular passou raspando, fazendo uma curva rápida e fechada.

— Não enquanto eu estiver por perto — disse ele.

Os dois caminharam até o French Roast, a cafeteria 24 horas, depois viraram à esquerda, em direção ao parque.

21

Algumas pessoas estavam paradas do lado de fora da Belvedere. De tão habituada ao percurso e ao quarteirão, que pouco mudara, a não ser pelo cabeleireiro que tinha virado pet shop e a loja de molduras que passara a ser um estúdio de Pilates, Alice só começou a se sentir ansiosa quando ela e o pai já estavam próximos o suficiente para reconhecer o rosto das pessoas reunidas na calçada. Congelou. Imaginara que veria Sam, que ainda era apenas Sam Wood, seu nome de solteira, mas não tinha considerado que veria todos os outros. A vida dela estava tão cheia de Belvedere que não tinha parado para pensar em todas as pessoas que já tinham desaparecido de lá. Leonard jogou o cigarro na calçada e pisou na guimba.

— O que é que está acontecendo? — perguntou, embora ele nunca tivesse precisado de um motivo para evitar pessoas.

Lá estava Garth Ellis, que jogava futebol e tinha a bunda mais lindinha e redondinha de todas. Alice ficara com ele no primeiro ano do Ensino Médio, depois fingira que nunca tinha acontecido. Lá estava Jessica Yanker, que modelava a franja em um tubo perfeito todas as manhãs — Alice e Sam sempre passavam trotes para ela, fingindo ser representantes de uma empresa de laquê, até que inventaram um código para identificar o número de quem tinha ligado por último e não dava mais para arriscar. Lá estava Jordan Epstein-Roth, a língua sempre pendendo um pouquinho para fora da boca; lá estava Rachel Hymowitz, cujo nome era parecido demais com "hímen" para que ela escapasse ilesa. Todos eram lindos e desengonçados e um pouco crus, como se tivessem saído do forno antes da hora; até aqueles em quem ela nunca prestara muita atenção, como Kenji Morris, que estava fazendo o cursinho um ano antes do necessário, como se fosse Doogie Howser, da série *Tal pai, tal filho*, ou algo do tipo. Alguns tinham braços e pernas compridos demais, outros exibiam narizes adultos demais. Eram pessoas em quem Alice não pensava havia vinte anos, em quem sequer pensara direito naquela época. Ela se encolheu um pouco, imaginando o que os colegas de turma esquecidos pensariam dela agora, ainda na Belvedere aos quarenta anos, ainda sozinha, ainda estranha. Olhou para o prédio e para a janela de seu escritório. Leonard se apoiou em um carro estacionado e acendeu outro cigarro.

— É só o Ensino Médio, acho — respondeu Alice.

Fosse lá o que estivesse acontecendo com ela, não tinha a ver com *Irmãos do tempo* nem com *De volta para o futuro*. Era *Peggy Sue, seu passado a espera*. Alice tentou se lembrar da trama. Tinha sido um desmaio? Não, tinha sido um sonho, não tinha? Basicamente? Kathleen Turner acordara no hospital, ainda casada com Nicolas Cage.

A porta da frente se abriu, e Alice observou sua chefe, Melinda, prendendo o ganchinho de metal ao lado do edifício para que a porta ficasse aberta. Parou de respirar, como acontecera quando viu o pai na mesa da cozinha. Conhecia Melinda havia tanto tempo que não pensava nela como alguém que tinha mudado — Melinda parecia a mesma, usava as mesmas roupas —, mas não: assim como Leonard, sua chefe já fora jovem. Alice só era novinha demais para se dar conta.

Os outros alunos começaram a entrar. Alice chegou perto do pai e se inclinou ao lado dele.

— Se você pudesse voltar no tempo, o que faria? — perguntou.

— Se voltasse para o Ensino Médio. Ou para a faculdade.

— Ah, não, obrigado. Eu não ia querer mudar muita coisa, porque senão eu não teria você. E, já que não vai mudar nada, é melhor não ver, vai por mim. — Leonard deu uma cotovelada carinhosa em Alice.

— Aham.

Precisava voltar ao Matryoshka. Provavelmente não abriam antes das cinco. Não conseguia pensar em algo que pudesse arruinar, algo que pudesse perder, mas também não queria voltar a viver toda a sua vida a partir dos dezesseis anos. Precisava descobrir como tinha ido parar ali e como sair daquela situação.

— Feliz aniversário, Al — disse alguém atrás dela, e Alice se virou.

Tommy estava com as mãos nos bolsos. Usava uma camiseta com a gola e a bainha das mangas coloridas e um colar marrom liso amarrado ao pescoço, uma gargantilha feita em casa. Quase todos os garotos da Belvedere já tinham abandonado o estilo Jordan Catalano da série *My So-Called Life*, mas Tommy não. Usava o cabelo comprido atrás da orelha. Estava no último ano e ainda tentava melhorar as notas no vestibular, por mais que já fossem quase perfeitas. Os pais da Belvedere ainda eram assim, mais dispostos a investir tempo e dinheiro no *quase* do que no *perfeito*. Tommy era melhor do que Alice se lembrava, e o que lembrava já era divino. Sentiu um frio na barriga que não sentira ao vê-lo adulto. Era como se houvesse duas dela, a Alice adolescente e a Alice adulta, compartilhando o mesmo espacinho de ser humano.

— Obrigada — respondeu.

Tommy não tocaria nela na frente do pai.

— E aí, Tommy — cumprimentou Leonard, arrematando com um aceno de cabeça.

— Oi, Leonard — respondeu Tommy. — Li aquele livro que você recomendou, aquele com os monstros. Cthulhu.

— E aí? O que achou?

Leonard jogou outro cigarro no chão e o esmagou com o calcanhar. Em seguida, afastou-se do carro e deu alguns passos na direção de Tommy, de modo que todos ficassem em um pequeno círculo.

— Ah, achei irado — respondeu o garoto. — Muito irado.

Alice riu. Ficar à mercê das gírias adolescentes era humilhante, mas ver Tommy naquele estado facilitava as coisas.

O rapaz se virou e foi subindo as escadas.

— Até mais, Alice — disse ele. — Hoje à noite?

Era a noite da festa. Alice tinha esquecido. A foto de Sam, das duas claramente eufóricas com a própria imortalidade. Era naquela noite.

22

Eram 9h50 quando um táxi parou em frente à escola e Sam saltou do banco de trás, seguida da mãe. Lorraine, a mãe de Sam, era professora do departamento de Estudos Africanos na Barnard e sempre usava brincos de pérola e lenços bem amarrados com um laço sob o cabelo curto.

— Parabéns, parabéns — cantarolava Sam.

Antes que Alice pudesse responder, a amiga a abraçou bem forte pelo pescoço, em uma brincadeira que faziam desde crianças. Alice sabia que eram jovens, mas com certeza não era a sensação que tinham na época.

Sam usava uma camisa polo enorme e calça jeans larga (o corpinho se perdia dentro das roupas), além de um colar de búzios coladinho na pele. Alice beijou uma bochecha da amiga, depois a outra, do jeito que sempre faziam, sabe-se lá por quê. Eram tantos costumes, tantos códigos, tantos hábitos... O corpo delas era metade ossos e metade segredos que só as outras adolescentes sabiam. Sam fumava maconha em um bong de vidro que escondia em um livro falso na estante, um livro que fazia parte de um kit de mágica que ganhara dos pais de presente de aniversário de dez anos.

— Oi, Leonard, Alice... — Lorraine apontou para a porta. — Você pode garantir que ela vai entrar? Estou atrasada para uma reunião no centro da cidade.

Leonard fez que sim com a cabeça e jogou outro cigarro fora. Lorraine era vegetariana e praticante de yoga, uma mulher séria, mas nem ela era imune aos *Irmãos do tempo* e gostava de Leonard. O suficiente para deixar Sam dormir na casa deles sempre que quisesse, por mais que soubesse que ele nunca dera um único legume para a filha comer.

— Claro.

Lorraine entrou no táxi e acenou enquanto o carro se afastava. Sam pulou de empolgação e começou a dançar.

— Vou nessa, jovens estudiosas — disse Leonard. — Volte para casa depois, tá, Al?

— Claro, pai — respondeu Alice. — Volto direto para casa.

— Lenny! Fala sério! É o aniversário da nossa garota! Até que enfim! Sinto que tenho dezesseis anos há, tipo, uma eternidade.

Sam tinha feito dezesseis cinco meses antes, no fim do ano letivo anterior, antes de um verão inteiro, o que de fato parecia ter acontecido havia uma eternidade.

Leonard fez que sim e começou a se afastar. Alice se demorou na calçada, sem querer que ele fosse embora, como no jardim de infância, quando chorara e se agarrara às pernas do pai até a professora ter que desgrudá-la com pulso firme.

— Vamos — disse Sam.

As duas entrelaçaram os braços e entraram na escola.

Se Alice tivesse que adivinhar o quanto Belvedere fora reformada desde que estava no Ensino Médio, diria que quase nada. Talvez de vez em quando um piso fosse refeito ou algumas carteiras das salas de aula fossem substituídas, mas, no geral, o lugar parecia o mesmo de sempre. No entanto, assim que entrou pelas portas da frente, viu o quanto estava errada. O saguão da escola estava pintado de um tom de pêssego bem clarinho, com um tapete estampado combinando, sem dúvida um resquício dos anos 1980. O escritório da recepção era separado por blocos de vidro. Alice parou para absorver o ambiente, mas Sam pegou sua mão e a puxou.

— Vamos — chamou. — Preciso fazer xixi antes da aula.

A amiga as guiou pelo corredor até o banheiro, logo antes das portas de vaivém que davam para o ginásio, onde Alice via a turma do cursinho já reunida. Havia várias fileiras de carteiras, e um grande quadro de giz tinha sido posicionado no meio da quadra.

— Acha que isso é para reforçar a ideia de que esses testes são um jogo que precisamos vencer, ou simplesmente não queriam que a gente fosse lá para cima e ficasse, sei lá, aprontando pela escola em pleno sábado? — perguntou Sam.

Ela abriu a porta do banheiro, e Alice foi atrás. Era o maior banheiro da escola, com três cabines e um chuveiro — os times visitantes o usavam como vestiário. Sarah T. e Sara N., alunas do terceiro ano que eram melhores amigas, estavam diante do espelho, retocando o gloss, e havia alguém dentro de uma das cabines.

— Oi, Sarah — cumprimentou Alice.

Sarah era bonita e cheia de sardas, com cabelo cacheado e curto o suficiente para que ficasse saindo de trás das orelhas. A garota sempre tinha absorventes a mais na bolsa e morrera de leucemia antes dos trinta. Ela e Alice não tinham sido amigas, a não ser daquela maneira como todos eram amigos quando se tinha um dever de casa de biologia para conversar sobre. Sarah foi a segunda pessoa da turma delas a morrer, depois de Melody Johnson, que morrera em um acidente de esqui durante o recesso de primavera do último ano do Ensino Médio. Caramba, Melody também devia estar por ali. Alice se perguntou se poderia adverti-la, dizer que tivera um pressentimento, falar de Sonny Bono, dizer a ela que insistisse para que a família fosse para a praia, em vez de esquiar. Mas não havia o que pudesse dizer a Sarah, que sorria para ela no banheiro.

— Oi, Al. Que merda isso, né? Estou de saco cheio de falar de faculdade, e a gente ainda nem se inscreveu em nenhuma. Ontem a minha mãe ficou uns dez minutos falando que as faculdades só para mulheres não são só para lésbicas, mas adivinha? Lá só tem lésbica.

Sarah também era lésbica, como a mãe dela sem dúvida suspeitava, bem como meia dúzia de outras garotas da turma, mas ninguém sairia do armário até a faculdade ou anos mais tarde.

— E aí, que horas é a sua festa hoje à noite? — perguntou Sara.

— Hoje à noite? — Alice olhou para Sam.

— Acho que terminamos o jantar por volta das 20h30? — sugeriu Sam. — O que a gente diz para as pessoas? Para chegarem a partir das nove? Parece bom.

Sarah e Sara guardaram seus bastões de gloss nas bolsas.

— Show. Até mais tarde.

Ouviu-se uma descarga na cabine ocupada. Alice empurrou Sam para o chuveiro e fechou a cortina.

— Você vai fazer xixi aqui? — sussurrou Sam.

Alice balançou a cabeça. Não sabia como explicar, por onde começar.

De repente, alguém abriu a cortina.

— Achei mesmo que tivesse ouvido as minhas garotas.

Phoebe Oldham-O'Neil usava uma calça jeans tão comprida e com bocas tão largas que parecia que nem tinha pés. Alice era a mais alta das amigas, mas Phoebe também era bem alta, e suas calças eram tão longas que chegavam a arrastar no chão, criando um sismógrafo de sujeira na bainha. Enquanto Phoebe beijava as duas nas bochechas, a jaqueta de náilon oversized fazia um barulhinho de atrito a cada movimento com os braços. Ela tinha hálito de quem fumara um Newport, e cada centímetro de seu corpo exalava o aroma do primeiro andar da Macy's, como se os poros estivessem borrifando um frasco inteiro do perfume CK One. Alice viajou na ideia de quantos de seus amigos fumavam, de como pareciam e se achavam adultos. Percebeu que os cigarros haviam sido sinais gigantescos, para si mesmos e uns para os outros. Jamais se poderia confiar em alguém que fumasse Marlboro Lights, a Coca Diet dos cigarros, do tipo feito para garotas que usavam batom claro e tinham sobrancelhas fininhas demais, garotas que talvez também jogassem vôlei e transassem com os namorados nas próprias camas, que ainda eram cheias de bichinhos de pelúcia. As que fumavam Parliament eram neutras; era o mais próximo que se podia chegar de não fumar, mas, ainda assim, dava para brincar com o filtro recuado e oferecer um cigarro para alguém, como uma espécie de doador universal do tabaco. As garotas que fumavam Marlboro Red eram ousadas, aqueles cigarros eram feitos para jovens destemidas e, em toda a escola, só havia uma com esse hábito, uma garota baixinha, de cabelo castanho e ondulado até a cintura, cujos pais tinham participado de uma seita, mas escaparam. As garotas que fumavam Newport eram igualmente intensas, mas ouviam hip-hop, e, assim como Phoebe, usavam batom e esmaltes do tipo sangue de vampiro — forte e púrpura. As que fumavam Newport Lights também eram assim, só que virgens. As que fumavam American Spirits eram superiores a todas as outras — adultas, tinham a chave da casa dos namorados. Alice teve que rir dos cantos secretos da própria mente, onde aquelas informações estiveram armazenadas e adormecidas. Ela fumava Newport Lights e, sim, era virgem.

    Sam olhou para Phoebe.

    — Conseguiu? — perguntou, dando uma piscadela.

    — Consegui. Meu irmão estava sendo um sovina, mas acabou cedendo.

    Will, irmão mais velho de Phoebe, estava no primeiro ano da NYU e era a principal fonte da Belvedere de drogas que iam além da maconha.

    — O que você arrumou? — perguntou Alice, por mais que soubesse a resposta.

    Sentiu que deveria tapar os ouvidos, como se fosse uma professora que acabara de pegar aquelas garotas no flagra e, se quisesse, poderia expulsá-las da escola. Não deveriam falar daquilo na frente de Alice; às vezes, na vida real, via alunos do Ensino Médio fumando um baseado na esquina e dava meia-volta na mesma hora.

    — Surpresa de aniversário — disse Sam, mandando um beijo para o ar. — Valeu, Pheebs. A gente se vê lá fora, tá?

    Phoebe fez que sim, tão séria quanto um fuzileiro naval. Ela seria expulsa na primavera e desapareceria por uma década, até ressurgir nas montanhas Catskill como uma ceramista que energizava seus cristais ao luar.

    Quando a porta se fechou, Alice respirou fundo.

— E aí? Falou com o Tommy? Ele vai hoje à noite, né? — perguntou Sam. Tinham saído do chuveiro e seguido até as pias. Alice balançou a cabeça devagar. — Eu não acredito que a gente tem que ir para essa aula idiota, é tão chata. E justo no seu aniversário!

— Posso contar uma coisa muito estranha e que vai parecer que estou inventando? — perguntou Alice.

Sam deu de ombros.

— Claro.

Alice olhou as duas pelo espelho. Mesmo com a luz fluorescente impiedosa do banheiro, ela e Sam estavam incríveis.

— Eu vim do futuro — falou Alice, olhando para Sam.

— Aham, claro.

A amiga fez que sim com a cabeça, à espera do resto. Uma vez, depois de terem dividido um engradado de Zima, Alice contara a ela que sentia que sua cabeça não estava de fato ligada ao corpo, como se fossem organismos totalmente diferentes que calhavam de coabitar. Outra vez, em uma excursão ao Rye Playland, Sam lhe contara que de vez em quando sonhava que tinha uma irmã gêmea, mas que a canibalizara quando eram pequenas. Era importante ter amigos que pudessem nos ouvir dizer o que precisávamos dizer sem cair na gargalhada.

— Tipo, não um futuro muito distante. Não duzentos anos no futuro. Mas, quando fui dormir ontem à noite, era a véspera do meu aniversário de quarenta anos, então acordei em casa, na Pomander Walk, desse jeito que estou agora. — Alice roeu a unha do polegar. — Tipo a Peggy Sue, sabe?

Sam se recostou na parede, ativando o secador de mãos automático.

— Merda! — exclamou, então se reposicionou de costas para a pia.

— Sei que parece loucura, e é loucura, mas foi o que aconteceu. Então eu sou eu, mas sou, tipo, *essa* eu aqui. — Alice enterrou o rosto entre as mãos. — Não faz nenhum sentido, eu sei.

Sam cruzou os braços.

— Alice Stern, você usou drogas e não me contou?

Alice balançou a cabeça.

— Não, Sam. Eu sei o que parece, mas foi isso que aconteceu. Eu acho! Quer dizer, não sei! Achei que talvez estivesse dormindo, mas já faz um tempo, e agora acho que não estou, não. Quer dizer, eu estou aqui. Não estou? Tipo, você é real, né? Então preciso descobrir o que raios está acontecendo. E tenho que descobrir como voltar para a minha vida normal, se é que isso ainda existe. Porque já assisti a episódios suficientes de *Irmãos do tempo* para saber que essa merda não deveria durar tanto.

— Ou tipo em *De volta para o futuro*. Você poderia se apagar.

Sam assentia, então deu batidinhas na boca com o dedo, pensativa.

— Bom, acho que aquilo lá aconteceu porque o Michael J. Fox estava atrapalhando o relacionamento dos pais, o que fez com que ele e os irmãos potencialmente não existissem, o que não é a mesma coisa, mas, sim, entendi o que você quis dizer.

Sam cruzou os braços.

— Alice, você está de sacanagem comigo? Isso é alguma pegadinha? Porque sinceramente, essa história está me assustando um pouco.

Alice refletiu.

— Eu entendo.

Quando os *Irmãos do tempo* viajavam no tempo, nunca precisavam contar às pessoas. Só apareciam no carro que usavam para fazer as viagens e ajudavam donas de casa dos anos 1950, princesas medievais ou mulheres do futuro vivendo em uma colônia lunar. Nunca voltavam só duas décadas e meia no tempo para ver os próprios amigos e familiares e dizer: "Oi, adivinhem só o que a gente pode fazer?". Soava absurdo.

Sam fez que sim com a cabeça.

— Mas olha só, se é isso que vamos fazer hoje, então tudo bem. Não posso dizer que acredito totalmente no que você está dizendo, mas quero te apoiar, ainda mais por parecer que você também não acredita totalmente, né? É uma avaliação justa da situação?

Alice queria irromper em lágrimas.

— É, sim.

— Caramba, e você ainda veio para a aula do cursinho? — Sam revirou os olhos. — Se eu pensasse que tinha viajado no tempo, acho que faltaria a aula. Tipo, faltaria até o teste. Você tem filhos? Está casada? Eu estou casada? Meu Deus, não quero saber. Será que eu quero saber? — Sam pôs as mãos na barriga. — Como é que eu estou? Estou feliz? Nós ainda somos amigas, né? — Ela se aproximou de Alice depressa e a abraçou com força. — Ainda não acredito totalmente em você, mas só por precaução.

— Sim, Sam — disse Alice. — Foi por isso que eu te contei. E, sim, você está casada, e tem filhos, e está feliz, e somos amigas. Mas sem detalhes, tá? Não quero dar uma de Michael J. Fox para cima de você ou da sua família linda. Mas você pode me ajudar? — Alice se sentia à beira das lágrimas. — É que, sabe… faz um bom tempo que não tenho dezesseis anos, então não lembro bem como é, preciso de ajuda.

Sam estava com cheirinho de Sam: Love's Baby Soft, manteiga de cacau e shampoo Herbal Essences. Ela segurou as mãos de Alice.

— Prometo tentar ajudar. Mesmo que isso signifique te ajudar a falar com alguém. Sabe, tipo um médico.

23

Todos já estavam sentados quando Sam e Alice entraram no ginásio, então se viraram para olhá-las quando a porta se abriu com um rangido. Havia alguns lugares vazios na última fileira, e as duas se acomodaram depressa. Jane, a orientadora educacional da Belvedere quando Alice era aluna, estava lá na frente segurando o que pareciam ser cerca de quinhentas folhas soltas, que sem dúvida estava prestes a distribuir entre os alunos entediados, ou ansiosos ou ambos. Ninguém gostava muito dela, por diversos motivos, mas o maior de todos era que Jane vivia dizendo aos alunos que as faculdades de seus sonhos eram inalcançáveis, além de passar a maior parte dos encontros de orientação fazendo perguntas sobre as finanças dos pais. Em retrospecto, Alice entendia. Jane era pragmática e sabia como o sistema funcionava.

— Eu não tenho nenhuma memória dessa aula — disse para Sam, em voz baixa. — Mal me lembro de ter feito o teste, e com certeza não me lembro de nada disso.

Jane entregou a pilha gigante de papéis para a garota sentada no canto da frente — Jessica Yanker, a da franja redondinha —, que pegou algumas páginas e passou o restante para a pessoa ao lado. Tommy estava na fila à frente de Alice, tão recostado na cadeira que parecia que suas roupas iam derreter no chão. De repente, Alice sentiu falta de ar.

— Vou pegar um pouco d'água, separe um pra mim do que quer que estejam distribuindo, tá?

Sam fez que sim; Alice se levantou e saiu correndo pela porta do ginásio.

Havia um bebedouro no segundo andar, no fundo do corredor onde ela pensava ser seu escritório, embora no momento estivesse bem longe de ser o caso. Estar na escola no sábado sempre parecia um ato de transgressão, mesmo quando adulta. Ao contrário do primeiro andar, o segundo parecia exatamente igual a quando o vira da última vez que deixara o escritório. O piso de madeira era igualzinho, assim como os batentes ornamentados das portas, a única parte do prédio que ainda lembrava os edifícios de tijolinhos que antes ocupavam o local. Alguém estava conversando e rindo em um dos escritórios. Alice conseguiria reconhecer a risada alta e profunda de Melinda em qualquer lugar; parecia um carvalho feliz, cheio, largo e salpicado de luz solar. Começou a percorrer o corredor e, no mesmo instante, tropeçou em um banco fora da sala de preparação para a faculdade.

— Merda — praguejou, segurando a canela. — Merda, merda, merda.

No fim do corredor, a cabeça de Melinda emergiu do batente da porta.

— Tudo bem aí?

Alice se endireitou e prendeu o cabelo atrás das orelhas.

— Oi, sim — respondeu. — Tudo bem. Só esbarrei num negócio.

— Precisa de Band-Aid? Compressa de gelo?

Melinda tinha um bom marido, filhos crescidos que não pareciam ser assassinos em série e netos fofinhos que faziam esculturas de cerâmica irregulares de presente para ela. Em 1996, ainda não tinha netos, mas os filhos já deviam ser mais velhos do que Alice, talvez até já tivessem terminado a faculdade. A vida adulta levava um tempão, depois de atravessarmos a infância e a adolescência às pressas. Deveriam existir outras distinções: a idiotice dos vinte e poucos anos, quando, sem mais nem menos, esperava-se que alguém soubesse fazer coisas de adulto; o pânico dos vinte e tantos, quando os casamentos aconteciam tão depressa quanto uma brincadeira de pega-pega; o período mãe de sitcom, quando finalmente dava para ter comida o suficiente no freezer para sobreviver durante um mês, caso necessário; o período diretora de escola, quando já não se era mais vista como uma mulher, só como uma figura de autoridade vaga e irritante. Aquelas com sorte ainda contavam com o período Mrs. Robinson ou Meryl Streep, quando viramos mulheres sensuais e poderosas, seguido, é claro, por quase duas décadas de velhice, como a mulher no final de *Titanic*. Alice nunca tinha pensado em como Melinda talvez gostasse de estar perto dela e de todos os outros alunos em parte porque era bom estar cercada de gente jovem. Sentia aquilo na Belvedere. Não era justo chamar de fonte da juventude — não existia algo capaz de fazer uma pessoa se sentir mais velha e caquética do que ouvir uma resposta cruel de um adolescente —, mas, ainda assim, estar perto dos jovens mantinha o coração saudável e a mente aberta.

— Não, eu estou bem — respondeu Alice.

Então se aproximou, incapaz de se manter afastada do escritório que considerava seu, mas que naquele momento pertencia apenas a Melinda.

— Está procurando alguma coisa? — perguntou sua futura chefe.

Então voltou a se acomodar na cadeira de escritório gigante e acolchoada, de frente para um computador do tamanho de um Fiat.

— Tem e-mail aí? — perguntou Alice.

O computador parecia pré-histórico. Alice não sabia como explicar para Melinda o que estava sentindo, a não ser que tinha sido atraída até aquela porta por uma memória muscular aprimorada ao longo de anos que, na verdade, ainda não tinham acontecido.

— Está falando de AOL? — Melinda olhou em volta da mesa e pegou um CD. — Ainda não instalei. Eu tenho em casa. Quer?

Alice fechou os olhos e tentou imaginar a vida sem um número esmagador de mensagens não lidas na caixa de entrada.

— Não, obrigada — respondeu.

Não se lembrava de ter entrado naquele escritório como aluna. Não havia motivos que pudesse inventar para precisar estar ali, mas também sabia que Melinda não insistiria caso ela não conseguisse inventar um. Muitas vezes, era impossível fazer com que os jovens de qualquer idade falassem de alguma coisa diretamente, então todos os administradores escolares estavam acostumados com aquela enrolação engatar a conversa.

— Assim, você está aqui para garantir que os alunos... que a gente não destrua tudo?

— Algo do tipo. Mas eu gosto de vir aos sábados. A escola pode ser bem barulhenta, e às vezes é bom ter o lugar só pra mim.

Melinda estava usando um colar que Alice reconheceu, um cordão grosso com pingentes de fruta de madeira. Uma pilha de papéis repousava na grande mesa de madeira, e era bom ver a caligrafia familiar dela — forte, bastante inclinada para a direita — nos Post-its colados no monitor. Melinda apontou para o sofá do escritório, usado por vários alunos como uma enfermaria mais sociável, um lugar para descansar. Alice entrou correndo e passou pelo espaço onde se sentava, depois pelo lugar de Emily, direto para o sofá, onde se acomodou com cuidado.

Melinda cruzou os tornozelos e deixou os joelhos se abrirem, criando uma tenda cinzenta de cotelê. Alice, por sua vez, esfregou as mãos e pensou em como expressar em palavras o medo de estar à beira de um colapso, o medo de ter viajado no tempo e o medo de talvez ter que viver a vida inteira de novo, a partir daquele instante.

— Acho que, lá embaixo... — começou. — Eu só não sei qual é o meu plano, sabe? Tipo, que caminho seguir na vida?

A iluminação da sala era bem familiar, os raios de sol cortavam o ar e pousavam nas telas dos computadores, impossibilitando a leitura. O que Alice queria perguntar era: "Será que é loucura tentar viver toda a minha vida de um jeito diferente, e a do meu pai também? É possível melhorar as coisas a partir de agora?".

Melinda assentiu.

— Você é artista, não é?

Alice não queria revirar os olhos, mas não pôde evitar.

— Assim, sei lá. Sou?

— E se interessa por que tipo de arte?

Melinda entrelaçou os dedos. Estava com o mesmo olhar que usava ao falar com crianças de cinco anos: aberta, paciente e gentil. Alice já vira aquilo acontecer, Melinda acalmar algum adolescente angustiado. Depois de um tempo, ela mandava o jovem de volta para a aula, mas primeiro escutava.

— Já nem sei mais. Eu gostava de pintura. Acho que ainda gosto.

Alice franziu a testa. Não dava para perguntar o que queria: o que raios estava acontecendo e por quê. Qualquer um que já tenha lido um livro ou visto um filme sobre viagens no tempo sabia que essas coisas nunca aconteciam em vão. Às vezes, o objetivo era você se apaixonar por uma pessoa nascida em um século diferente, em outras, era para aprender uma lição sobre história. Alice não fazia ideia de por que acordara na casa da Pomander ou o que deveria fazer a partir disso.

— Acho que a minha verdadeira pergunta é: como saber quais escolhas importam e quais são só estúpidas?

— Infelizmente, isso pode ser difícil — respondeu Melinda. — Mas decisões tipo "para qual faculdade ir?", ou "o que estudar?" só importam até certo ponto, não são tatuagens no rosto. Sempre dá para mudar de ideia. Trocar de curso. Começar de novo. Eu também estudei arte — contou ela; Alice não sabia disso.

Melinda tinha o cabelo grosso e escuro preso em uma trança embutida. Ela e Leonard tinham mais ou menos a mesma idade, mas Melinda sempre parecera muito mais velha, muito mais leve do que o pai de Alice.

— Estudei pintura e desenho. E, depois da formatura, eu me mudei para Nova York e trabalhei para algumas galerias, até que precisei de um emprego que me desse plano de saúde, e foi quando comecei a trabalhar aqui. Esse trabalho me fez mais feliz do que qualquer coisa, e eu ainda posso fazer arte, e ainda por cima fazer arte com as crianças. E não tive que pagar pelas minhas duas cesarianas.

— Então a faculdade importa.

— Tudo importa — retrucou Melinda. — Mas dá para mudar de ideia. Quase sempre.

Alice assentiu. Então olhou pelo escritório, procurando um motivo para enrolar.

— Preciso voltar para a aula. Mas obrigada.

— Imagina — respondeu Melinda. — Estou aqui sempre que precisar.

Ao sair, Alice passou a mão pela mesa, esperando, sem muito entusiasmo, encontrar um botão secreto para apertar. Como não encontrou, ficou parada na soleira da porta aberta.

— Posso voltar de novo?

— Já disse: pode, sim! No inverno, na primavera, no verão ou no outono — respondeu; mais uma de suas frases favoritas. — Mas vou dizer uma coisa: em termos de plano de vida, você não precisa de um. Esse é o meu conselho. É a vida real. É a *sua* vida real. Os planos não funcionam. Deixe a vida te levar.

Alice queria ficar ali, dar um abraço em Melinda e contar o que estava acontecendo, mas, quanto mais pessoas soubessem, mais maluca pareceria. Melinda ligaria para Leonard e contaria o que Alice dissera (com razão). Na vida real, no tempo real, Melinda era amiga dela, mas, no momento, ela era uma adulta, e Alice tinha dezesseis anos. Do lado de fora, passos de alguém fizeram a madeira ranger, e ela se virou para olhar. Sam tinha vindo buscá-la e estava no final do corredor, acenando.

— Então tá — disse Alice. — Eu volto.

24

A aula do cursinho parecia interminável; Sam estava debruçada sobre o papel, rabiscando-o como se fosse fazer alguma diferença. Alice se recostou na cadeira e olhou ao redor. Tommy percebeu e ergueu o queixo — sua marca registrada, que sempre conseguia fazer o coração de Alice acelerar. O papel que tinha sido distribuído era uma página de problemas matemáticos de múltipla escolha, trigonometria. Alice passara raspando em trigonometria no Ensino Médio, e os conceitos de seno e cosseno estavam tão distantes de sua consciência quanto Plutão. Que não era mais planeta. Só que talvez fosse de novo? Enfiou a mão no bolso para pegar o celular, que, claro, não estava ali, então conferiu o relógio no pulso. A aula estava apenas na metade. Tentou prestar atenção, mas a voz de Jane era tão monótona, e o ginásio era tão quente que começou a ficar sonolenta. Ao apoiar a bochecha na palma da mão, sentiu as pálpebras começarem a pesar. Alice se sacudiu para despertar, com medo de que, se caísse no sono, acabaria desaparecendo da Belvedere em uma nuvem de fumaça e acordaria com quarenta anos de novo. Era o que queria, mas não assim, precisava ver o pai mais uma vez. Queria jantar no Gray's Papaya com ele e fazê-lo parar de fumar. Queria fazê-lo aprender a cozinhar legumes e verduras; agora sabia como! Poderia ensiná-lo! No verso da página, Alice começou a fazer uma lista de coisas que sabia cozinhar e, antes que se desse conta, as cadeiras estavam gemendo contra o chão, os alunos enfiavam papéis nas mochilas, e Tommy estava parado na sua frente.

— Quer fumar? — convidou ele.

Tommy passou a mão no cabelo e, de repente, tudo voltou ao lugar. Tudo no cérebro de Alice lhe dizia para recusar, chamar Sam e voltar para casa, como dissera ao pai que faria, mas a palavra que saiu de sua boca foi "quero". Sam parecia incomodada, mas Alice foi incapaz de se controlar.

— Eu te bipo! — gritou Alice, enquanto ela e Tommy saíam porta afora para a luz do sol.

Correram pela Central Park West, caminhando contra a luz, e Tommy pegou sua mão para afastá-la de um possível perigo. Subiram pelo caminho que dava em um pequeno parquinho, com alguns balanços frágeis. Como era sábado, pais e seus filhos pequenos estavam por toda parte, e havia uma fila de carrinhos estacionados do lado de fora do pesado portão de ferro.

— Ali — disse Tommy, apontando com a cabeça para o final da trilha.

Belvedere utilizava bastante o parque, aproveitando os campos de beisebol no Great Lawn, proporcionando passeios anuais de inverno à Lasker, a pista de patinação no gelo, e para aulas de educação física, quando o tempo estava bom e o entusiasmo da primavera contaminava a todos, de forma que, se era para pular corda, podia muito bem ser ao ar livre. Diversos membros do corpo docente e do restante dos funcionários também usavam o parque como academia, levavam roupas esportivas na bolsa e corriam antes ou depois do horário de trabalho. Não era o caso de Alice.

O Central Park não era feito para exercícios. Era feito para aquilo, para se esconder em um bosque sombreado e se acomodar em um banco. Era feito para vozes baixas e casos secretos. O tamanho do parque — 340 hectares, tivera que memorizar para um trabalho da escola —, parecia contraproducente para a intimidade, mas era bem isso: íntimo. Havia locais escondidos em cada curva, tantos cantinhos de privacidade e sossego quanto patinadores exibicionistas e pessoas dançando break para turistas. Alice amava o parque, amava saber que existia um lugar tão glorioso, tão aparentemente interminável, tão seu quanto de qualquer outra pessoa.

Tommy afundou na grama e se recostou em uma árvore. Então, tirou um maço de Parliament do bolso da jaqueta e se pôs a batê-lo contra a palma da mão.

— Por que as pessoas estão sempre batendo em alguma coisa? — questionou Alice. — Cigarros, garrafas de suco. É tão estranho.

Ela se sentou no chão ao lado de Tommy e abraçou os joelhos contra o peito. Seu corpo parecia feito de borracha, como se ela pudesse dar um pontapé na perna por cima da cabeça ou plantar bananeira, caso quisesse. Alice só teve o primeiro orgasmo na faculdade, na época em que tivera o primeiro namorado de verdade, mas aquilo não importava, não quando seu corpo se sentia tão bem o dia inteiro, todos os dias. Só de olhar para Tommy, ficar sentada tão perto dele, seu corpo já parecia feito de correntes elétricas. Ainda sentia a mão dele na sua, de quando atravessaram a rua às pressas, mesmo que ele a tenha soltado logo que chegaram ao outro lado. Alice tinha se esquecido do quanto estivera em contato com os corpos dos amigos, de como ela e Sam viviam sentadas uma no colo da outra, tocando o rosto uma da outra.

— É, é meio doido — concordou Tommy, então parou. — Sei lá. Eu só gosto, acho. — Ele desembrulhou o celofane e o jogou no chão.

— Opa, opa — disse Alice. — Que tal não sermos porcos?

Ela recolheu o plástico e o guardou no bolso.

— Tudo bem com você? — perguntou Tommy. — Já te vi fazendo isso mil vezes.

— Ah, claro, estou.

Alice se sentiu uma impostora, como se estivesse usando uma máscara de seu próprio rosto. O vento levantou um monte de folhas ali perto e as rodopiou em um pequeno ciclone, e Alice se limitou a observar. Talvez só tivesse se *soltado* em algum lugar, escorregado por uma fenda. Em um episódio de *Irmãos do tempo*, Jeff caía por um portal no meio da ponte Golden Gate, e Scott tinha que ir atrás dele para trazê-lo de volta, uma viagem no tempo dentro da viagem no tempo. Era isso que acontecia quando os roteiristas de TV ficavam de saco cheio de resolver os mesmos problemas tantas vezes. Alice poderia estar perdida, ou poderia estar presa, ou perdida *e* presa. Sua única certeza, finalmente, era de que, o que quer que fosse, estava mesmo acontecendo. Era o frio na barriga, como se estivesse descendo uma montanha-russa; era a hiperconsciência de tudo à sua volta. Alice se sentia o próprio Homem-Aranha, só que todos os seus poderes se resumiam a ser adolescente.

Ela e Tommy eram amigos. Nunca tinham sido namorados, nem perto disso. Havia alguns casais sérios nos tempos de Belvedere — Andrew e Morgan, Rachel Gurewich e Matt Boerealis, Rachel Humphrey e Matt Paggioni, Brigid e Danny, Ashanti e Stephen. Alice sempre os considerara muito superiores a ela no quesito de maturidade. Os pares ficavam se pegando pelos corredores, sabendo que todos podiam ver. Andavam de mãos dadas em público, nas laterais dos jogos de futebol. Piravam nos bailes escolares, de joelhos juntinhos, como figurantes do filme *Dirty Dancing*, e ninguém começava a cochichar. Alice já tivera alguns namorados, mas nenhum durara mais do que um mês, e todos eram variantes da farsa do "namorado canadense", exceto que, em vez de serem pessoas fictícias do Canadá, eram pessoas de carne e osso que ela mal conhecia da aula de matemática. Tudo se resumia a várias semanas de negociações com possíveis candidatos e, depois, um telefonema constrangedor. Era basicamente igual ao que acontecia no sexto ano, só que, às vezes, raramente, ela e um garoto ficavam sozinhos e enfiavam as mãos desajeitadas dentro das calças um do outro.

Alice e Tommy eram diferentes. Ele às vezes namorava. Colegas de classe mais velhas, garotas que não eram virgens. Tommy era o garoto mais bonito do ano, então, quando as garotas mais velhas se cansavam de todas as opções, o escolhiam. Ele já até saíra com garotas de outras escolas, que cruzavam o parque de uniforme para ir buscá-lo, garotas que viviam na Park Avenue e cujos pais eram donos de ilhas inteirinhas. Alice era amiga dele e estava apaixonada por ele. Às vezes, Tommy dormia na casa dela, e os dois passavam a noite toda de conchinha, mas Alice não pregava os olhos, ficava só ouvindo a respiração dele. E, às vezes, só às vezes, no meio da noite, os dois começavam a se beijar, e Alice pensava: *Ah, está acontecendo de verdade, ele finalmente vai ser meu.* Mas, pela manhã, Tommy sempre agia como se nada tivesse acontecido, e nada mudava. Não era muito diferente de todos os homens que Alice havia conhecido em bares em seus vinte anos, ou os de aplicativos de namoro quando estava com trinta.

Tommy estendeu o maço, e Alice pegou um cigarro.

— Valeu.

— E aí? — perguntou Tommy. — Quem vai na festa?

— Não faço ideia — respondeu Alice, com toda a sinceridade.

— A Sam está cuidando disso.

Alice se lembrava de algumas coisas da festa de aniversário. Lembrava-se de ajudar Sam a vomitar e de tentar limpar a sujeira que os outros faziam, meio de má vontade, enquanto a festa ainda acontecia. Lembrava-se de Tommy sentado no canto do sofá, de cabeça para trás e olhos fechados. Lembrava-se de ter tomado seja lá o que o irmão de Phoebe tinha arranjado, comprimidos minúsculos que pareciam aspirinas, e lembrava-se de se sentar no colo de Tommy e das mãos dele por baixo de sua camisa. Alice se lembrava de Danny tão debruçado na janela que acabara caindo de uma altura de um metro e meio, fraturando o pulso. Lembrava-se de fechar as persianas para que Jim e Cindy Roman não chamassem a polícia e, mais tarde, de desejar que tivessem chamado.

— Eu cheguei a te contar que vou escrever um roteiro? — indagou Tommy. — Eu e o Brian estávamos falando disso ontem. Vamos escrever um roteiro, tipo do filme *Kids*, só que sem ser só sobre skatistas, sabe, e menos deprimente. E aí vamos estrelar o filme também, além de dirigir.

— E a faculdade? — Tommy estudara em Princeton, assim como os pais.

— Nem pensar — retrucou ele, tragando o cigarro. — Não vou fazer tudo o que os meus pais querem que eu faça. De jeito nenhum.

— Algo vibrou, e Tommy tirou o pager do cinto. — É a Sam, no telefone da escola.

— Daqui a pouquinho eu volto. O que foi?

— A Lizzie vai? Na sua festa?

Lizzie estava no último ano e não chegava nem perto de ser amiga de Alice, exceto por uma vez em que fora com Sam e ela comprar maconha em uma mercearia que não era de fato uma mercearia. Tommy e Lizzie transariam na sua festa de aniversário, bem na cama dela, e, depois daquilo, Tommy e Alice nunca mais se falariam, não até ele entrar em seu escritório com a esposa e o filho.

— Não faço ideia — respondeu Alice. Então ela se levantou e bateu a poeira da calça. — Vamos voltar.

25

Sam estava na cabine telefônica da Belvedere, roendo as unhas. A cabine ficava no primeiro andar, perto da sala dos professores, no fundo do prédio, a madeira esculpida com décadas de iniciais de estudantes e várias mensagens profanas. A portinha estava fechada, mas Sam a abriu ao vê-la por trás do vidro riscado, e Alice entrou.

— O que o bonitão queria? Só que você o admirasse por um tempinho?

— Saber se a Lizzie vai para a festa.

Sam revirou os olhos.

— Ele perguntou isso para você no seu aniversário? Que irritante. Sinto muito.

— Sinceramente, tenho outras preocupações no momento. — Alice tirou o telefone do gancho e encarou o aparelho. — Como é que liga para o serviço de informações, mesmo?

Sam mostrou a ela, passando o telefone para a amiga.

— Olá — disse Alice. — Poderia me informar o número do Matryoshka Bar, por favor? Na estação de metrô?

Depois de ter feito a ligação e devolvido o aparelho ao gancho, Alice se virou e olhou para Sam, cujo rosto estava pálido.

— Você está falando sério mesmo, né?

— Infelizmente. — Alice sentiu os olhos começando a se encher de lágrimas.

— Merda — disse Sam. — Então você é, tipo, velha?

— Eu não sou *velha* — retrucou Alice. — Tenho quarenta anos. Sam deu risada.

— Respeito o fato de você achar que tem diferença.

— É tudo relativo. Tipo, o meu pai...

Alice não sabia como explicar o quanto Leonard era jovem, naquele dia, em 1996. Porém, precisava admitir que Sam tinha razão: quarenta anos de idade, de repente, parecia toda uma eternidade. Vinte e cinco já parecia idade de velho, e quarenta era demais para entrar na cabeça. Vinte e cinco era a idade de um cara que talvez desse em cima delas em um bar, deixando-as lisonjeadas e apavoradas. Quarenta era estritamente parental. Uma figura de autoridade. O Presidente da República.

— Tipo, foi ele que te trouxe até aqui, no estilo *Irmãos do tempo*? — Sam gesticulou imitando um carro atravessando o espaço.

Nos créditos, que eram ridículos, Barry e Tony dirigiam com asteroides no fundo, e o sedan cor de ferrugem saltava sobre as estrelas.

— Não — respondeu Alice, imaginando Leonard na cama de hospital. — Definitivamente não. Mas vamos, tive uma ideia.

— Espera — disse Sam. — Preciso que você me diga uma coisa, tá? Só alguma coisa, para eu saber que você não está inventando essa história. Você sabe que eu odeio pegadinhas.

Alice pensou um pouco. Sam não ligaria para estatísticas esportivas ou qual famoso na verdade era gay. Ela se preocuparia demais com o próprio casamento, e isso parecia perigoso, em termos de coisas relacionadas a *De volta para o futuro*.

— Aquele lance do seu pai — disse Alice, por fim.

Só tinham falado daquilo quando já estavam na faculdade, a quilômetros de distância uma da outra e dependendo do telefone para manterem contato. Walt sempre viajava muito a trabalho, para Washington e de volta para casa, para Washington e de volta para casa, e muitas vezes passava algumas noites fora. Lorraine finalmente se divorciara dele quando Sam foi para a faculdade, quando contaram a ela que ele tinha outra esposa. Tinha toda uma vida paralela. Fazia anos que Sam desconfiava, mas nunca falara daquilo com a amiga.

— É verdade. Sinto muito. Mas é o que você acha, mesmo.

Sam engoliu em seco.

— Que droga, cara. Achei que você fosse dizer que Arnold Schwarzenegger virou presidente ou coisa do tipo.

Alice puxou Sam para um abraço.

— Eu sinto muito. Muito mesmo.

Sam chorou com o rosto enfiado no ombro de Alice, mas, quando se afastou, abriu um sorriso, dizendo:

— Porra, eu sabia! — E arrematou: — Então tá, vamos.

O Matryoshka só abria às cinco da tarde, mas o cara ao telefone disse que, se ela só quisesse resgatar alguma coisa perdida, poderia passar a qualquer hora. Alice tinha certeza de que, fosse o que fosse, acontecera naquele bar escuro, subterrâneo e com o chão sempre meio pegajoso. Se houvesse algum caminho secreto para o passado e para o futuro, fazia sentido que fosse no subterrâneo, ao longo dos túneis da linha 2/3, lugares aonde ninguém ia se não quisesse desaparecer, de uma forma ou de outra.

Alice já lera sobre pessoas sem-teto que viviam nos túneis, e sabia que havia estações de trem abandonadas; sabia de uma bem na 91st Street, que quem estivesse na linha 1/9 conseguiria ver, bastava prestar atenção. Só podia ser isso: alguém cavara fundo demais, cruzara algum limite, bagunçara tudo. Naquele momento, bem que Alice desejava ter prestado atenção quando Leonard e os amigos falavam sobre livros de ficção científica, em vez de só ficar debochando deles por serem adultos que passavam o tempo todo falando de universos paralelos.

— E aí, qual é a sensação de ser adulta? — perguntou Sam.

— Ah, acho que é ok. Posso fazer o que quiser. Posso ir aonde quiser.

Sam começou a cantar:

— *And nothing compares to you...*

Alice riu.

— É. Acho que agora sinto que, se eu tivesse feito escolhas diferentes, tudo seria diferente. E está tudo bem, sabe? Não estou morta, não estou na cadeia. Mas não posso deixar de me perguntar se as coisas poderiam ser melhores.

Pensou em Leonard, em todos os tubos e máquinas, e nos médicos franzindo a testa.

De acordo com Sam, só tinham ido àquele bar uma ou duas vezes. Todas as ocasiões que Alice se lembrava de ter passado lá deviam ter acontecido mais tarde. No verão após terem se formado, talvez, ou até durante a faculdade, quando voltavam para passar o Dia de Ação de Graças e para ver os amigos. Achava que as duas pareciam jovens demais para saírem entrando, ainda mais em plena luz do dia. Teriam que inventar uma boa desculpa.

— O que estamos procurando? — sussurrou Sam.

— Alguma coisa — respondeu Alice. — Estamos procurando alguma coisa. Uma porta, um túnel. Um interruptor? Sei lá. Acho que vamos saber quando encontrarmos, se é que vamos encontrar. Pense em qualquer filme ou livro sobre viagem no tempo que você conheça, tá?

— Saquei — disse Sam. — Quer dizer, vou tentar.

A dinâmica entre as duas já estava diferente, Alice sentia. Não que Sam não confiasse nela, claramente confiava. Mas Sam entendia que a Alice com quem estava falando não era a sua Alice; era uma Alice responsável, uma Alice babá. Ela ainda nem tinha contado que trabalhava na Belvedere. Depois disso, seria a Alice Administradora Profissional, e que graça haveria?

A porta do Matryoshka estava aberta, e as garotas entraram devagar, esperando os olhos se ajustarem à escuridão. O lugar estava vazio, com filas de garrafas alinhadas no balcão e uma pessoa curvada do outro lado, contando-as. Sam agarrou o cotovelo da amiga, claramente com medo. Alice entendia: os maiores poderes de sua amiga envolviam situações que pudesse controlar e organizar, tipo estudar para as provas de direito ou se casar com um rapaz que a venerava.

— Olá? — chamou Alice, que também se agarrou ao braço de Sam e segurou firme.

O barman se levantou, era o mesmo cara amigável que a servira na noite anterior.

— Ah, oi! — disse Alice, relaxando. — Oi. Bom ver você de novo!

— Meninas — respondeu o barman, em um misto de saudação e identificação cautelosa, não dando qualquer sinal de que a reconhecia.

— Perdi um negócio aqui, eu acho — explicou Alice, então pigarreou. — Eu liguei mais cedo. Podemos dar uma olhada rapidinho? Não vamos beber.

Ele começou a mover garrafas de volta para as prateleiras atrás do balcão. O lugar inteiro fedia, tinha cheiro do arrependimento acumulado de mil estranhos com uma pitada de vômito e desinfetante Lysol.

— Tá bom — disse o barman, enquanto trabalhava.

Alice puxou Sam para o canto perto da jukebox.

— Tá, então eu vim aqui, e ele estava aqui, e eu contei que era o meu aniversário, e ele me deu vários shots grátis, aí fiquei bêbada e derramei alguma coisa no meu suéter, e acho que distribuí alguns salgadinhos para umas garotas de alguma sororidade.

— Quando é que foi isso? — questionou Sam.

Seus narizes estavam quase se tocando, e a pele das duas estava laranja por causa das pequenas lâmpadas por trás das músicas na jukebox.

— Ontem à noite. Ontem à noite pra *mim*.

— Saquei, saquei. Então estamos procurando algo estranho? Tipo... uma porta? Um corredor assustador?

Sam observou o espaço ao redor: uma antiga máquina de pinball, um sofá molenga que provavelmente continha DNA suficiente para solucionar meia dúzia de crimes, a jukebox.

— A cabine de fotos! — lembrou Alice.

Puxou Sam pela mão, e as duas seguiram para a sala ao lado.

A cortina da cabine de fotos estava aberta, e o assento, vazio. Alice entrou depressa, e Sam deslizou para perto da amiga.

— Parece normal — comentou Sam.

— Também acho — respondeu Alice. — Só queria poder dar um Google nisso.

— Está falando do futuro comigo? — Sam franziu os lábios. — Se for fazer isso, vou precisar saber mais sobre a pessoa com quem eu me casei, e se é o Brad Pitt ou o Denzel Washington.

— Os dois são velhos demais para você. Até para a sua versão adulta. Mas tudo bem! Tudo bem. Tá, eu sei que falei que não ia fazer isso, mas, no futuro, tem uma coisa chamada Google, e basta digitar o que você quer pesquisar para receber milhares de respostas. E tem um site chamado Wikipédia, que faz basicamente a mesma coisa. E eu queria muito poder digitar "viagem no tempo ajuda por favor" para conseguir umas respostas.

— Então você só digita qualquer coisa? E esse negócio diz tudo o que você precisa saber? Alguém ainda faz dever de casa? — perguntou Sam.

— Acho que não — respondeu Alice.

Ela passou o dedo pelas instruções de como operar a cabine e pelo compartimento das notas. Então se levantou, tirou a carteira do bolso de trás e pegou uma nota de um dólar amassada. Ao inserir a nota na fenda, a luz começou a piscar. Alice e Sam posaram uma, duas, três, quatro vezes, então os mecanismos internos começaram a agir, e elas saíram.

Enquanto esperavam as fotos se revelarem, Alice percorreu o perímetro de ambas as salas, tocando as paredes pegajosas, olhando atrás de quadros que não eram movidos havia décadas. Não encontrou qualquer coisa estranha, ou, pelo menos, nada mais estranho do que ver um lugar noturno durante o dia, a versão bizarra de estar na escola depois do fim das aulas. A máquina finalmente cuspiu as fotos, e Sam e Alice voltaram às pressas, segurando a tira ainda úmida pelas beiradas.

— Um clássico — disse a amiga, aprovando o que via.

Biquinho, línguas para fora, olhos abertos, olhos fechados.

— Amei — comentou Alice.

Podia se ver naquelas fotos: o rosto de dezesseis anos, lógico, mas todo o resto também. Algo nas íris, na tensão da boca. Não era exatamente a mesma foto que ganhara de Sam em seu aniversário de quarenta anos, mas chegava perto, como a diferença entre gêmeos fraternos.

— Pode ficar — disse Sam. — Presente de aniversário.

Alice sentiu-se levemente derrotada.

— Vamos voltar para casa. Quero passar o máximo de tempo possível com o meu pai.

— Tá bom — concordou Sam.

As duas se despediram do barman com um aceno e passaram de volta pelas catracas, apresentando os passes escolares. Em seguida, deslizaram até o fim de uma fileira de assentos vazios.

— Me conta mais alguma coisa — pediu Sam. — Alguma coisa boa.

— Você vai se mudar para Nova Jersey — respondeu Alice, então sorriu.

Sam fingiu dar um soquinho nela.

— Você só pode estar de brincadeira.

Alice fez que sim. Às vezes, a verdade era difícil de ouvir.

26

Leonard não estava em casa quando chegaram, mas Ursula circulou entre as pernas das duas enquanto andavam até o quarto de Alice. Um Post-it grudado na porta dizia: "Volto logo. Pai".

— E aí, qual é o plano? — perguntou Sam, acomodando-se na cama de Alice. Então se inclinou e pegou um exemplar da revista *Seventeen*. — Não acredito que você assina esse lixo.

— Para hoje à noite? Ou para a minha vida? — Alice se sentou ao lado dela.

— Não é meio que a mesma coisa?

— Pensando bem, acho que hoje à noite quero me divertir mais nessa festa do que da primeira vez. Quero descobrir como voltar para a minha vida. Para a minha outra vida. Quero passar tempo com o meu pai.

Era vergonhoso admitir isso tudo tão abertamente. Os alunos da Belvedere tinham virado feridas abertas de vulnerabilidade autoconsciente. Todos assumiam diferentes orientações sexuais e gêneros, experimentavam pronomes. Eram tão evoluídos que sabiam que ainda estavam evoluindo. Nos tempos de adolescência, o maior objetivo da vida de Alice era fingir que absolutamente nada a afetava. Tecnicamente, ainda não conseguia dizer a verdade a Sam: que, se pudesse, gostaria de garantir que Leonard não acabaria em uma cama de hospital. Queria salvar a vida dele, simples assim. Só então Alice ouviu a porta da frente se abrir e fechar, e Ursula saltou de algum lugar alto — a estante, talvez, ou o topo da geladeira — para correr até a porta.

— Al? Está em casa? — gritou Leonard.

— Aham! Estou aqui! Com a Sam — berrou Alice, em resposta.

Viu Sam folhear a revista. Todos os anúncios em cores pastel das máscaras de cílios Maybelline Great Lash, dos relógios Swatch, dos protetores labiais Bonne Bell e das caixas de joias Caboodles. Alice realmente acreditara que as revistas a preparariam para o futuro, que *Barrados no baile* era um espelho da vida, só que com vestidos mais curtos e mais gente usando chapéu na escola. Tudo o que consumia lhe dizia que era adulta. Alice queria sacudir Sam pelos ombros e dizer que as duas ainda eram crianças e que ninguém ao redor sabia daquilo, como se elas estivessem uma em cima dos ombros da outra usando um casaco comprido e todo mundo simplesmente acreditasse. Mas Sam já sabia, porque ela se dava mal quando ficava na rua até tarde. Sam ficara de castigo quando a mãe encontrou um resto de baseado em seu quarto. Sam ficara sem o pager por duas semanas depois que Lorraine recebeu uma ligação da Belvedere dizendo que ela tinha sido flagrada beijando Noah Carmello na escadaria dos fundos no horário da aula. Uma das piores partes de ser adolescente era perceber que a vida não era a mesma para todo mundo. Alice sabia disso na época. O que levara décadas para notar foi que muitas coisas que pensava serem vantagens para a própria vida na verdade eram o oposto.

— Você vai pra casa antes da festa?

— Não, por quê? Vou usar alguma roupa sua mesmo — respondeu Sam.

Alice tinha se esquecido da natureza transitória das roupas das adolescentes, de não identificar o que pertencia a quem. Ela e Sam usavam o mesmo número, mais ou menos, parecido o suficiente para compartilharem quase tudo.

Nas fotos que Sam lhe dera de aniversário, estavam usando tiaras e camisolas de cetim, como misses forçadas a participar de um concurso de beleza no meio da noite.

— Vamos usar roupas normais — sugeriu Alice. — Nada chique.

Sam deu de ombros.

— É o seu aniversário.

O telefone começou a tocar. Alice demorou um minuto para encontrá-lo, debaixo de uma pilha de roupas.

— Alô? — atendeu.

— Feliz aniversário, Allie — disse sua mãe, usando um apelido de que Alice nunca gostou.

Era como se Serena estivesse falando com outra pessoa, e de certa forma estava. A mãe sempre conversava com uma versão idealizada de Alice, uma versão que ficaria satisfeita com uns telefonemas e cuidados irregulares. Ela continuou:

— Enviei algumas coisas para você, chegaram?

— Oi, mãe — falou Alice, e Sam voltou a se concentrar na revista.

— Querem almoçar, meninas? — perguntou Leonard.

— Sim! — responderam as duas.

27

O Gray's Papaya era o melhor restaurante de Nova York, porque servia apenas uma coisa: cachorro-quente. Cachorro-quente com ketchup, cachorro-quente com mostarda, cachorro-quente com chucrute, cachorro-quente com tempero... Atrás do balcão, havia grandes recipientes de sucos de cores vivas, mas, caso alguém pedisse algo diferente de papaia, era visto como um peixe fora d'água. Não havia lugares para se sentar, só mesas altas ao longo das janelas viradas para a Broadway com a 72nd Street, perfeitas para observar as pessoas. Alice e Sam buscaram um lugar disputado no balcão com vista para a Broadway enquanto Leonard foi fazer o pedido.

— Você contou a ele? — cochichou Sam.

Alice balançou a cabeça.

— Mas ele meio que sabe das coisas — argumentou Sam. — Desse tipo de coisa.

— Como assim? Tipo, *Irmãos do tempo*? Sam, é um livro. É ficção. E é meio que uma ficção boba. É literalmente sobre irmãos que viajam no tempo e resolvem crimes.

— Mas isso talvez *tenha feito* toda essa situação acontecer, não? Você tem algum carro enferrujado por aí? — Sam arregalou os olhos.

— Talvez o carro esteja disfarçado de banheiro, ou coisa do tipo.

— Do que você está falando?

— Ah, agora sou *eu* que estou falando loucuras, claro — retrucou Sam, revirando os olhos.

Leonard se espremeu em meio às pessoas enfileiradas atrás delas e botou na mesa quatro cachorros-quentes, dois com ketchup e mostarda e dois com chucrute e cebolas.

— Meus vegetais favoritos — comentou.

— Pai, nunca vi você comer algo verde que não fosse, tipo, corante azul misturado com amarelo — disse Alice.

Leonard voltou ao balcão para pegar as bebidas.

— Pergunta logo a ele — falou Sam, entre dentes.

— Ainda não — retrucou Alice, e sorriu para o pai enquanto ele apoiava os cotovelos no balcão do outro lado.

Ela mordeu o cachorro-quente, e o gosto era exatamente o mesmo de sempre, parecia um pedacinho do paraíso. Leonard fechou os olhos enquanto comia, claramente saboreando seu almoço tanto quanto Alice saboreava o dela. Talvez aquele fosse o segredo da vida: notar todos os pequenos momentos do dia quando tudo o mais desaparecia e, por um segundinho, ou quem sabe alguns segundos, esquecer as preocupações, concentrar-se apenas no prazer, apreciar tudo o que estava ali, diante dos olhos. Meditação transcendental, talvez, mas com cachorros-quentes e a noção de que tudo mudaria — o bom e o ruim —, então valia a pena curtir as coisas boas.

Quando terminaram, andaram pela Amsterdam em direção à sorveteria Emack & Bolio's, desviando de outros grupos de famílias e turistas vindos do Museu de História Natural, que ficava no mesmo quarteirão. Era uma comemoração de aniversário que Alice poderia ter tido aos cinco anos, aos dez anos ou na vida adulta. Táxis faziam manobras bruscas para pegar passageiros nas esquinas, e todos os outros carros buzinavam em grandes coros de desagrado, como se não entendessem como as coisas funcionavam. Todo mundo na calçada olhava para a frente, para os amigos ou para as nuvens de pombos que desciam para se banquetear com algum lixo particularmente delicioso na faixa de pedestres, o almoço que alguém deixara cair.

Dentro da sorveteria vazia, Alice e Sam espiaram os balcões de vidro e escolheram umas misturas elaboradas: bolas de menta e de chocolate duplo com calda de chocolate e confeitos coloridos para Alice, bolas de pistache e morango com chantilly para Sam, e um copo grande de massa de biscoito para Leonard. Os três se sentaram a uma mesinha redonda, os joelhos espremidos por baixo.

— O que você escreve à noite? — perguntou Alice ao pai.

Enfiou a colher na enorme montanha de açúcar à frente. O som do pai trabalhando — guitarras uivando pelos alto-falantes, chinelos se arrastando pelo corredor, os dedos batendo no teclado — era tão reconfortante quanto uma máquina de ruído branco. Significava que ele estava ali, que estava escrevendo, e que estava feliz, à sua maneira.

— Quem, eu? — perguntou Leonard.

— Sim, você — confirmou Alice.

A calda quente havia endurecido e virado lava, grudando na frágil colher de plástico.

— Histórias. Ideias. Coisas diferentes.

Alice fez que sim com a cabeça. Era ali que sempre abandonava a conversa, antes de Leonard começar a se irritar, antes de começar a se meter na vida dele.

— Então por que não publicar? Obviamente, qualquer editora de Nova York compraria. Mesmo que fosse um lixo.

Leonard pôs a mão no coração.

— Assim você me magoa.

— Claro que não estou dizendo que acho um lixo, pai. Só estou dizendo que é meio óbvio. Alguém compraria, publicaria e te daria muita grana. Então, por que não? — Ela corou.

— Acho que o que a Alice está perguntando, Leonard — disse Sam — é se tem um *Irmãs do tempo* a caminho. Sabe como é, a mesma ideia geral, só que com meninas, em vez de meninos, porque meninas são mais inteligentes em todos os sentidos.

Leonard fez que sim.

— Entendi, entendi. E muito obrigado, Sam, pela ideia verdadeiramente milionária que eu deveria ter tido anos atrás. Mas qual é a graça de repetir a mesma coisa? Se eu escrevesse o mesmo livro, só que com pessoas diferentes, não acha que seria chato? — Alice e

Sam deram de ombros. — Ouso dizer que é mais ou menos como o *Homem-Aranha*. Se você tem um livro de sucesso, tem o poder de publicar outro, mas a própria razão do sucesso do livro acaba gerando um senso de responsabilidade em relação aos leitores: gostaram da leitura, e é por isso que tenho sucesso, e por aí vai. Alguns escritores escrevem o mesmo livro várias vezes, todos os anos, por décadas, porque os leitores gostam, e eles conseguem escrever, e fazem isso bem, e fim de papo. Por outro lado, tem os escritores que nem eu — explicou Leonard, sorrindo —, que acham essa ideia tão paralisante que preferem assistir a *Jeopardy!* com a filha adolescente e simplesmente escrever o que lhes der na telha, sem se preocupar se alguém vai ler.

— *Jeopardy!* é muito bom — retrucou Sam. — Eu entendo.

Alice não achava que Sam tivesse entendido de fato. A amiga tinha mais ambição acadêmica e intelectual nas unhas dos pés do que a maioria das pessoas tinha no corpo inteiro, assim como a mãe dela. Sam fora direto da graduação para a faculdade de Direito, vapt-vupt, sem nem respirar. Mas Alice entendia. Via aquilo o tempo todo na Belvedere, os pais que carregavam raquetes de tênis tinham filhos que carregavam raquetes de tênis. Pais com problemas de bebida e bares bem-abastecidos em casa geralmente eram chamados para o escritório da orientadora por conta de uma garrafa de Olde English encontrada no armário dos filhos. Os cientistas tinham cientistas mirins; os misóginos tinham misóginos mirins. Alice sempre pensara na própria vida profissional como um contraste perfeito em relação à do pai — Leonard fizera um sucesso estrondoso, e Alice não fizera sucesso algum, apenas se agarrara a um cargo estável, como um cavalo-marinho com a cauda enrolada em volta de uma alga —, mas agora achava que se enganara. O pai também tinha medo e preferia se ater ao que dera certo, em vez de arriscar tudo em algo novo.

— Sinto muito, pai — disse Alice. — Sei como você se sente.

Leonard pôs a mão na bochecha da filha e deu um tapinha afetuoso.

— Você sempre soube, sabia? Era muito estranho. Mesmo quando era bem pequenininha, e eu fazia uma pergunta... não sei como, você sempre sabia as respostas. Era como se tivesse alguém escondido nos arbustos, pronto para pular e dizer: "Rá! Você acreditou mesmo que essa criança soubesse a diferença entre um marsupial e um mamífero, e ela só tem três anos!". Mas ninguém nunca pulou do arbusto. Você simplesmente sabia.

— Mas você deveria mesmo, pai. Fazer o que a Sam disse. Seria tão bom... Você sabe que seria, não sabe? As pessoas iam amar. Tipo, só porque *Irmãos do tempo* foi um fenômeno mundial não significa que outro livro seria um fracasso total ou coisa assim. Não é motivo para não tentar.

Leonard enfiou a colher no fundo do copo de papel.

— Quando foi que vocês duas ficaram tão espertas, hein?

As meninas já tinham terminado todo aquele amontoado de sorvete, e Leonard se levantou, recolheu os restos e os jogou na lixeira. Depois, varreu todos os confeitos perdidos na mesa para a palma da mão e também os jogou fora.

Sam olhou para Alice e inclinou a cabeça para o lado.

— Tive uma ideia — anunciou. — Preciso ir em casa procurar uma coisa, mas encontro vocês na Pomander, tá? Me bipa se precisar. Obrigada pelo sorvete, Lenny.

Leonard fez uma reverência.

— Disponha.

Sam saiu correndo porta afora e acenou. Soprou um beijo para Alice, que o apanhou, de repente nervosa por estar outra vez sozinha com a verdade.

— Você já está grande demais para ir ver a baleia? — perguntou Leonard.

28

O museu estava sempre lotado aos sábados, mas, por mais que estivesse cheio, as pessoas se amontoavam nas exposições dos dinossauros nos andares superiores, pelas quais Alice não tinha nenhum interesse específico desde os cinco anos. Não era para lá que queriam ir. Leonard apresentou o cartão de fidelidade na entrada e os dois logo viraram para a esquerda, passando por um Teddy Roosevelt de bronze e alguns dioramas que, sem dúvida, subestimavam muito a tensão entre os povos indígenas da região e os peregrinos colonizadores. Leonard e Alice cruzaram uma porta para um cômodo que parecia uma selva, com um tigre em tamanho real e uma concha grande o suficiente para engolir até o tigre. Era assim que Alice sempre sabia que já estavam chegando.

Tinha um nome de verdade, é claro — Milstein Hall —, mas ninguém a chamava assim. Como poderiam, com uma baleia do tamanho de um ônibus nadando acima de todos e com os sons profundos do oceano ao redor? Estar naquela sala era como se sentar no fundo do mar, intocável pelo que estivesse acontecendo na superfície. A varanda superior tinha caranguejos-aranha e águas-vivas, e todo tipo de criaturas decorava as paredes, mas a verdadeira ação era no andar inferior, debaixo da baleia, rodeada por enormes dioramas pintados à mão. O peixe-boi, flutuando sonolento, eternamente capturado em meio a um sonho. Os golfinhos, aqueles exibicionistas saltitantes. A foca, que acabara de ser atacada até a morte por uma morsa gigante. No canto, quase escondido por corais e peixes, um mergulhador de pérolas. Leonard e Alice desceram as escadas com cuidado, sem falar. A sala exigia o mesmo silêncio que os cinemas ou os bancos de igreja.

O problema da vida adulta era sentir que tudo vinha com um cronômetro: um jantar com Sam durava no máximo duas horas, já com outros amigos provavelmente nem chegaria a isso. Talvez houvesse o tempo de espera por uma mesa, uma noite em um bar, uma festa que iria até mais tarde, mas até isso só ocupava alguns fragmentos de tempo. Parecia que quase todas as suas amizades agora eram virtuais, tipo seus amigos por correspondência da juventude. Era muito fácil passar anos sem encontrar alguém pessoalmente, manter-se atualizado só pelas fotos do cachorro, do bebê ou do almoço que a pessoa postava na internet. Nunca havia aquilo de passar um dia fazendo várias coisas. Era assim que Alice imaginava o casamento e a família: sempre ter alguém com quem passar o dia, alguém com quem não seria necessário trocar três e-mails, seis mensagens e ainda fazer uma mudança de reserva de última hora só para um breve encontro. Todo mundo tinha isso na infância, mas só os muito talentosos conseguiam manter contato presencial na vida adulta. Pessoas com irmãos levavam vantagem, mas nem sempre. Havia dois rapazes da Belvedere, melhores amigos desde o jardim de infância, que cresceram e se casaram com duas irmãs, e agora os quatro filhos estudavam na Belvedere, levados à escola por uma mãe ou pela outra. Aquilo era outro nível de amizade, mantida através do casamento. Parecia bem medieval, como quando nos damos conta de que todas as famílias reais do mundo eram mais ou menos primas. Até o conceito de primos parecia ostentação: "Vejam só todas essas pessoas que me pertencem". Alice nunca sentira que pertencia a alguém, ou que alguém fosse dela — a não ser Leonard.

O pai caminhara até o centro da sala e se abaixara no chão. Alice observou enquanto o pai esticava as costas, os tênis surrados se abrindo para os lados. Ele não era o único: uma família com um bebê pequeno também estava ali, deitada, encarando a vasta barriga da baleia. Alice se ajoelhou ao lado do pai.

— Lembra quando a gente vinha aqui toda hora? — perguntou.

Quando ela era criança, visitavam o museu toda semana, se não mais. Alice até se lembrava de ter ido ali com a mãe, que preferia o salão de pedras e minerais. Passou as mãos pelas coxas. A calça de marinheiro era escura e rígida. Comprara a peça na Alice Underground, sua loja favorita, e não só porque tinha seu nome. Ainda era muito estranho ver o próprio corpo — o corpo jovem, um corpo do qual mal se lembrava, porque estivera ocupada demais vendo-o como algo que não era.

— O único lugar em Nova York onde você parava de chorar — disse Leonard, com um sorriso de orelha a orelha. Então deu tapinhas no chão ao seu lado. — Venha cá.

Alice deitou-se de costas. Alguns dos maconheiros da Belvedere iam ao festival de luzes do planetário, logo ali na esquina — o do Pink Floyd, com porcos voadores —, quando estavam chapados, mas Alice não sabia explicar por que alguém iria querer estar em outro lugar que não fosse aquela sala.

— Não sei por que nunca mais vim aqui — comentou. — Sinto que a minha pressão acabou de cair.

— E desde quando você se preocupa com a pressão? Caramba, não se tem mais dezesseis anos como antigamente.

Leonard levou as mãos à barriga, e Alice as observou subindo e descendo no ritmo de sua respiração.

Pensou em dizer alguma coisa. Havia famílias empurrando crianças, que dormiam nos carrinhos, e turistas carregando sacolas de compras, mas a sala estava calma e, fosse lá o que dissesse, só o pai ouviria.

Leonard, claro, pensara mais sobre viagens no tempo do que a maioria das pessoas. Por mais que vivesse debochando de livros, filmes e séries de TV ruins de ficção científica, até os feitos por amigos dele, Alice sabia que o pai amava o gênero. O impossível sendo possível. Os limites da realidade forçados para além do que a ciência podia explicar. Claro, era uma metáfora, um tropo, um gênero... mas também era divertido. Ninguém — com certeza ninguém de quem Leonard gostasse — escrevia ficção científica como uma ferramenta. Aquilo era coisa de babaca. De todos os escritores do mundo, os de que Leonard menos gostava eram os metidos a besta, os eruditos que participavam de prêmios para os quais precisavam usar smoking, que tinham descido brevemente à terra e roubado inspiração de alguns gêneros — os mortos-vivos, talvez, ou um leve apocalipse — antes de voltarem ao céu com a ideia nas garras. Leonard gostava dos nerds, dos que tinham a ficção científica no sangue. Alguns daqueles escritores sofisticados, lá no fundo, eram verdadeiros nerds, e Leonard estava ok com eles. Mas Alice não achava que podia simplesmente puxar uma conversa sobre nerds, sobre ficção científica ou viagem no tempo, sem se entregar, e ainda não estava pronta para isso. Sabia que não seria como contar para Sam, que ainda estava com um pé atrás, como um agnóstico que acreditava em *alguma coisa*, mas não necessariamente em Deus. Leonard sempre confiou em Alice — sobre qual menina a empurrara do escorrega no jardim de infância, sobre qual menino implicara com ela, sobre qual professor estava dando notas injustas. Não tinha medo de que ele fosse duvidar. Tinha medo era do que aconteceria depois, porque Leonard acreditaria na mesma hora, sem hesitar.

A baleia era do comprimento da sala inteira, com o nariz apontado para baixo, pronta para afundar nas profundezas do oceano. A cauda larga parecia prestes a se lançar para cima, talvez para além do teto, para ajudar a impulsionar o animal gigante. Alice fechou os olhos e se concentrou na solidez do chão sob suas costas.

— Já contei de quando eu e o Simon fomos ver o Grateful Dead no Beacon Theatre?

Sim, já tinha contado.

— Pode contar — respondeu Alice, então sorriu. Sabia cada palavra que sairia da boca dele.

— 1976 — começou Leonard. — Jerry tinha uma guitarra branca. Conheço muita gente que já viu o Dead mil vezes, mas eu só os vi daquela vez. O Beacon pode parecer muito pequeno, dependendo de onde você se senta, e o Simon tinha conseguido ingressos com o agente dele, que era um figurão, e acabamos na terceira fileira.

Na terceira fileira! E todas as mulheres eram lindas de morrer; foi como passar quatro horas em outro planeta.

Era daquilo que Alice sentia falta. Não só das respostas às perguntas que nunca tivera coragem de fazer, não só das histórias de família que mais ninguém conhecia, não só de ver sua infância pelos olhos do pai, mas também daquilo: as histórias constrangedoras que já ouvira milhares de vezes e que nunca mais ouviria. Alice podia visualizar o show inteiro, o rosto suado e sorridente de Leonard — antes de ser casado, antes de ser pai, antes de ter publicado um livro. Podia ver aquilo com tanta clareza quanto a baleia, mesmo de olhos fechados.

29

Quando voltaram para a Pomander, o telefone estava tocando. Leonard se afastou e gesticulou para que Alice atendesse, dizendo:

— É para você.

— Como é que você sabe? — perguntou Alice, então pegou o fone.

— Jesus, passei as últimas *horas* ligando de dez em dez minutos — disse Sam.

— Desculpa, aqui é a Alice, não Jesus.

Ela enrolou o fio ao redor do indicador. Por que as pessoas achavam que ter celulares era menos restritivo do que aquilo? Passara o dia flutuando no espaço, incomunicável, e, agora, era obrigada a se conectar.

— Ah, cala a boca, vovó. Onde você quer jantar? Eu encontro vocês lá.

— Onde podemos jantar, pai? — perguntou Alice a Leonard.

Ele estava inclinado sobre a mesa da cozinha, examinando uma pilha de correspondências e revistas e sabe-se lá o quê.

— Vamos no V&T. Aí a Sam pode ir a pé. Que tal?

— Sim. Sam, você ouviu? Pizza gordurosa. V&T. Seis horas. — Alice se afastou do pai. — Mais alguma coisa?

— Sim — respondeu a amiga, meio ofegante, como se tivesse corrido no mesmo lugar por horas, não só ligado várias vezes. — Acho que descobri. Talvez. Potencialmente. Conto quando a gente se encontrar.

Alice sentiu uma chama no estômago, um lampejo de esperança (ou de ansiedade), que se alojou em suas costelas.

— Tá bom — respondeu, então desligou.

Leonard jogou a pilha de correspondências de volta na mesa, perguntando:

— Por que só vem lixo?

A televisão ficava em um lugar estranho: apoiada na ponta da bancada da cozinha, onde podia ser girada em direção à mesa ou ao sofá. A mesa ficava em frente ao sofá, mas não havia muito espaço e Leonard e Alice já estavam acostumados, de qualquer maneira. O videocassete ficava escondido na parte de baixo, com todos os fios pendurados na bancada. Se tivessem um tipo diferente de gato — um gato normal, não Ursula —, os fios seriam um problema irresistível, mas Ursula era superior e não se importava com essas coisas. Ainda faltavam horas para o jantar. Alice abriu e fechou as portas dos armários até encontrar a pipoca de micro-ondas. Em seguida, acenou com o pacote para o pai.

— Quer ver um filme?

Leonard abriu o armário onde ficavam as fitas cassete e começou a listar os títulos.

— *O mágico de Oz? Rebecca? O calhambeque mágico? Se minha cama voasse? Mary Poppins? Conta comigo? Dirty Dancing? De volta para o futuro? Eraserhead? O amor não tem sexo? Peggy Sue: Seu passado a espera?*

— *Peggy Sue* — disse Alice.

Ela deu um passo para o lado, contornando a porta do armário para poder ver o pai. Leonard tirou a fita da caixa e a entregou para a filha, dizendo:

— *Voilà*. Vai dizer que não somos as pessoas mais inteligentes da Terra? Os outros estão correndo por aí, por diversão, e nós estamos assistindo a um filme em pleno dia.

O filme foi bom como sempre, só que Alice ficou doida com o jeito como Peggy Sue parecia não dar bola para os pais. Quem se importava com aqueles amigos chatos, aquele namorado estúpido? Ela devia ter transado com todo mundo bem depressa e simplesmente ficado em casa. E os avós? Peggy Sue tinha uma vida maravilhosa. Ela se casou e teve filhos e ainda tinha pais vivos, e tudo na vida dela ia perfeitamente bem, a não ser por talvez querer se divorciar. Para dizer a verdade, aquele filme não era de viagem no tempo, não cem por cento. Peggy Sue desmaiava e tinha um sonho. Parecia ser um daqueles filmes em que eram feitos três finais diferentes porque o público de teste não gostou do que mostraram. Alice queria ver o final em que Kathleen Turner rastejava pelo chão de um bar procurando uma toca de coelho, mas, como não conseguia encontrar, ficava presa para sempre, cometendo os mesmos erros várias vezes. Queria ver a versão de filme de terror. Se bem que poderia estar prestes a vivê-la, então talvez não precisasse assistir, afinal.

Leonard a cutucou. Alice tinha caído no sono com a cabeça encostada no braço do sofá, feito uma gangorra. Em seu corpo de quarenta anos, o pescoço ficaria dolorido por dias, mas, naquele corpo, ela simplesmente se endireitou.

— Hora da pizza — anunciou o pai.

O V&T ficava na esquina da 110th Street com a Amsterdam Avenue, em frente à Catedral de São João, onde Leonard levara Alice todos os anos no Dia de São Francisco, quando abriam as enormes portas da frente e deixavam um elefante entrar. Como família, os Stern não tinham o hábito de celebrar feriados religiosos, mas celebravam muitos feriados de Nova York: além do Dia de São Francisco com os elefantes, havia o desfile de Dia de Ação de Graças da Macy's, quando iam ver os balões enchidos na noite anterior; as vitrines de Natal das lojas de departamento chiques da Fifth Avenue; a Festa de San Gennaro e o Ano-Novo Chinês, para cannoli e dumplings; e o Desfile do Dia de Porto Rico, quando o norte da cidade se enchia de reggaeton, e também o desfile do Dia de São Patrício, quando tudo era igualmente animado, só que com gaitas de fole.

A pizza não era a melhor da cidade, mas tinha o queijo mais derretido. Era como se o forno tivesse um pequeno buraco no meio que deixava cada pizza com um centro líquido e derretido, o vórtice de um redemoinho. O queijo escorregava para um lado ou para o outro, e a primeira pessoa a pegar uma fatia acabava carregando toda a massaroca de queijo derretido e precisava rearranjar a pizza com os dedos ou a faca mais próxima. Alice adorava. Quando ela e Leonard chegaram à esquina, Sam estava andando de um lado para o outro em frente ao local.

— Oi — cumprimentou Sam, então agarrou o braço de Alice.

— Venha fazer xixi comigo.

Leonard acenou para as duas irem.

O banheiro era pequeno e estava vazio. Sam deu descarga no vaso e ligou a torneira.

— Não vai me zoar, tá? — pediu a amiga, cruzando os braços sobre o peito.

— Eu obviamente não estou em posição de zoar você, nem nunca faria isso! — respondeu Alice. — Por favor. Me conta. — O banheiro cheirava a desinfetante e molho de tomate.

— Ok, então, a minha mãe ama *Irmãos do tempo*, você sabe. Aí eu estava dando uma olhada, e comecei a folhear outros livros dela. No fim das contas, para uma professora, a mulher tem uma porrada de coisa sobre viagem no tempo na estante. — Sam claramente tinha muito a dizer e queria falar tudo de uma vez só. — Acho que temos duas opções principais, em termos do que está acontecendo. Não opções como se você tivesse uma escolha... são duas teorias.

— Tá — disse Alice.

Sam ainda era assim, sorte a de Alice; era atenciosa, inteligente e disposta a ajudar. Queria dizer à amiga que eram essas qualidades que a tornavam uma ótima mãe, mas não falou nada.

— Basicamente, acho que, das duas, uma: ou você está presa aqui, ou não está. O Scott e o Jeff, por exemplo, tinham aquele carro, sabe? E o carro os transportava, igualzinho a como era com Marty McFly. Não é o seu caso. E o fato de você estar dentro do seu próprio corpo, sem querer ofender, me parece mau sinal. Tipo, se existissem duas Alices e se você estivesse se vendo fazer coisas, como em *De volta*

para o futuro 2, seria óbvio que você conseguiria voltar, porque, caso contrário, haveria duas Alices para sempre... está entendendo o que eu quero dizer?
— Estou?
— Acho que deve ser um buraco de minhoca. O Scott e o Jeff já passaram por um buraco de minhoca uma vez, lembra? Não está no livro, mas estava na série... sabe de qual episódio estou falando? Quando eles estavam na fazenda da família do Scott, em Wisconsin, e estavam tipo "lá-lá-lá, acho que não vamos viajar no tempo dessa vez", como se estivessem de férias ou algo assim, e aí o Scott estava ajudando a avó a limpar um celeiro antigo e, de repente, era 1970, e o Scott era um bebê? E passou o dia inteiro como um bebê? Mas ele estava com a avó, e mostrou como a mãe dele morria? E, no dia seguinte, ele já tinha voltado a ser ele mesmo, só que diferente? Acho que pode ser algo assim... tipo, você entrou no celeiro.
— E agora eu sou o bebê.
— Sim, mas você sabe que é o bebê.
Alguém bateu à porta do banheiro. Era o único do restaurante. Alice desligou a torneira e gritou:
— Já vamos sair!
Ela e Sam trocaram olhares no espelho.
— Mas não sei o que fazer.
Sam deu de ombros.
— Vamos começar com a pizza.

Quando voltaram para a mesa, Leonard já tinha pedido Coca-Cola para as duas, e uma salada murcha de alface americana e tomates pálidos fora colocada no meio da toalha xadrez vermelha. As saladas patéticas de pizzarias eram as únicas de que o pai realmente gostava. As garotas se acomodaram nas cadeiras de frente para Leonard e tomaram um longo gole do refrigerante. Sam não podia beber refrigerante em casa, então bebia loucamente quando estava com Alice e Leonard.
— Tem certeza de que precisa ir à conferência hoje à noite? — perguntou Alice.

Leonard arqueou a sobrancelha.

— Pepperoni? Cogumelo? Salsicha e pimentão? Vocês já não tinham planos para hoje?

Sam arfou.

— Leonard! Não era pra você saber!

— Não tem problema, podem dar a festinha de vocês. — Ele sorriu. O garçom trouxe um copo de vinho tinto, e Leonard agradeceu. — Confio em vocês.

Ele tinha trazido a bolsa dele, uma mochila surrada da loja do Exército/Marinha. Estava pendurada na parte de trás da cadeira. Leonard iria direto para o hotel no centro, onde seria a convenção. Alice estivera tão concentrada em si mesma que nem tinha percebido.

— Você vai mesmo? — perguntou Alice.

— Ah, por favor, vocês duas não vão me querer por perto. Divirtam-se. Ligo amanhã de manhã para saber como estão as coisas, mas você tem o número do hotel, se precisar. Está lá na geladeira. — Leonard tomou um gole do vinho e fez careta. — Isso é... vinagre. Mas eu amo vinagre. Feliz aniversário, meu bebê. — Leonard ergueu o copo.

Alice grunhiu; foi mais forte do que ela.

— Pai...

— Feliz aniversário, Alice — tentou o pai, de novo.

Ela fez que sim.

— Obrigada. Tá.

Uma hora mais tarde, Leonard pôs a mochila no ombro e foi embora acenando enquanto o sino acima da porta tilintava. Ainda não eram oito da noite. Era a primeira vez que Alice não conseguia lembrar o que aconteceria a seguir.

30

A casa da Pomander parecia menor de noite. De alguma forma, a falta de luz do sol fazia o espaço parecer ainda mais apertado. Alice e Sam encheram a geladeira de cerveja e colocaram tigelas de batata frita na mesa da cozinha. Alice estava fumando, nervosa. Sam vasculhava o armário, selecionando diferentes opções de roupas.

— Me conta alguma coisa escandalosa — pediu Sam.

Alice tragou e pensou no que mais a teria impressionado em seu décimo sexto aniversário.

— Eu transei com muita gente.

Sam parou e segurou um monte de vestidos contra o peito.

— E quantas pessoas seriam "muita gente"?

Alice não sabia o número exato — a época da faculdade tinha sido confusa, assim como grande parte de seus vinte anos. Sexo oral contava, ou talvez as vezes em que tinha começado a transar, mas fora interrompida e simplesmente desistira?

— Trinta? Ou algo do tipo?

Houve muitos anos em que só fora para a cama com uma pessoa, além de anos em que passara seis meses sem sequer dar um beijo. Mas também houve vários anos com várias pessoas.

A expressão de Sam era algo entre admiração e horror, pior do que quando Alice dissera que a amiga se mudaria para Nova Jersey, mas ela se recompôs depressa.

— Tá — disse. — Me conta. O que eu preciso saber e não sei?

Tanto Sam quanto Alice eram virgens e permaneceriam assim até a faculdade. Sam teria dois namorados antes de Josh. Três pessoas no total, pelo que Alice sabia — essa era a lista de Sam. Lembrou-se do que tinha sentido, a crença compartilhada de que nunca, jamais, transariam com outro ser humano, que permaneceriam virgens até ficarem velhas e grisalhas. Alice tinha se esquecido daquela preocupação, do medo de que não ia saber o que fazer com o corpo, ou que não saberia como dar prazer a si mesma e à outra pessoa, mas conseguia sentir isso agora: o pânico, o medo e o desejo, juntos e misturados dentro dela.

— Caramba — respondeu Alice. — Acho que muita coisa? A começar por entender o clitóris?

Era mais fácil imaginar um adolescente da Belvedere resolvendo o problema da fome do mundo do que imaginar um adolescente da Belvedere sabendo localizar ou estimular o próprio clitóris em 1996.

Sam ficou roxa.

— Ah, meu Deus! — respondeu. — Tá. Talvez seja melhor esquecer essa pergunta. Sinto que estou tendo uma aula particular de educação sexual, e acho que isso é a única coisa mais constrangedora do que uma aula de educação sexual normal.

A campainha tocou, e Alice começou a entrar em pânico.

— Eu devia ter cancelado.

Sem pressa para deixar o guarda-roupa, Sam caminhou na ponta dos pés até a cama, onde largou as roupas.

— Vou atender a porta. E você vai se vestindo. Se a festa ficar uma bosta, expulsamos todo mundo e vamos assistir a *A garota de rosa-shocking*. O que você quiser.

Tudo já estava diferente, não tinha como não estar. Seria possível que uma pessoa fizesse tudo do mesmo jeito duas vezes, por mais que tentasse? Alice não conseguia lembrar o que almoçara no dia anterior; como iria lembrar tudo o que acontecera em seu aniversário de dezesseis anos? Havia duas cervejas abertas na mesa de cabeceira, e Alice bebeu a primeira o mais rápido que pôde, então partiu para a segunda. O objetivo era voltar, né? Ou descobrir o que raios estava acontecendo? Será que o objetivo era não vomitar, não deixar Tommy partir seu coração, não levar a mesma existência de sempre? Ou seria garantir que Leonard começasse a correr, em vez de seu atual exercício favorito: se entupir de Coca-Cola? Fazer aniversário era algo inerentemente decepcionante; sempre tinha sido. Não havia um aniversário que Alice se lembrasse de ter gostado de verdade. Era uma das maneiras como as redes sociais aumentaram os índices de depressão no mundo inteiro: era fácil ver como todo mundo se divertia no próprio aniversário, os presentes elaborados que as pessoas recebiam dos parceiros, as festas surpresa que ganhavam. Alice não queria uma festa surpresa, mas a questão não era essa. Mais do que não querer uma festa gigante, não queria se sentir indigna de um evento do tipo. Essa tinha sido sua última grande festa de aniversário, a última com pessoas que não havia convidado entrando e saindo de vista.

Se havia uma coisa que Alice sentia que tinha feito errado, era ser muito passiva. Não pedira demissão da Belvedere, como todos os outros, não terminara os relacionamentos com as pessoas que sabia não serem certas, nunca se mudara nem fizera algo surpreendente. Só flutuava por aí. Como um cavalo-marinho.

Os cavalos-marinhos eram os animais favoritos de Leonard. Eric Carle tinha um livro sobre pais cavalos-marinhos, que carregavam seus filhotes, e Alice achava que devia ser por conta disso. Criar filhos exigia muitas conversas sobre animais, e sobre coisas favoritas, então todos os pais precisavam ter uma resposta, e tanto melhor se essa resposta estivesse exposta em um museu a poucos quarteirões de casa. Não havia muitos animais na natureza cujas mães os tratassem como a mãe de Alice a tratara. Havia muitas mães que abandonavam as crias logo de cara — cobras, lagartos, cucos —, mas não era o que Serena tinha feito. Ela ficara tempo o suficiente para doer e, depois, Leonard cuidara de Alice. Havia bons e maus motivos para se fazer qualquer coisa. O pai flutuara de propósito, fincado raízes onde estava, sem nunca ir para muito longe, e por isso Alice acabara fazendo a mesma coisa sem querer. Aquele era o pior fato da paternidade: as ações valiam muito mais do que qualquer palavra.

Alice se forçou a levantar. Não estava bêbada, mas certamente caminhava para isso. Foi até a porta do quarto para inspecionar o que estava acontecendo no restante da casa. Já havia alguns gatos pingados na sala de estar, cada um com uma garrafa enorme de cerveja. Sarah e Sara, Phoebe, Hannah e Jenn, Jessica e Helen. Todas ainda estavam mais ou menos na vida de Alice, exceto Sarah. Alice pelo menos sabia as informações básicas sobre onde moravam e o que estavam fazendo da vida. Sara e Hannah eram médicas e eram muito ativas no Facebook, postando fotos dos filhos patinando no gelo. Phoebe postava fotos de seu trabalho com argila e do pôr do sol. Jessica se mudara para a Califórnia e começara a surfar — todas as fotos eram antigas, mas a mulher tinha pelo menos dois filhos, talvez mais, e um marido gato com um tanquinho visível. Helen morava na rua acima de Alice, em Park Slope, e tivera diversos empregos glamorosos e mal pagos, mas tudo bem, porque seu bisavô inventara uma peça de uma máquina usada para fazer tênis e, por isso, ela poderia ter feito descansos de panela pelo resto da vida e vendê-los por cinquenta centavos a unidade e, mesmo assim, conseguiria comprar sapatos caros. Uma ou duas vezes por ano, Alice e Helen se esbarravam na rua, se abraçavam e se beijavam e juravam combinar um jantar, o que nenhuma das duas cumpria.

— Alice Stern, só tem garotas nessa festa — comentou Helen, aproximando-se de Alice e lhe dando um beijo na bochecha.

Estava com hálito de vodca; talvez fosse por isso que todo mundo vomitara: já tinham chegado bêbados.

Quando a campainha tocou, Alice pediu licença para atender.

Os garotos chegaram todos juntos. Um bosque de garotos, um cardume de garotos. Seus corpos ocupavam quase todo o espaço entre os dois lados da Pomander Walk. O que estava na frente, Matt B., pôs a mão ao lado da boca e disse:

— Viemos em PESO! — O que deveria soar maneiro, mas só o fez parecer um monitor de acampamento eficaz, que conseguira conduzir todo o rebanho de um lado para o outro da rua. Alice abriu caminho, e todos entraram em fila. Não reconhecia alguns deles; os garotos sempre pareciam ter primos, ou amigos de outras escolas — o que não era um problema, mas garotos de outras escolas existiam em algum lugar fora da vida real, como figurantes do filme. Cada garoto deu um beijo na bochecha de Alice enquanto entrava, até os que ela não conhecia, como se fosse um pedágio para acessar a casa. Tommy estava no meio do grupo, o que significava que Alice teria que aceitar o beijo dele e depois ficar ali, enquanto estranhos a beijavam e entravam em sua casa. Fechou a porta atrás do último deles — Kenji Morris, um alto do segundo ano que era bonito e quieto o suficiente para andar com os garotos mais velhos e que tinha um olhar triste por trás de uma cortina de cabelo escuro —, então a trancou. Conhecia boa parte deles desde o quinto ano, mas, mesmo assim, só alguns fatos isolados lhe vinham à mente: Matt B. supostamente tinha um pênis torto; James vomitara no ônibus escolar a caminho da excursão, no sétimo ano; o pai de Kenji já tinha morrido; David gravara uma mixtape para ela com tantas faixas de musicais que Alice entendera que ele era gay.

Alguém colocara música para tocar. A pastinha de CDs estava aberta na bancada da cozinha, ao lado do aparelho de som. Não importava que, quando sozinha, Alice ouvisse todos os tipos de música: Green Day, Liz Phair, Oasis, Mary J. Blige — até Sheryl Crow, quando tocava na rádio e ninguém estava por perto para zoar. Nas festas, só dava Biggie, Method Man, Fugees e A Tribe Called Quest. Não era que todos os garotos brancos de escola particular estivessem fingindo ser negros; eles achavam que, por mais que morassem em um apartamento de luxo com vista para o Central Park, serem de Nova York lhes concedia uma apropriação da cultura negra que outros garotos brancos não tinham. Estava tocando a versão de "You're All I Need to Get By", de Method Man e Mary J. Blige, e todas as garotas cantavam, enquanto os garotos simplesmente balançavam a cabeça e fingiam não notar nada ou ninguém. Phoebe abriu caminho em meio à multidão, pegou Sam e Alice pelo pulso e as puxou para o banheiro.

— *Voilà!* — anunciou, tirando três comprimidos do bolso.

— O que é isso? — perguntou Alice, mesmo que já soubesse a resposta.

Sam parecia nervosa.

— A Phoebe disse que o irmão dela disse que é tipo ecstasy, mas não é feito de produtos químicos, então é, tipo, natural?

Não era natural. Era pura substância química. Era uma droga de verdade, comprada com um traficante de verdade, e estava no banheiro dela, na palma da mão da amiga.

— A gente não precisa fazer isso — disse Sam. — Eu acho que a gente não deveria fazer isso.

Ela também dissera aquilo da primeira vez. Sam era a mais esperta das duas, sempre fora.

Alice pensou no que realmente se lembrava da noite, em quais partes se solidificaram com o tempo: o baque que sentira quando Tommy virou a cara para ela e foi atrás de Lizzie; o momento em que viu os dois entrando em seu quarto e sentiu a esperança de amor verdadeiro indo pelos ares, e ainda por cima na sua festa de aniversário. Depois daquilo, fora engolida pela raiva, como a esposa de um mafioso em um filme dos anos 1980. Se tivesse roupas para jogar pela janela e incendiar, era o que teria feito. Se Tommy não a queria, alguém iria querer. Alice quisera beijar alguém, qualquer um, então beijara um garoto após o outro, cada boca menos atraente do que a anterior, só baba e nojeira. Não importava: seguira beijando. Ia morrer virgem, e Tommy nunca lhe pertencera. Do lado de fora do banheiro, Kenji, o único aluno do primeiro ano na festa, dissera: "Você não precisa fazer isso, sabia?", e foi quando Sam começara a vomitar e precisara da ajuda dela. No fim, todos os outros foram embora e só restaram elas, Helen e Jessica. As quatro dormiram no quarto de Alice até o meio-dia do dia seguinte; àquela altura, todo mundo que não esteve na festa já tinha ouvido falar da orgia de Alice e do romance de Tommy e Lizzie e, a partir daí, beijar e beijar e beijar tinha virado sua "especialidade", Alice só não tinha sido chamada de vagabunda porque não transara com ninguém, mas definitivamente também não servia para namorar.

Na época, Alice não tinha entendido a diferença entre ela e Sam, a diferença entre ela e Lizzie, a diferença entre desejar que alguém se apaixonasse por ela e desejar que qualquer um se apaixonasse por ela. Sam nunca tivera tempo para os garotos da Belvedere — eles não a mereciam, era óbvio, ponto final. Ela podia esperar. Lizzie e todas as garotas como ela entendiam que todo mundo estava igualmente aterrorizado o tempo todo e que o poder no Ensino Médio se resumia a ter confiança.

— Não preciso disso — disse Alice. — Eu quero muito, muito mesmo, mas hoje não.

Ficar com um monte de gente parecia maravilhoso, mas ficar com um grupo de adolescentes parecia nojento, tipo ser atacado por sapos enormes. Mas os adolescentes que a rodeavam não lhe pareciam jovens, não do jeito que os alunos da Belvedere pareciam quando era adulta. Pareciam lindos, sofisticados e totalmente crescidos, como sempre tinham sido. Alice percebeu que não os via com seus olhos de quarenta anos: os via como os tinha visto, ou melhor, como ela era. Parte de seu cérebro tinha quarenta anos, mas outra parte estava com dezesseis. Estava ao mesmo tempo completamente consciente de si mesma e confortável consigo mesma. O retrospecto (a previsão?) estava ali, mas Alice não se sentia uma esquisitona nem alguém que entregaria os jovens drogados às autoridades.

— Tá — disse Phoebe. — A Sarah e a Sara disseram que usariam, se vocês não quiserem.

Ela se encaminhou para fora do banheiro e, assim que saiu, Alice encostou-se na porta, com as toalhas penduradas às costas.

— Vou fazer uma loucura. Acho que não deveria, mas vou fazer, tá bom?

Alice fechou os olhos com força e franziu o rosto, como se aquilo impedisse o bom senso de Sam de intervir no plano.

— Tipo o quê? — A amiga cruzou os braços.

— Caramba, você já é uma quarentona melhor do que eu. Lembra aquela parte do filme da Peggy Sue em que ela sai para passear de moto com o poeta e eles transam numa toalha de piquenique, aí o cara dedica o livro a ela, e essa é a única coisa que acontece no filme inteiro que implica que o resto do filme realmente aconteceu, não foi só um sonho? — Alice falava rápido, mas sabia que Sam sabia do que ela estava falando.

— Aham — disse Sam.

— Eu vou transar com o Tommy, se ele quiser, e acho que isso vai mudar a minha vida. Não o sexo em si, que tenho quase certeza de que vai ser horrível, mas acho que, se eu realmente assumir os meus sentimentos e agir de acordo, em vez de só ficar com medo... acho que isso vai mudar a minha vida. — Alice abriu um olho.

— Tá, o que eu acho é o seguinte: primeiro, ele tem dezoito anos, então mesmo que seja meio estranho, pelo menos não é um crime — comentou Sam. — Mas, em segundo lugar: você tecnicamente tem dezesseis. Não sei quais são as regras para pessoas presas dentro do próprio corpo em um momento anterior da vida, mas acho que não faz mal. Se ele quiser. E você também. E se usarem proteção.

Fazia anos que Alice não pensava nos próprios ovários. Tinha um DIU que controlava seu corpo com punho de cobre, liberando apenas pequenas menstruações que deveriam lembrá-la de que o corpo poderia produzir uma criança, caso necessário. Antes disso, tomara pílula por quinze anos. Queria fazer mudanças na própria vida, mas uma gravidez na adolescência não era uma delas.

— Bons argumentos. — Ela fez uma pausa. — Já sei onde encontrar camisinha.

O quarto do pai era tão espartano quanto o quarto de Alice era bagunçado. A cama de casal estava sempre arrumada, e a pilha de livros na mesa de cabeceira era a única coisa não guardada. Não havia uma única meia no chão. Alice tinha visto a embalagem de camisinhas na mesa de cabeceira anos antes — no sétimo ano, roubara uma e a guardara na carteira, achando que aquilo a faria parecer durona, mesmo que nunca tivesse mostrado a alguém, nem mesmo a Sam. Abriu a gaveta. Assim como na mesinha dela, havia um maço de cigarros, alguns fósforos, um caderno, uma caneta e uns trocados; mas, ao contrário da dela, bem lá no fundo, escondida no canto, havia uma embalagem de Trojans.

— Que nojo — comentou Sam, olhando da porta enquanto Alice colocava uma no bolso. — Muito nojo.

Tommy estava no sofá, exatamente como Alice lembrava. No tempo que passaram no banheiro, mais pessoas haviam chegado, e a bancada estava coberta de garrafas de cerveja, cinzeiros improvisados e CDs que já haviam sido tocados e formavam uma pilha torta, como a torre de Pisa. Lizzie estava no canto, conversando com algumas garotas, mas olhava para ele. Usava um top provocante, e a ponta do rabo de cavalo encostava nos ombros descobertos. Alice entrou e se jogou no sofá ao lado de Tommy.

— Oi — cumprimentou.

— Oi — respondeu Tommy, que sorriu e se virou em sua direção.

— Posso falar com você rapidinho?

Alice pôs a mão no peito dele. Tommy já tinha dormido na cama dela várias vezes. Já beijara sua nuca. Alice sempre achou que Tommy estava se fazendo de difícil, ou que estava *brincando* com ela e ponto final, mas, naquele instante, tudo ficou claro. Ele só era adolescente, assim como ela, e esperava que alguém lhe dissesse o que fazer.

Alice já tinha se apaixonado algumas vezes, o suficiente para saber que almas gêmeas são um mito e que as exigências e os gostos das pessoas mudam, assim como elas próprias. Seu primeiro amor, na faculdade, tinha sido um rapaz bonzinho e ruivo que estudava cinema. O segundo fora um advogado, amigo de Sam da faculdade de Direito, que amava levá-la a restaurantes chiques, lugares aonde ela só tinha ido em casamentos ou bar-mitzvás. O terceiro era um artista que gostava de transar com outras pessoas — Alice insistira muito para fazer dar certo. Apesar de tudo, teria até aceitado se casar, se ele tivesse pedido.

Era isso: apesar de tudo, apesar da vida que teria depois daquela noite, depois do resto de sua vida, Alice sempre estivera certa de que seu maior erro tinha sido naquela festa. Poderia haver um número infinito de parceiros no mundo, de amantes, de maridos e esposas e caras-metades, mas só havia um pequeno número de pessoas que nos botavam no caminho certo. Alice pensou na voz de Richard

Dreyfuss no final de *Conta comigo*; será que alguém tinha amigos iguais aos de quando tinha doze anos? Certa vez, quando Alice estava na faculdade, um dos professores de pintura fez uma longa e tortuosa digressão sobre como Barbara Stanwyck tinha sido o início de seu perfil sexual, e, apesar de todos os presentes naquela sala terem se encolhido de vergonha, Alice assentira em apreço. Sempre havia uma faísca, uma raiz. Tommy Joffey era a dela. Não sabia o que teria mudado em sua vida se ele tivesse sido dela do jeito que ela tanto desejara, o que aquilo teria causado, mas queria descobrir. Por mais que não conseguisse descobrir uma forma de voltar para a vida real, por mais que estivesse presa.

Alice se levantou e puxou Tommy para perto. Alguns dos garotos cobriram a boca e exclamaram "ih, caramba!" enquanto os dois passavam. Ela sentiu o olhar de Lizzie a suas costas, mas só por alguns instantes — a garota não sabia o que estava perdendo, só o que queria ter, mas Alice sabia tudo. Aquela sensação passaria.

Quando chegaram ao quarto, Alice fechou a porta. Fizera o pai instalar um trinco de gancho fino, que deslizou delicadamente para dentro do buraco, trancando-a.

— Você não arrumou o quarto antes de todo mundo chegar? Caramba, Al.

Tommy apontou para as montanhas de roupa no chão. Então abriu caminho com a bota. Havia uma cadeira no quarto, em frente à pequena escrivaninha de Alice, mas estava coberta por uma pilha de suéteres e vários livros didáticos, então Tommy acabou indo direto para a cama. Alice sentiu o estômago se revirar só de estar tão perto dele, tocando a pele dele. Não se sentira assim quando Tommy entrou em seu escritório — sentira coisas muito mais familiares, sentimentos com os quais convivera durante décadas: vergonha, incompetência, um mal-estar básico dos millennials geriátricos. No momento, seu corpo inteiro parecia volátil, à beira da explosão. Ela o queria.

— Por que me dar ao trabalho? Quero que as pessoas me conheçam de verdade. Sem fingimento.

Tommy se jogou na cama.

— Por mim, tudo bem. Aqui é aconchegante. Estou me sentindo um urso hibernando.

Ele puxou o edredom sobre a cabeça, como se fosse um véu.

— Toma — disse Alice. — Use isso aqui.

Ela arrancou a camisa e a jogou nele. Tommy a pegou e abriu um sorriso, sem conseguir esconder o sentimento de confusão e sorte.

— Ah, é? — indagou ele. — E tem mais de onde veio isso aí?

Ele levantou a sobrancelha, mas não tinha a menor expectativa de que Alice fosse fazer alguma coisa.

Várias pessoas já a tinham visto sem roupa, não só parceiros sexuais, mas amigos e pessoas na Fort Tilden Beach e no vestiário do YMCA, na Atlantic Avenue, além de uma série de ginecologistas e sabe-se lá mais quem. Quando adolescente, Alice abria e fechava o sutiã por baixo da camisa até quando estava sozinha. Mas, naquele momento, não hesitou: desabotoou a calça e a deslizou para baixo, balançando de um lado para o outro até que a peça formasse uma poça no chão.

— Uau — disse Tommy.

Ele tirou o edredom da cabeça e o deslizou para o colo, onde, Alice tinha certeza absoluta, o corpo dele tinha notado o dela. Parte dela sabia que não deveria fazer aquilo, mas uma parte maior e momentaneamente mais forte sabia que aquela era sua chance, que deveria aproveitá-la. Não passara os últimos vinte e tantos anos desejando estar com Tommy, desejando ter se casado com ele, mas tinha, sim, passado os últimos vinte e tantos anos aprendendo que esperar era um método ineficaz de conseguir o que queria. Se pretendia fazer coisas melhores daquela vez, a oportunidade estava ali: expressando seus desejos. Desejara Tommy e não soubera como dizer. Agora, sabia. Sentiu o cérebro adulto recuar para o fundo de sua consciência: não estava mais no comando. Ia desviar o olhar e dar a si mesma — ao seu eu adolescente — um pouco de privacidade.

— Você não faz ideia — falou Alice, e foi até Tommy o mais lentamente possível, deitando-o na cama com um único dedo.

Então, montou no colo dele e parou meio centímetro acima do rosto dele, esperando que viesse ao seu encontro.

— Tem certeza? — perguntou Tommy, e Alice tinha.

31

Algo caiu no chão da sala de estar. Alice ouviu Sam gritando para que alguém limpasse, então a música ficou mais alta, e só dava para ouvir os Fugees. Tommy estava deitado de costas, o rosto corado de esforço e deleite.

— Vou dar uma olhada no que aconteceu — avisou Alice. — Na verdade, quer saber? Eu vou expulsar todo mundo. Chega.

Estava perdendo tempo. Adolescentes eram criaturas voláteis e loucas, e, de repente, Alice sentiu que estava supervisionando a própria festa — o próprio corpo — e que precisava sair. Era mais ou menos como Alice imaginava que gêmeos siameses transassem, uma parte sua aqui, outra ali. Compartilhavam o mesmo oxigênio, mas não eram cem por cento iguais. A versão de dezesseis anos não tinha sido arrebatada para que a de quarenta entrasse, as duas eram mais como colegas de quarto.

Tommy se apoiou nos cotovelos.

— É, manda todo mundo embora. Eu não poderia concordar mais. Todo mundo tem que ir, e aí você tem que voltar correndo para cá pra gente fazer aquilo mais cem vezes.

Alice riu.

— Calma aí, tigrão. — Mesmo assim, deu um leve tapinha no peito dele. — Tá. Hora de se vestir e ir para casa.

Tommy arregalou os olhos.

— O quê? Depois disso? Achei que a gente... você sabe.

— Ah, sim, sei bem — respondeu Alice, sorrindo para ele. — E a gente vai. Mas, sabe de uma coisa? Preciso resolver um negócio primeiro.

— Posso ir junto? — perguntou Tommy, em um tom de lamento que Alice nunca ouvira antes.

— Talvez — falou ela. — Depende do quão rápido você conseguir esvaziar a casa.

Tommy pulou da cama, vestiu a cueca e a calça de uma só vez e botou a camisa. Sumiu no corredor antes mesmo de Alice ter fechado o próprio sutiã. Ela ouviu gemidos, risadas e comemorações, mas logo veio o som satisfatório da porta da frente se fechando. Alice podia até imaginar o semblante de todos — expressões de julgamento, irritação, diversão e incômodo —, pois eram as mesmas caras que fariam aos quarenta anos, do lado de fora do escritório de Alice, observando Melinda interagir com seus filhos. As pessoas mudavam e não mudavam. Evoluíam e não evoluíam. Alice imaginou um gráfico que mostrasse em um eixo o quanto a personalidade se alterava após o Ensino Médio e, no outro, para quantos quilômetros de distância de casa haviam se mudado. Era fácil continuar sendo a mesma pessoa se você só olhava para as mesmas paredes. Em camadas, no topo, estaria quão fácil a vida tinha sido ao longo do caminho, quantos níveis de privilégio nos cercavam, como um miniobjeto frágil em um mar de flocos de isopor. Elizabeth Taylor provavelmente marcava o tempo com base no marido de cada época. Acadêmicos que se mudavam de Ohio para a Virgínia e o Missouri atrás de um emprego estável provavelmente marcavam o tempo em função da mudança do plano de saúde ou dos mascotes das instituições de ensino. O que Alice tinha para marcar seu tempo na Terra? Estava congelada em âmbar, fingindo nadar. Mas estava pronta para tentar. Tommy voltou correndo alguns minutos depois e bateu palmas, triunfante.

Sam estava na porta do quarto de Alice, pronta para partir. Ela assentiu.

— Estou pronta para resolver essa merda — disse. — Andei pensando mais a respeito, enquanto você estava... hum... fazendo seja lá o que estava fazendo ali, e o episódio do bebê acontece em um só dia. Um dia. E depois ele volta. O que significa que você tem...

— Pouco tempo — completou Alice. — Quer dizer, se for isso o que está acontecendo.

— Que porra é essa? O que está acontecendo? — perguntou Tommy.

— Nem esquenta a cabeça com isso — respondeu Alice.

Então pegou o papel com as informações do hotel na geladeira e liderou o caminho.

32

A caligrafia de Leonard sempre foi péssima, com saliências e bolinhas indecifráveis, mas, ao ver o papel na geladeira, Alice ficou surpresa ao perceber que já fora bem mais legível. Até que dava para entender com alguma clareza: MARRIOTT MARQUIS, BWAY + 45th ST., QUARTO 1422, com o telefone escrito em um garrancho logo embaixo. Tanto Sam quanto Tommy insistiram em ir junto, embora Alice achasse que seria melhor ir sozinha, mas os dois ficaram na cozinha olhando para ela, sem querer ir embora, e acabou que foram todos. A casa estava o mais puro desastre, mas ainda estaria assim quando ela voltasse, e Alice poderia limpar depois. Não havia uma nuvem no céu aquela noite, e o trem da linha 2 chegou rápido, zunindo pela estação com seu canto metálico. Tommy pegou sua mão quando se sentaram e a aninhou entre as coxas dos dois, encostadas uma na outra. As coisas já estavam diferentes.

Manhattan era a melhor em duas coisas: o dia e a noite. As razões eram as mesmas: as ruas estavam sempre vivas, sempre em movimento, sempre cheias. Mesmo quando alguém se sentia solitário, era quase impossível estar sozinho em Nova York. Durante as tempestades, sempre havia mais alguém correndo pelas poças com um guarda-chuva quebrado que devia ir para o lixo, um estranho cuja dor e luta eram as mesmas que as suas, ao menos por alguns minutos. O metrô era lento e sujo, mas Alice o amava mesmo assim. O trem das linhas 2/3 — que Leonard ainda chamava de IRT — era estreito, com vagões compridos e finos, o que fazia dele um transporte terrível durante a hora do rush, quando corretores da bolsa de Wall Street entravam aos montes no Upper West Side e não havia a menor esperança de encontrar um lugar para se sentar até pouco antes de o trem cruzar o rio em direção ao Brooklyn, além disso, sempre tinha um homem propositalmente perto demais. De noite, porém, o caminho que atravessava o Harlem até a região central da cidade e depois descia a 14th Street era bem animado. Os espectadores de teatro, os baladeiros, todo mundo pegava o metrô. Sam estava sentada a um dos lados de Alice, e Tommy, do outro. Poderiam estar indo a qualquer lugar: ao cinema, a uma festa, ao Madison Square Garden. Alice encostou a cabeça na de Sam e depois fez o mesmo com Tommy. Fechou os olhos e pensou em dormir só por uns minutinhos, então imaginou acordar sem ter falado com o pai e resolveu se endireitar no assento.

— Você estava certa, Sam. Como sempre — disse Alice. — Eu deveria ter cancelado a festa. Não deveria nem ter deixado ele ir. Tipo, o que é que realmente importa?

— Eu sempre estou certa — respondeu Sam.

O hotel era enorme — quase um quarteirão inteiro, bem ao norte da Times Square, com um recuo para táxis e três portas giratórias para todos que entravam e saíam. No trem, Alice tentara alertar Sam e Tommy sobre o que estavam prestes a ver, mas mesmo assim os dois ficaram boquiabertos.

Convenções de ficção científica e fantasia tinham convidados como Leonard, Barry e outros escritores, atores, diretores de cinema e animadores famosos, mas aqueles eventos não eram feitos para eles: as convenções eram para os fãs. Eram para os mais devotos, os mais fiéis — as pessoas que passavam dia e noite em fóruns online, discutindo se Han Solo tinha ou não atirado primeiro, ou qual Doctor Who era o melhor; adultos com armários cheios de fantasias elaboradas e amigos que haviam conhecido em outras convenções, em anos anteriores. Eram para os fãs para os quais a vida normal era insuficiente. Tommy ficou paralisado.

Darth Vader estava ali fora, fumando por um buraquinho na máscara. Uma mulher com aplique loiro e uma fantasia gloriosa de coelhinha da Playboy, além de uma arma de brinquedo enorme amarrada à coxa, juntou-se a ele.

— Isso é pra ser, tipo, uma Barbie Militar? — perguntou Sam.
— É a Barb Wire — disse Tommy. — Pamela Anderson, sabe?
— Entendeu rapidinho, hein? — comentou Alice.
— Foi mal — disse ele, corando. — Eu gostava de *Baywatch*.
— Vamos lá — falou Alice, conduzindo Tommy e Sam pelas mãos através de uma das portas principais não giratórias.

Grupos de pessoas fantasiadas enchiam o saguão, multidões indo de um lado para o outro. Gente nova, gente velha, gente de todas as cores. Os fandoms não tinham limite. Placas de vinil imensas estavam penduradas em todas as superfícies, apontando em uma ou outra direção, para um ou outro salão de baile. Eram mais nerds do que Alice já vira em toda a sua vida, todos em um só lugar, e todos felicíssimos com a possibilidade de debater sobre detalhes minúsculos que mais ninguém na vida deles levava a sério.

Leonard sempre dizia que odiava convenções, e Alice acreditava que ele odiasse a parte que lhe cabia — sentar-se a uma mesa dobrável coberta com toalha barata e dar autógrafos, um após o outro. A cada três pessoas que se aproximavam, uma fazia uma pergunta complicada sobre a mitologia da série televisiva de *Irmãos do tempo*, ao que Leonard respondia: "Eu não escrevi a série de TV, mas é uma ótima pergunta". Só que o pai tinha escrito alguns episódios, e os fãs sabiam, então de vez em quando existia a possibilidade de Leonard responder à pergunta original a contragosto, apesar de ficar incomodado. A cada dez pessoas, uma perguntava sobre o livro, e eram as que Leonard respondia mais animado. Muitas vezes, os fãs tiravam fotos. O pai era pago para participar e, lá no fundo, até que gostava — e teria ido de qualquer maneira, só para ver os amigos vindos de outras cidades.

O bar do hotel era o epicentro, ainda mais quando acabava a programação oficial do dia.

— Estou me sentindo como se estivesse *mesmo* na Cantina Mos Eisley — comentou Tommy. — Só que nunca pensei que teria um ar-condicionado tão congelante.

— Você é mesmo bem nerdola, hein? — comentou Sam, com um tom de apreço.

— Aqui — disse Alice.

Dois homens bonitos — insanamente bonitos para fãs de ficção científica, o que significava que, no mundo real, ficavam um pouquinho acima da média — eram o centro das atenções, ambos de jaqueta de couro. Um deles, de cabelo branco e barba branca bem-aparada, viu Alice e deu um tapa dramático no peito robusto. As pessoas reunidas diante dele deram meia-volta para olhar.

— Alice, querida — cumprimentou o sujeito.

Era Gordon Hampshire, autor australiano de muitos, muitos livros sobre elfos e fadas que transavam pra caramba. Tinha sessenta anos e uma barriga redonda, mas, olhando através de um filtro de convenções de ficção científica, dava para ver alguma semelhança com um Tom Cruise mais velho e cabeludo. Alice sabia, pelo pai, que Gordon já dormira com todas as mulheres que conhecia, verdadeiras multidões de mulheres: amigas, fãs, esposas de amigos, outras escritoras, inúmeras funcionárias de hotel e garçonetes. Era incapaz de falar com mulheres sem flertar.

— Oi, Gordon — cumprimentou Alice, deixando que ele a puxasse para um abraço.

— Essa é Alice Stern, filha de Leonard Stern, autor do incomparável e arrebatador *Irmãos do tempo*! — anunciou Gordon.

A multidão reunida exclamou, admirada, como era esperado.

O homem mais jovem de jaqueta de couro, que antes era o interlocutor performático de Gordon, assentiu.

— Amo o seu pai. Eu sou Guillermo Montaldan, escrevi…

— *O buraco da raposa*! — exclamou Tommy, atrás dela. — Eu amo esse livro, cara! A parte em que a Raposa… quer dizer, ele não é bem uma raposa, está mais para um ladrão espacial… a parte em que ele invade o cofre e todas as almas escapam, então ele é cercado… eu amo! É muito irado, cara!

Guillermo levou a mão ao peito e fez uma breve reverência.

— *Muchas gracias.*
— Gordon, você viu o meu pai? Ele está no quarto?

Alice deu uma olhada ao redor do bar. Reconheceu mais alguns escritores, a princesa Leia e um homem com bigode falso conversando com Barry Ford, que, com seu bigode de verdade, olhava para o impostor com cara feia.

— Sim, acredito que sim — respondeu Gordon. — Quer que eu suba com você? Tem muitas escadas rolantes e elevadores por aqui, é um labirinto.

A multidão ao redor deles parecia indignada.

— Não precisa — respondeu Alice.

Tommy estava no maior papo com Guillermo, e Sam indicou que ela seguisse em frente.

— Vai lá, Al. Estaremos aqui embaixo se você precisar.

33

Gordon tinha razão: aquele hotel era um caos, projetado por um sádico. Para chegar aos andares de cima, era necessário trocar de elevador e seguir as placas. Alice se perdeu algumas vezes e precisou pedir informação para um capitão Kirk e uma Sailor Moon. Então, cruzou um longo corredor acarpetado até encontrar a porta certa, e bateu.

Simon Rush atendeu. Estava suado, e a camisa branca tinha manchas de alguma coisa. Mostarda? Refrigerante? Os botões de cima estavam abertos, deixando à vista um tufo de pelos grisalhos.

— Alice! — cumprimentou Simon. Então se virou de frente para o quarto. — Pessoal, a Alice está aqui!

Ela ouviu aplausos discretos e enfiou a cabeça para dentro da porta para ver quem estava lá. Howard Epstein, o amigo acadêmico favorito (e o único) de Leonard, que dava aulas de ficção científica; Chip Easton, um roteirista; e John Wolfe, um ator negro que quase sempre interpretava alienígenas. Howard estava ao lado da cama, com as mãos às costas; John estava sentado na cama, apoiado na cabeceira como alguém que lia antes de apagar as luzes, e Chip estava sentado na única cadeira do quarto.

— Meu pai está aqui? — perguntou Alice. — Esse é o quarto dele?

— Ah, ele já volta, estava só... conversando com alguém, eu acho. Entra, entra — falou Simon, tropeçando um pouco nos próprios pés, claramente bêbado.

— Tá bom — disse Alice, e entrou.

O quarto tinha vista para a 45th Street e, lá embaixo, na calçada, Alice via pessoas saindo dos teatros. Minskoff, Schoenfeld, Booth. Era sábado à noite no mundo real, e havia gente por toda parte. Alice nunca ia a peças de teatro. Nunca ia à Times Square. Quase não via mais shows ao vivo e não entrava no Madison Square Garden desde os doze anos. Alice andava de metrô. Ia à Belvedere e a seus quatro bares e restaurantes favoritos, e às vezes pegava o trem para visitar Sam em Nova Jersey. Para onde todos aqueles jovens estavam indo? Quando Alice era adolescente, os anos 1980 lhe pareciam muito distantes, uma outra vida, mas, naquele momento, com tantas décadas à frente, 1996 ainda parecia recente. Os primeiros vinte anos de sua vida se passaram em câmera lenta — verões intermináveis, o espaço praticamente imensurável entre um aniversário e outro —, mas os vinte anos seguintes tinham passado em um piscar de olhos. Os dias ainda podiam ser lentos, claro, mas as semanas, os meses, e às vezes até os anos passavam voando, como uma corda escorregando por suas mãos.

— Alice, a que devemos a honra? — perguntou Howard.

— Bom — começou ela, pensando em como responder à pergunta com sinceridade. — Acho que andei pensando em *Irmãos do tempo*, sabe, em viagens no tempo. Esse tipo de coisa. Acho que podemos dizer que eu estava tentando entender o negócio da família.

— Alice, você finalmente se interessou, que maravilha! — disse Howard.

Ele e Leonard se conheciam havia décadas, desde quando Howard entrevistara o pai de Alice para a revista *Science Fiction*. Howard morava em Boston e tinha quatro gatos, cada um com o nome de um monstro japonês.

— *Nepotismo* — disse Simon, enquanto tossia na mão e dava uma piscadela.

Ambos os filhos adultos de Simon trabalhavam na editora que publicava os livros dele e, após sua morte, um deles continuaria escrevendo livros e publicando-os com o nome do pai.

— Eu acho que só queria entender as várias teorias. E como funciona. Como é que funciona a viagem no tempo — explicou Alice, enfiando o queixo entre os joelhos.

— Bom, temos loops temporais, circuitos de tempo, ramificações, multiversos, teoria das cordas... — começou Howard.

— Temos ainda buracos de minhoca, viagens no tempo lentas, viagens no tempo rápidas, máquinas do tempo... — continuou Simon.

— Você já leu *Uma dobra no tempo*, Al? Tesseratos? — indagou Howard. — Basicamente, é um lugar enrugado no universo onde espaço e tempo estão meio que dobrados, e assim você consegue passar.

— Ou tipo em *De volta para o futuro* — interveio Chip. — Ele tinha uma máquina do tempo e só precisava de um combustível específico e atingir 140 quilômetros por hora, nada mais.

— Eu participei do *De volta para o futuro* — comentou John. — Tive uma fala.

— Ah, é mesmo — disse Howard. — Era "caramba, cara!" ou algo do tipo, né? Sempre gostei do modelo de Jack Finney; um cara é recrutado pra um programa espacial de viagem no tempo, mas só precisa estar em um apartamento na Dakota que seja, exatamente como era em um determinado período, e aí ele meio que sente a mudança, então de repente está ali, cem anos no passado.

— O que são esses circuitos? — perguntou Alice. — E loops? Ramificações?

— Já ouviu falar do paradoxo do avô? — perguntou Chip. — Algumas pessoas chamam de "problema do Bebê Hitler". Você volta no tempo, mata o bebê Hitler... será que isso impede o Holocausto? Ou se você empurra seu avô de uma ponte, aí seus pais não nascem e você não nasce também; o que acontece com você, sabe?

— Merda — disse Alice. — Tá.

— Basicamente, em algumas viagens no tempo, existe um loop em que as coisas podem mudar, e o que você faz afeta todo mundo: ou seja, você mata o bebê Hitler, então Hitler não existe, e isso pode afetar um milhão de outras coisas e mudar totalmente a história.

Ou temos um loop em que nada muda, a não ser pelo fato de você já ter feito aquilo antes, tipo em *Feitiço do tempo*. Alice não tinha levado em conta a possibilidade de acordar na manhã seguinte e ter que fazer tudo de novo. O que era pior do que fazer dezesseis anos duas vezes? Fazer dezesseis anos cem vezes seguidas. Fazer dezesseis anos para sempre. Ela se perguntou o que aconteceria com a parte de seu cérebro que tinha quarenta anos: será que, com o passar do tempo, seria engolido pela escuridão, como um quarto sem luz?

— E, assim, começamos a entrar na ideia do multiverso: se você volta no tempo e muda alguma coisa, está mudando o futuro e ponto final? Ou está só mudando um dos futuros possíveis, e o outro futuro, o futuro que você deixou para trás, ainda existe? — continuou Howard.

— Esse papo está me dando dor de cabeça — comentou Alice.

— Sabe qual filme de viagem no tempo eu sempre gostei? — interveio John. — Aquele em que o Super-Homem teve que voltar no tempo para salvar a Lois Lane e só precisou voar mais rápido do que o normal. Simples, eficaz.

— Eu gosto daqueles em que a pessoa não tem escolha e é simplesmente arrastada para o passado e o futuro, tipo em *Kindred* — disse Simon. Em seguida, pegou um cigarro e o acendeu, e todos os homens fizeram o mesmo, um a um. — Os meus leitores não iriam gostar muito, mas muita gente adora.

— Os *Irmãos do tempo* tinham uma máquina. Você tem um ou dois exemplos de histórias com viagem no tempo assim, não tem, Simon? — comentou Chip. — Aquela história com o paleontólogo que volta ao período Triássico... O que ele tinha mesmo? Um osso mágico? — Ele reprimiu uma risada.

— Sim, era um osso mágico, vá se foder — retrucou Simon. — Aquele osso mágico me comprou uma casa em East Hampton.

— Que bom para você e para o seu osso — disse Chip.

— Como chama quando alguém usa informações do futuro para influenciar o passado? Como o Biff e o almanaque? — perguntou Alice.

— Bom, aí é só uma boa ideia mesmo — responde Simon, com um sorriso.

— Certo, então se eu fosse, tipo, do futuro, e voltasse para dizer que em algum momento nos próximos dez anos o Red Sox vai ganhar a World Series, e aí vocês ganhassem uma bolada apostando no Red Sox… isso só seria uma coisa boa, já que não prejudicaria ninguém? — indagou Alice.

Todos grunhiram, exceto Howard, o bostoniano solitário. Ele comemorou e ergueu os punhos.

— Bom, defina "prejudicar" — disse Simon. — Eu pessoalmente sou torcedor fervoroso dos Yankees, então me prejudicaria, sim. Mas, claro, entendi o que você quis dizer.

— É isso que vocês fazem nesse tipo de evento? Ficam sentados conversando sobre livros e filmes e fazendo piada? — perguntou Alice.

— Às vezes, alguém traz uma máquina de fazer margarita — disse Chip. — Ou drogas. — Howard lhe deu uma cotovelada. — Ela tem dezesseis anos! Fala sério! Alice, vai me dizer que você passa por essa horda de adultos fantasiados e pensa: "Aposto que essas pessoas estão completamente sóbrias"?

— Não — respondeu Alice. — Não penso isso. Mas como é que funcionam as ramificações? O que é uma ramificação?

— É tipo uma linha do tempo paralela, que não afeta o futuro que já aconteceu. Às vezes, as pessoas chamam de *continuum*, ou linha do tempo contínua, o que eu acho que significa que ela pode seguir em frente sem fazer um loop de volta. — Howard cruzou os braços. — Eu acho que já li mais livros do que todos vocês.

— Ah, fala sério! — rebateu Chip. — Você só está acostumado a dar aulas para grupos grandes, então é o que fala mais alto.

— Mas e as viagens ao passado? Tipo, como é que as pessoas voltam? Se não tiverem uma máquina do tempo ou algo do tipo.

John passou uma maçã para Alice, que a comeu, imaginando se tudo o que comia em 1996 estaria podre dentro de seu corpo quando voltasse para casa. *Se* voltasse para casa. Como se "casa" fosse um ponto específico no tempo, além de um lugar.

— Buraco de minhoca? — sugeriu Simon.

— Portal? — disse John.

— Ruínas antigas? Magia? — acrescentou Simon. — Além do osso de dinossauro, já usei um fóssil de coruja que tinha sido desmontado no futuro, e aí um professor do terceiro ano do Ensino Fundamental foi sugado de volta no tempo e teve que encontrar aquela mesma coruja para voltar.

— Não consigo acreditar no monte de dinheiro que você ganha — reclamou Howard, e balançou a cabeça.

— Vocês sabem onde o meu pai está? Preciso mesmo falar com ele — interveio Alice.

Sentia a voz começar a vacilar. Era informação demais, e estava perdendo tempo.

Howard suspirou e olhou para John, que abaixou o queixo em direção ao peito em um aceno de cabeça curto.

— Venha, Al. Eu sei onde ele está.

34

Howard conduziu Alice pelo corredor, passando pelos elevadores e virando à esquerda. Estavam diante de outro quarto de hotel.

— É aqui que você me mata? — perguntou Alice, em tom de brincadeira.

— Porque tem várias testemunhas...

Howard revirou os olhos e levantou o punho para bater à porta. Dentro do quarto, Alice ouviu uma risada de mulher, então o pai abriu a porta. Leonard não estava nu — não estava sequer sem camisa —, mas não havia como negar a situação. Por cima do ombro dele, Alice viu uma mulher colocando os brincos. A primeira coisa em que pensou foi que era exatamente como quando Donna Martin estava seguindo a banda Color Me Badd em *Barrados no baile* e acabou vendo a mãe tendo um caso. Só que não era a mesma situação, de forma alguma. O pai de Alice não era casado. Nem com a mãe dela, nem com ninguém.

— Olha só quem eu encontrei — disse Howard. — Bom ver você, Al. — Então arriscou um breve aceno e bateu em retirada corredor afora.

— Oi — falou Alice.

Leonard estava surpreso e passou as mãos pela barba, do jeito que fazia quando estava nervoso.

— Alicezinha, o que houve? — perguntou. — Tá tudo bem?

Alice recuou um pouco e se apoiou na parede.

— Quem é a sua amiga?

Leonard suspirou.

— Eu não estava esperando por isso — comentou.

— Isso não é uma resposta. — Alice escorregou pela parede até se sentar de pernas cruzadas no carpete.

— O nome dela é Laura, é editora de uma revista. Tem 34 anos. Mora em São Francisco. — Leonard levou a mão à testa. — Nós nos conhecemos há muitos anos e, sempre que estamos na mesma cidade, nós... — Ele parou. — Não sei por que não contei antes.

— Dá pra ouvir lá de dentro, sabia? — disse Laura, e abriu mais a porta. — Oi, Alice. Que bom finalmente conhecer você.

Ela era bonita, tinha cabelo castanho cacheado e usava óculos, além de um colar com um polvo grande de plástico que cobria o terço superior da camisa.

— Hum, igualmente? — respondeu Alice.

Nunca tinha lhe ocorrido que o pai pudesse ter namoradas de verdade, relações de longo prazo das quais ela não sabia. E 34 anos! Mais nova do que ela! Parecia nojento, mas Alice sabia que não era.

— Não que você não fosse importante, Laura — comentou Leonard, com as bochechas coradas. — Só estou dizendo que isso não afeta você, Al, e eu não queria te sobrecarregar. Será que eu deixei a situação muito esquisita?

— Um pouco — disse Alice. — Mas não tem problema. Que bom que você tem alguém.

Ela se perguntou por quanto tempo Leonard namorara aquela mulher, se tinha sido um caso passageiro ou algo sério. Para onde ela teria ido? Por que não estava no hospital, segurando a mão dele?

— Pai, podemos conversar?

Laura pegou a bolsa e a chave do quarto. Tinha a mesma altura de Leonard até calçar os sapatos, depois ficou um pouquinho mais alta. O rosto era arredondado com queixo pontudo, como um ponto de exclamação. Era um rosto gentil e feliz. Laura tocou o cotovelo dele e disse:

— Volto daqui a pouco. Alice, muito bom conhecê-la. Gostaria de vê-la de novo.

Em seguida, passou pela porta e sumiu na curva para o corredor, em direção ao elevador.

— Me desculpa — disse Leonard. Parecia estar prestes a chorar. — Eu queria contar. — Então, segurou a barriga como se de repente tivesse começado a passar mal.

— Eu venho do futuro — revelou Alice. — Sinceramente, esta é uma ótima notícia e a menor das minhas preocupações.

— Não era a resposta que eu estava esperando. — Leonard levantou o dedo. — Deixa só eu calçar o sapato, aí a gente volta para o meu quarto.

O pai desapareceu e voltou instantes depois com um sapato em cada mão. Voltaram para o quarto de Leonard em silêncio e, chegando lá, encontraram a porta aberta e Sam e Tommy inclinados em direção à saída, cantando fora do tom. Alice mal reconheceu a música: "End of the Road", do Boyz II Men. Sam batia palmas, e Tommy tinha roubado um guarda-chuva para usar de bengala.

— Meu Deus — comentou Alice.

— Alice! — gritou Tommy. — Perdemos você de vista! Mas agora a encontramos.

— Os amigos do seu pai compraram bebidas para a gente — disse Sam. — Bebidas fortes.

— Sua mãe não acharia a menor graça disso, Samantha — comentou Leonard. — Muito bem, pessoal, vou levar vocês para casa.

— Espera aí — pediu Alice, então puxou Sam e Tommy para dentro do quarto. — Meus amigos, conheçam os amigos do Leonard. Só preciso falar com o meu pai um segundinho. Sam, não vomite, tá? Ou melhor, pode vomitar, se precisar. Howard, pode conversar com eles um pouco?

Howard fez uma pequena reverência ao aceitar a tarefa, e Alice empurrou os amigos mais para dentro do quarto. Em seguida, entrou no banheiro, acendeu as luzes fluorescentes e fez um sinal para que Leonard também entrasse. Alice apontou para o pai, pedindo que fechasse a porta ao entrar, e foi o que ele fez.

— Pai, estou falando sério. Sei que parece piada, tipo, rá, rá, rá, mas é literalmente verdade. Eu vim do futuro — disse Alice. — Não sei como explicar melhor do que isso.

— Eu ouvi da primeira vez.

Leonard cruzou os braços, parecendo entretido.

— Tá, vejo que está achando graça, o que eu entendo, mas talvez seja melhor você se sentar.

Alice se virou e pôs as mãos na borda da pia. Ali estava o nécessaire do pai, com a escova e a pasta de dentes, o fio dental e sabe-se lá mais o quê. Tudo aquilo era muito familiar, todas as coisinhas bobas que Alice tinha visto em todos os dias de sua infância ainda estavam ali. Sabia que familiaridade e valor simbólico não eram a mesma coisa, mas não podia evitar: tudo o que via parecia enorme, carregado e pesado. Eram as coisas do pai, as mesmas coisas que estavam no hospital. O que aconteceria com elas quando Leonard se fosse?

O pai afastou a cortina do chuveiro, sentou-se na borda da banheira e estalou os dedos.

— Estou pronto.

— Ontem foi o meu aniversário de quarenta anos. Quando acordei, hoje, tinha dezesseis.

Leonard caiu na gargalhada.

— Caramba, você está no lugar certo!

— Rá, rá, rá — disse Alice, contraindo os lábios. — Pai, não estou brincando. Sem querer ofender, mas não sou uma nerdola, que nem você e os seus amigos. Estou falando *sério*. Isso está acontecendo de verdade.

Leonard olhou para ela e começou a dizer "uau, uau, uau" sem parar. O semblante dele não fazia o menor sentido: estava sorrindo como se Alice tivesse acabado de contar a melhor notícia do mundo. Era o tipo de reação que Alice presumia que os pais tinham quando um filho contava que ia se casar ou ter um bebê: surpresa boa misturada com um vislumbre da própria mortalidade. Alice não sabia se Leonard acreditava mesmo nela ou se achava que era brincadeira, mas, de qualquer forma, parecia *feliz*.

Leonard cruzou e descruzou as pernas.

— Não vou perguntar como eu estou. Vou só presumir que você mora comigo na Pomander Walk para sempre e que nós dois estamos envelhecendo lindamente.

Alice engoliu em seco.

— Adivinhou.

— Tá — disse Leonard. — Tá bom. Vamos levar os seus amigos para casa, depois a gente pode conversar.

Ele se levantou, assim como seu reflexo no espelho do banheiro. Alice o encarou e tentou entender. Talvez o pai já precisasse de aparelhos auditivos — aquilo só viria mais tarde. Talvez não tivesse ouvido uma palavra do que ela dissera. Alguém bateu à porta, e Sam a abriu antes que respondessem.

— Acho que vou vomitar — anunciou, e Leonard saiu da frente na mesma hora.

Alice o viu voltar para o quarto, então abriu a tampa do vaso e segurou o cabelo da amiga.

35

Ao contrário dos amigos de Alice, que davam beijos ao chegar, ao sair e às vezes até no meio dos encontros só por diversão, os amigos de Leonard só acenavam e seguiam com a vida, como se estivessem todos sentados em um ônibus.

— Obrigada, gente — disse Alice.

John conseguiria um bom papel, em que de fato mostraria o rosto, e ganharia prêmios importantes, então todo mundo diria que ele era uma joia rara escondida aquele tempo todo. Leonard iria com ele ao Globo de Ouro e choraria quando dissessem o nome do amigo. O pai dela tivera bons amigos. Só que também eram homens, e homens não eram treinados para cuidar das próprias amizades. Howard ligara para o hospital, Chip também, mas fazia anos que ela não via ou ouvia falar dos outros. Claro que as pessoas tinham o direito de superar as amizades, Alice sabia disso, mas, mesmo assim, havia momentos em que era de bom-tom dar as caras, porra.

— As pessoas aqui são bem estranhas, Leonard — comentou Sam.

Ela ainda estava meio instável e se apoiou na parede do hotel enquanto Leonard chamava um táxi.

— As pessoas aqui são *incríveis* — rebateu Tommy. Em seguida, foi até Alice e lhe deu um beijo na bochecha. — Adorei.

— Muito bem, acabou a festa — disse Leonard, e empurrou os três para o banco traseiro de um táxi. Em seguida, abriu a porta do passageiro para si mesmo.

O rádio estava ligado na WCBS-FM, 101.1, a estação das músicas antigas. O táxi subiu a Sixth Avenue e passou pelo Radio City Music Hall. Alice fechou os olhos de novo e ficou só ouvindo. Sam roncava baixinho de um lado, e, do outro, Tommy tamborilava os dedos na coxa dela no ritmo de "Bernadette". Ele era o que morava mais perto — o San Remo ficava na Central Park West com a 74th —, e Leonard indicara ao taxista que parasse primeiro lá. Todos os sinais de trânsito ficaram amarelos por dois quarteirões, depois três quarteirões, depois seis quarteirões, e passaram por todos.

O táxi começou a desacelerar a meio quarteirão do prédio de Tommy, e Alice se inclinou.

— Isso vai parecer loucura — disse ela. — Mas casa comigo? Não agora. Nem tão cedo. Mas em algum momento lá pra frente. Depois da faculdade. Promete. Tá?

A voz dela estava baixa o suficiente, e a música, alta o suficiente, para que mais ninguém no carro a ouvisse. Não sabia nem se Tommy podia ouvi-la. Alice não fazia a menor ideia do que estava tentando concretizar — mais daquilo, mais daqueles momentos sentados juntos no banco de trás de um táxi, enquanto o pai saudável falava com um taxista sobre a vez em que tinha dado uma carona para Diana Ross. Alice só queria empurrar as paredes da própria vida e ver se sairiam do lugar. Queria apertar o botão de reiniciar várias vezes, até todos estarem felizes para sempre. Tommy a encarou com olhos castanhos sonolentos.

— Ok — respondeu, como se estivesse topando tomar suco de maçã em vez de suco de laranja na lanchonete, então saiu do carro e deu tchau a todos.

Alice observou o porteiro com um uniforme com botões dourados reluzentes abrindo a porta pesada e chegando para o lado, para que Tommy entrasse.

Sam empurrou Alice para a ponta do banco e se deitou no colo dela.

— Quando você voltar, eu ainda vou ter você, né? Tipo, você ainda vai estar aqui? Será que vai se lembrar de tudo isso?

— Não sei — respondeu Alice, e apoiou o braço no corpo de Sam como se fosse um cinto de segurança.

Ficaram em silêncio durante o resto do trajeto até a 121st Street, onde Alice a ajudou a entrar no prédio e no apartamento, enquanto Leonard fazia companhia ao motorista. A casa de Sam estava escura e silenciosa — Lorraine já devia estar dormindo há horas. O relógio no quarto marcava uma e meia da manhã. Alice puxou as cobertas da amiga e a aninhou na cama.

— Amo ser sua amiga — disse Alice. — Não tem problema se mudar para Nova Jersey.

— Pelo amor de Deus, pare com isso, saia daqui — respondeu Sam. — Amo você.

Alice se esgueirou para fora do apartamento como uma ladra e correu pelos degraus de pedra até chegar ao táxi que a esperava. O pai ainda estava no banco da frente, absorto em uma conversa qualquer. Alice demorou um tempinho, até que sacou: o motorista estava falando sobre *Irmãos do tempo*. O pai sorriu para ela, do outro lado da divisória, e abriu a janela, deixando entrar o ar fresco enquanto voltavam para Pomander Walk.

Leonard abriu o portão para Alice entrar. As luzes dos Roman ainda estavam acesas, mas o restante da rua estava quase todo escuro, só com uma janela iluminada aqui e ali no segundo andar — os quartos da frente. Alice imaginou todos os vizinhos na cama, com um livro aberto ou uma TV ligada. Sentiu-se como sempre se sentia em algumas noites de verão, como se já estivesse sentindo falta do momento que ainda estava vivendo.

— Muito bem — disse ele. — Agora podemos conversar de verdade. — Leonard correu em direção à porta, as chaves chacoalhando nas mãos. — Não temos muito tempo.

— Tempo para quê? — perguntou Alice, então se lembrou da bagunça que o pai estava prestes a encontrar. — Ah, merda. Esqueci de contar. Eu dei uma festa. Não foi tão grande, não tão grande como da última vez, mas…

Leonard abriu a porta antes que ela pudesse terminar a frase. A cozinha estava um desastre — alguém derramara cerveja, e os sapatos faziam um barulho pegajoso pelo chão —, mas o pai nem parecia perceber. Foi direto para o lugar de sempre, empurrou várias garrafas vazias para abrir espaço, acendeu dois cigarros na boca e ofereceu um para ela.

— Sente-se — falou ele.

Alice se sentou. Deu uma tragada no cigarro e o girou nervosamente entre os dedos.

— Eu acredito em você.

— Sério? Lá no hotel, antes de te encontrar, eu estava falando com os seus amigos sobre coisas relacionadas a viagem no tempo, e tudo pareceu tão ridículo. Tipo, um osso mágico? Como assim? Não existe ciência por trás disso.

Alice olhou para as manchas amarelas nos dedos, manchinhas de nicotina. E se tivesse feito exercício físico alguma vez na vida? E se não bebesse um litro de cerveja de uma vez só? E se tivesse prestado atenção nas aulas de matemática? E se tivesse de fato curtido a presença do pai o máximo possível, todos os dias? E se Leonard tivesse feito exercício, aprendido a cozinhar ou parado de fumar? E se ela pudesse consertar tudo o que dera errado, e o pai pudesse viver até os 96 anos e morrer durante o sono? Só queria que tudo mudasse, todas as coisas ruins.

Leonard arqueou as sobrancelhas e deu uma longa tragada no cigarro. Soprou três anéis de fumaça perfeitos, um atrás do outro, e enfiou o dedo neles.

— O osso mágico do Simon é ridículo, claro. Até ele sabe disso. Mas o que você está dizendo não é ridículo, e eu sei. Porque também já fiz isso.

— O quê?

Ursula subiu na mesa, desviando habilmente de todos os detritos, então pulou nos ombros de Leonard.

— As pessoas dizem muitas coisas — prosseguiu ele. — Encontrei muitos rumores sobre viagens no tempo em fóruns, lugares tão desequilibrados quanto seria de se esperar, mas passei um tempão conversando com pessoas e lendo teorias malucas antes de escrever o livro. Existiam alguns tópicos sobre a Pomander, todos totalmente infundados, sabe, tipo quando alguém diz que tem um amigo que tinha um amigo que tinha um primo que tinha visto o Pé Grande, mas ainda assim… Eu já tinha ouvido falar do assunto e, apesar de tudo, é claro que me chamava atenção. Mas as pessoas também falavam sobre viagens no tempo, sobre as possibilidades reais. As realidades, até. E aqui havia um lugar à venda na hora certa, então nos mudamos para cá, mas mesmo depois disso levei um tempinho para descobrir. — Leonard fez uma pausa e riu. — "Descobrir." Não tem isso de descobrir. Eu vejo essa situação mais ou menos como surfar: você só tem que ir e pronto. Não tem a ver com o Scott e o Jeff, com aquele calhambeque e todos os botões e puxadores e lugares apertados. Se eu tivesse voltado no tempo antes de escrever o livro, *Irmãos do tempo* teria sido diferente. Não tem como dirigir. Não tem como escolher para onde você vai. Todo mundo tem um destino, uma rota, e é isso. E, quando você volta, é sempre para o ponto onde começou, como um brinquedo na Disney. Mas a saída sempre parece diferente, dependendo do que você fez. É como se, a cada vez que faz o passeio, você decidisse se vai ser rápido ou devagar, se terão quedas ou se o percurso será apenas um rio por onde boiar lentamente. Ou seja, você pode pegar leve e, quando sair, tudo vai parecer igualzinho ao que era antes.

— Um passeio em um brinquedo — comentou Alice.

— Isso — respondeu Leonard. — Uma metáfora.

— Obrigada — disse ela, e deu mais uma tragada. Queria ter algum papel por perto… um diagrama, um mapa, alguma coisa. — Tá. Então foi só estar aqui que fez tudo acontecer? Na nossa casa? Tipo, a rua toda? Como é possível?

Leonard balançou a cabeça.

— Me diz o que você fez.

— Eu jantei com a Sam. Depois fui ao Matryoshka e bebi demais. Aí peguei um táxi para cá, vomitei na rua e dormi do lado de fora como uma verdadeira degenerada, acho, e, quando acordei, você estava aqui, desse jeito.

— Você dormiu lá fora? — perguntou Leonard.

— Na guarita. No seu barracão, ou seja lá o que for. Estava praticamente vazio, então eu só empurrei algumas coisas para o lado e apaguei.

Leonard fez que sim.

— Você sabe que horas eram?

— Que horas eu dormi? Sei lá… umas três da manhã? Quatro? Se Alice estivesse com o celular, poderia conferir que horas o Uber a deixara na rua, mas sua lembrança do momento era muito vaga, estava mergulhada em uma infinidade de shots.

— Foi entre três e quatro da manhã, porque é o único momento em que funciona — disse Leonard, recostando-se e passando a mão no rosto. — Levei um tempão para descobrir. Anos. Eu procurei sem parar. Não tinha certeza se havia mesmo alguma coisa, mas *sentia* que sim. Aí um dia, dez anos atrás, mais ou menos na época em que você começou a estudar na Belvedere, estava conversando com o Chip sobre *Doctor Who* e me lembrei do nosso galpãozinho, então pensei: "Só pode ser isso". Fiquei ali fora a noite toda, dentro e em volta do galpão, verificando se os Headrick ou outra pessoa não estariam olhando pela janela, mas não tinha ninguém, pelo menos eu achava que não, aí entrei e tirei tudo, todas as vassouras e a sujeira e as pás e as porcarias, até as teias de aranha. E fiquei ali, sentado, pelo que pareceu uma eternidade. Então, quando dei por mim, estava em outro lugar. Não só não estava mais na guarita. Eu estava na cama… na nossa cama, minha e da sua mãe, no nosso antigo apartamento. E não era mais 1986, eu simplesmente sabia. — Leonard prosseguiu: — No começo, achei que só estivesse muito absorto em *Irmãos do tempo*, ou que estivesse tendo algum tipo de alucinação, como se estivesse de ressaca ou tendo algum *delirium tremens* muito esquisito, mas aí eu saí, fui até a banca, peguei o jornal, e o ano era 1980. Tinha uma moeda no meu bolso, então comprei o jornal, aí olhei de novo e me toquei: era o dia do seu aniversário.

— Meu aniversário — disse Alice. — Hoje. Dia 12 de outubro. Em 1980.

— Sim — respondeu Leonard. Quando começou a rir, Ursula saltou dos ombros e desceu para o colo dele. — Foi o dia em que você nasceu. Faltavam três semanas para a data prevista para o parto. Naquela época, ainda morávamos na 86th, naquele apartamento comprido e estreito, e sua mãe estava tão mal que só andava de um lado para o outro, de um lado para o outro; quando me levantei e vi o corpo dela, como uma cobra que tinha engolido uma melancia, mal pude acreditar. Serena estava linda, por mais que estivesse desconfortável, enorme e irritada, e eu sabia o que ela não sabia: você ia nascer naquela tarde. Às 15h17. — Leonard piscou diversas vezes, bem rápido, mas as lágrimas escorreram mesmo assim. — Você sabe quantas vezes eu já estive naquele quarto? E vi tudo acontecer? E vi você chegar nesse mundo, com o seu rostinho perfeito? Não sei por quê, mas esse é o meu momento. É isso que eu vejo toda vez.

Alice conseguia visualizar o corredor comprido e a mãe, enorme e irritada.

— Parece uma situação sangrenta e estressante.

— É mesmo. O trabalho de parto da Serena foi difícil, foi muito difícil. Mas eu sei como termina, e isso facilita muito as coisas.

— Você chegou a contar a ela? — perguntou Alice.

— Quem, sua mãe? Não. — Leonard balançou a cabeça. — Tentei algumas vezes, tentei ver se fazia dar certo, sabe? Cada vez que eu voltava, tentava ser um marido melhor, seja lá o que isso signifique, ou ser mais do jeito que ela queria que eu fosse. Prestava atenção em todas as palavras que ela dizia, massageava as costas dela, dava pedaços de gelo para ela chupar. Eu acho que fiz quase todas essas coisas na primeira vez. Espero. Eu tentei de verdade, naquele dia maluco, mostrar à Serena que podíamos ser um ótimo casal. Uma vez, quando voltei ao presente, nós ainda estávamos casados, mas ela estava ainda mais infeliz do que antes. Mais irritadiça. Porque eu estava tentando ser alguém que não era, o que é uma ideia de merda em um casamento.

— Uau — disse Alice.

— Você vai ver — comentou Leonard, então sorriu. — A parte boa é que a vida é bem insistente. É difícil mudar demais as coisas. O que os meus amigos disseram é verdade, mas é tudo teoria. — Ele baixou a voz, como se alguém pudesse ouvir. — Eles são amadores profissionais.

— O que está acontecendo por lá agora? — Alice já tinha pensado naquilo: será que seu corpo de quarenta anos estava caído, imóvel, dentro do galpão, assustando todos os moradores da Pomander que passavam por ali? — Os seus amigos me assustaram com todo aquele papo de bebê Hitler.

— Nada — disse Leonard. — Uma pausa. Você volta logo em seguida. Trinta segundos, talvez? Um minuto? Não pode ser mais do que um minuto. Os planetas estão em movimento, nós estamos em movimento, então com certeza não é exato, mas é mais ou menos isso. Você vai voltar para onde está. Não é exatamente a mesma pessoa de quarenta anos que vai voltar, mas é você, aos quarenta anos. Fazendo seja lá o que *este dia* fez acontecer. Entende o que quero dizer quando falo que é insistente? É só um dia... você acorda de manhã e, entre as três e as quatro da madrugada, pimba, volta para o lugar de onde saiu. É todo o tempo que você tem. A maioria das decisões que tomamos como indivíduos são bem estáveis, e o tempo *gosta* de estabilidade. Penso nisso como um carro em uma pista. O carro quer ficar na pista, e assim ele fica, na maior parte do tempo. Até imagino o que o Howard e o Simon diriam... bebê Hitler. O que mudou? O que você fez, o que desencadeou? Claro que essas coisas são importantes. Mas tem que ser algo grande para conseguir afastar o seu carro da pista. Não esquente muito a cabeça com isso.

Leonard passou as mãos pela mesa.

Alice olhou para o relógio. Três horas. Todas as luzes da Pomander estavam apagadas, a não ser a deles.

— Só um minuto — pediu.

Alice apagou o cigarro em uma tampa de garrafa e foi correndo para o quarto. Olhou ao redor, em busca de algo sólido em que pudesse se segurar. A sensação era de que estava na fila para uma montanha-russa, uma montanha-russa da qual iria cair, e não havia algo que pudesse fazer para impedir. Nenhuma troca de roupa ajudaria.

Leonard se apoiou no batente.

— Meu bem — disse ele.

Alice olhou para o pai e concluiu que não tinha feito nada daquilo, do que quer que ele estivesse falando, aquela história de empurrar o carro para fora da pista, ela não fizera aquilo.

— Pai — começou a dizer Alice, mas ele levantou a mão para impedi-la.

— Vai ser meio esquisito no começo — disse Leonard.

Então, ele explicou como seria o processo, a sensação de confusão que viria depois. Alice se lembraria da própria vida, da vida anterior, mas não com muita clareza. Lembranças eram lembranças, afinal, e perdiam a força com o tempo, ainda mais sem estímulos como fotografias. Ao longo dos anos, as coisas se ajeitavam. Pelo menos era o que ele achava. Claro, Leonard explicou, não dava para afirmar com certeza. Ele estava calmo, mas Alice começou a entrar em pânico.

— Mas eu acabei de chegar — argumentou. — Não é justo.

Queria dizer ao pai que não era justo porque ainda não tinha descoberto como garantir que, quando voltasse, ou avançasse, fosse lá qual fosse a palavra certa, ele estaria lá à sua espera, de olhos abertos.

Leonard fez que sim.

— Nunca é tempo o suficiente. Eu sei. Mas lembre-se: você sabe chegar aqui. Tem ideia de quantas vezes eu já vi você nascer? Você pode voltar.

— E você vai estar aqui? E a gente pode simplesmente viver assim? E aí, o que eu faço? — Alice balançou as mãos e os pés, como se estivesse dançando sozinha. — O que é para eu fazer?

— Está tarde — comentou Leonard. — Eu só iria para a cama. Ou então podemos nos sentar no sofá.

Alice passou pelo pai e seguiu pelo corredor escuro. Ursula esfregou o corpo nela, e Alice se abaixou para pegá-la. Então se deitou no sofá, e a gata a acompanhou, aconchegando-se perfeitamente na curva de seu braço.

Leonard a cobriu com um cobertor e ligou a televisão, embora Alice soubesse que o pai só estava olhando para ela. Fechou os olhos e tentou respirar normalmente, mas só conseguia imaginar os pulmões murchos de um fumante, pretos como nos comerciais que deveriam tê-la assustado, mas não conseguiram.

— Faz uma coisa por mim? — pediu.

— Claro, o quê?

— Você pode parar de fumar? Tipo, de verdade dessa vez?

Leonard já tinha tentado parar; tentava uma vez a cada dez anos, desde que era adolescente.

Ele bufou.

— Tá bom. Vou tentar, tá? Você está me pegando em um momento de fraqueza, e por isso prometo tentar. — Ele fez uma pausa. — Al... — disse Leonard, meio que para si mesmo. — Por que a guarita estava vazia? Eu sou tão cuidadoso... Como é que estava simplesmente... vazia? Onde eu estava?

Alice não queria mentir para o pai, mas também não podia contar a verdade. Não tinha pensado muito no hospital, não tanto quanto normalmente pensava. Parecia tão distante quanto de fato estava — a décadas, a uma eternidade de distância. Se fossem uma família que se abraçava, Alice o teria feito, só para ter um abraço dele. Por que não eram uma família que se abraçava? A culpa era dela? Dele? Alice não se lembrava. Leonard estava por perto e estava falando. Só aquilo importava.

— Eu tirei tudo. Estava tudo amontoado, como de costume. Demorou uma eternidade — murmurou Alice, no braço do sofá, então se foi.

PARTE TRÊS

36

Alice não tinha dormido, ou ao menos achava que não, mas estava com aquela sensação subaquática de acordar de um sonho. Esticou os braços por cima da cabeça e bateu em alguma coisa dura. Então, apalpou com as mãos: a superfície era firme, brilhante, com saliências, e com certeza não era o antigo sofá da casa do pai. Abriu os olhos.

Assim que os olhos se ajustaram ao quarto escuro, percebeu que estava na cama — uma cama enorme, seja lá qual for o tamanho depois de uma king-size. Alice mexeu os dedos dos pés para se certificar de que podia e, de fato, ali estavam, esbarrando no edredom pesado. Parecia até um quarto caro de um hotel que não tinha condições de pagar. Um abajur prateado com uma cúpula geométrica estava logo ao lado de seu rosto, e Alice acendeu a luz. O outro lado da cama estava vazio, a coberta jogada com descuido, como se alguém tivesse acabado de sair dali. As paredes eram de um tom de creme, os lençóis também, e o chão era de madeira, com detalhes centenários. Alice tinha certeza de duas coisas: nunca estivera naquele quarto antes, mas, ao mesmo tempo, sem dúvida era o quarto dela. Era como o pai explicara: ia acordar na própria cama, onde quer que a cama estivesse. Estaria dentro da própria vida, como quer que ela estivesse naquele momento. E terá perdido muitas coisas. Mas, mais cedo ou mais tarde, também vai sentir essas coisas.

Alice se levantou devagar, apoiando-se na cabeceira, então se inclinou para inspecionar a gaveta. Ali estava o celular, conectado ao carregador, alguns tampões de ouvido, uma caneta e uma máscara para os olhos. Havia uma pequena pilha de livros no chão abaixo da mesa, o que a acalmou: ainda era ela mesma, por mais bacana que fosse o apartamento. Lembrou-se do que Leonard dissera a respeito do carro na pista, e aquilo também a acalmou: a ideia de que, por mais que as coisas parecessem diferentes, ela ainda era a mesma pessoa. Em seguida, tirou o celular do carregador e o segurou em frente ao rosto. Eram 5h45 da manhã, tinha mesmo caído no sono. A senha continuava a mesma — todas as suas senhas eram iguais: o aniversário dela e o aniversário do Keanu Reeves; definira aquilo com catorze anos e nunca vira razão para mudar. Não era de se admirar a facilidade com que roubavam identidades. Só que, no momento, em vez da esplêndida foto de Ursula que Alice estava acostumada a ver na tela, havia duas crianças sorridentes de cabelo escuro.

Pareciam ser um menino e uma menina, mas Alice não tinha certeza. Ambas as crianças tinham sobrancelhas escuras e testa pálida. A menor estava sentada no colo da maior, como um par de bonecas russas. A maior estava com a boca bem aberta, e a menor era bem rechonchudinha, uma graça. Alice sabia que eram seus filhos. E, a julgar pela cor da pele, pela boca, pelos olhos e por como se pareciam com Raphael Joffey, que entrara em sua sala naquela semana — ou nunca; dependia do que tivesse acontecido —, Alice sabia quem dormia no outro lado da cama.

Jogou as cobertas para trás e pousou os pés no chão. O tapete debaixo da cama era enorme e provavelmente custava mais do que três meses de aluguel na Cheever Place. Estava usando calça de pijama listrada e uma camiseta que dizia BELVEDERE FUN RUN, que ela reconheceu de um evento alguns anos antes. Alice pressionou a camiseta no corpo; era como se fosse sua mantinha de algodão macio. *Ok*, pensou. *Ok*. Pegou o celular e andou até a porta na pontinha dos pés. Estava com a mão na maçaneta quando ouviu a descarga no banheiro, e uma porta na parede adjacente se abriu. Por instinto, Alice encolheu o corpo feito um tatu-bola, mas não deixou de ser humana e nem visível.

— O que você está fazendo?

Tommy usava uma roupa de academia justa, e estava todo suado e com o cabelo molhado. Estava quase igual ao que Alice tinha visto no dia do escritório, mas o cabelo estava mais curto, e o rosto, ainda mais magro. Dera certo, alguma coisa dera certo. Alice se lembrava de Tommy com a cabeça encostada em seu ombro no táxi e do que tinha sussurrado no ouvido dele. Talvez aquele fosse o segredo: dizer às pessoas exatamente o que você queria, a verdade nua e crua, e depois sair do caminho.

— Nada — disse Alice, se endireitando. — A gente mora aqui. Eu e você.

— Sim. Além disso: o céu é azul, a grama é verde. Mais alguma revelação bombástica?

— A gente mora aqui o tempo todo — falou Alice.

— Bom, não *o tempo todo* — respondeu Tommy, revirando os olhos. — Imagina só que coisa constrangedora! — Ele estava brincando, mas a brincadeira a deixou enjoada. — Por acaso esse é um jeito estranho de dizer que você quer comprar mais uma casa? O site de busca de imóveis não é seu amigo, Alice. Não fique mexendo no celular no meio da noite, é melhor deixar o aparelho de lado. Uma casa de campo já é suficiente.

Enquanto Tommy falava, a imagem foi se formando na cabeça de Alice: uma casa branca atrás de uma cerca viva, uma entrada de cascalho. Alguém cortando a grama.

— Ainda temos a casa dos meus pais. E eles vão reformar a piscina este ano; as crianças vão amar.

Alice já tinha entreouvido frases parecidas com aquela milhares de vezes. Transformar a inveja em superioridade tinha sido seu método para sobreviver à vida na Belvedere. Dois terços do corpo estudantil teriam se descrito como parte da classe média, uma categoria que Alice não acreditava que normalmente incluísse acesso a aviões fretados e casas em ilhas do Caribe, casas de campo em Long Island ou empregados em tempo integral. Leonard dissera, abertamente, que ganhava mais dinheiro do que a maioria de seus amigos, mas eles tinham menos dinheiro do que a maioria dos amigos de Alice, porque o dinheiro de Leonard era a única fonte de renda deles, por assim dizer, e a maioria dos alunos da Belvedere vinha de várias gerações de riqueza. Os nova-iorquinos eram especialistas em transformar suas lutas cotidianas (carregar sacolas pesadas de compras, pegar o metrô em vez de dirigir) em valorização pessoal, e Alice tinha anos de experiência em se sentir melhor por não ter herdado uma propriedade em Greenwich, ou um cavalo, ou um Range Rover. Agora que parecia ter tudo aquilo, além de um Tommy Joffey suado no quarto que ambos compartilhavam, Alice não sabia bem o que fazer. Era assim que acabavam todos os filmes de viagem no tempo que já tinha visto — em *De repente 30*, Jenna Rink saía de casa vestida de noiva. Bill e Ted passavam em história. Marty McFly ganhava um Jeep. Em seguida, a câmera recuava, revelando toda a cena perfeita, e a tela ia escurecendo até ficar toda preta. Em *Irmãos do tempo*, entre um resgate e outro, Scott e Jeff iam à sua pizzaria favorita. Nunca vemos ninguém de pijama tentando lembrar da própria vida.

A porta do quarto se abriu e acertou Alice do lado direito.

— Mamãeeeeeeee!!!

Um corpinho se agarrou às canelas dela. A sensação era de ser atacada por um polvo amigável — era impossível serem só dois braços. Alice pensou que fosse cair, mas se manteve de pé ao se apoiar na parede. A criança a abraçava com toda força, e Alice pôs a mão na cabeça dela suavemente. Seria a menina ou o menino da foto? Ajoelhou-se para ver melhor.

— Olá — disse Alice.

Era um menino; não aquele que tinha entrevistado na Belvedere, mas um parecido. Os olhos eram os mesmos — iguais aos de Tommy, só que em um rosto menor —, e o cabelo era cheio e bonito. Alice tentou se ver no rosto daquela criança, mas não achou qualquer traço semelhante. Era como elogiar alguém por se parecer com o filho e ouvir: "Bom, pois é, ele é adotado".

— Como é o seu nome mesmo? Caminhão de bombeiro, é isso? Xilofone? Me refresca a memória, por favor?

O menino deu uma risadinha.

— Mamãe, sou *eu*, o *Leo*.

Ele se aninhou na curvinha do colo de Alice, derrubando-a de leve no chão. Apesar de aparentemente ter dado à luz dois seres humanos, seu corpo parecia firme e forte, mais forte do que nunca. Tentou especular quanto dinheiro devia ter gastado com *personal trainers*, mas decidiu que era melhor não saber.

— Ah, sim, é verdade — disse Alice. — Leo. E qual é o nome da sua irmã? Sombrinha? Zimbábue?

Sentia o nome pairando sobre sua cabeça, quase dava para ver as letras se encaixando, como uma sopa de letrinhas. Aquelas crianças eram dela, sem dúvida. Dela e de Tommy. Alice era mãe. *Mamãe? Mama?* Sua própria mãe decidira, um belo dia, que preferia ser chamada pelo nome, pois só havia uma mãe de verdade: Gaia, a Mãe Terra. Alice sentiu a pele em volta do pescoço enrubescer, tomada pelo pânico.

Leo deu outra risadinha e apertou as bochechas de Alice com as mãos úmidas e macias.

— Cara de cocô — respondeu.

O menino era uma gracinha, parecia um anjo querubim, e Alice gostava da sensação das mãos dele em sua pele. Resolveu pôr as próprias mãos nas dele. Não sabia se podia falar com Tommy, mas podia falar com Leo. Era boa naquilo: agachar-se, sentir o hálito quentinho de uma criança. Leo devia ter quatro anos. Não... ele com certeza tinha quatro anos. Era a mesma sensação de acordar em um quarto de hotel e não lembrar direito onde estava ou onde ficava o banheiro.

— Não, não, não é Cara de cocô — disse Alice.

Leo desceu do colo dela e saiu correndo pelo corredor, gritando "cara de cocô" sem parar.

Tommy tirou a camisa, amassou-a e a atirou em um cesto de roupa suja. O short e a cueca foram os próximos. Era bom vê-lo em um corpo adulto de novo, mas Alice desviou o olhar. Era intimidade demais, nudez demais. Ficar pelado à luz de um abajur, inclinando-se sem a menor elegância para tirar a cueca — não havia nudez maior do que aquela. Sexo exigia proximidade e, portanto, uma visão limitada. Ali, do outro lado do quarto, dava para Alice ver tudo. Então, ela fechou os olhos e fingiu ter algo preso nos cílios.

— Você ainda vai correr? — perguntou Tommy.

Alice o ouviu voltar para o banheiro e, em seguida, escutou o som da água no chuveiro.

— Vou, sim — respondeu. Estava desesperada para sair do quarto, do apartamento. Queria voltar para a casa da Pomander. Queria ligar para o pai. — Temos algum plano para hoje? Estou me sentindo meio... sei lá, confusa.

— Sabe, achei que podia evitar esse problema me casando com uma mulher mais nova. Não imaginei que a demência fosse começar tão cedo. — A voz de Tommy ecoava pelas paredes de azulejos.

— Ah, fala sério! — rebateu Alice.

O aniversário de Tommy era apenas uma semana depois do dela. Sempre se lembraria da data, tão perto do próprio aniversário, pairando no calendário como se estivesse escrita com uma tinta invisível que só ela podia ver. Era assim que se falavam? Alice sentia como se ainda estivesse no modo adolescente, incapaz de expressar os próprios sentimentos a respeito de qualquer coisa, capaz apenas de demonstrar sarcasmo e irritação fingida. Olhou para a data no celular: 13 de outubro. O dia seguinte ao seu quadragésimo aniversário. A saída do passado a cuspira no mesmo instante em que tinha entrado, só que o carro não estava mais cem por cento dentro da pista. Queria ligar para o pai, mas estava com medo. Queria ligar para Sam, mas estava com medo. Queria fazer ambas as coisas em particular, porque não tinha certeza de como iam se desenrolar, e Alice não se considerava uma boa atriz a ponto de saber disfarçar as reações. Se o pai estivesse bem, ela saberia? Se tivesse morrido, ela saberia? Alice não tinha certeza de nada, ainda não. Tommy saiu do chuveiro com uma toalha enrolada na cintura.

— Tá bom, tá bom. Os quarenta são os novos trinta. — Ele levantou as mãos em defesa e recuou. — Por enquanto, eu fico com o

Leo e a Dorothy, você fica com eles depois que terminar de correr, e a Sondra vem às dez. Você vai visitar o seu pai, e a festa é às sete. Se quiser fazer mais alguma coisa, fica a seu critério!

Tommy lhe deu um beijo na bochecha. Estava alegre porque era a semana do aniversário dela. De alguma maneira, aquilo era mais evidente para Alice do que qualquer outra coisa.

— Dorothy — disse Alice. — Certo.

Havia uma janela do outro lado do quarto, e Alice foi até lá para olhar a rua. Abaixo, o Central Park se estendia como um tapete. O lago, uma parte do parque para a qual Alice nunca dera muita atenção, porque parecia ter sido construído para turistas, estava logo ali embaixo. À esquerda, dava para ver uma torre pontuda. Uma torre de duas.

— A porra do San Remo — comentou Alice. — Cadê os seus pais?

Deveria saber a resposta, é claro, mas Tommy revirou os olhos e deu continuidade a outra conversa.

— Ah, sim, até parece que eles vão ajudar com as crianças antes do amanhecer. Ou, sabe, em qualquer outro momento — disse Tommy.

Ali estava ele, completamente nu, conversando com ela. Pelos grisalhos pontilhavam seu peitoral, pequenos caracóis, parecendo as molas que seguravam as pilhas. Quando ele se virou em direção ao armário, Alice reparou na leve flacidez da bunda dele, o que lhe parecia cruel, mas, ao mesmo tempo, reconfortante. Era bom saber que ela não era o único ser humano que estava envelhecendo, que nem mesmo Tommy Joffey — será que o nome dela agora era Joffey? Não, não, Alice jamais teria feito aquilo — era imune à idade. Tommy se vestiu e fechou a porta atrás de si. Alice revirou as próprias gavetas para achar o que vestir. Leonard tinha razão: havia certa memória muscular envolvida em se movimentar pelo quarto. Sabia quais gavetas abrir, ou pelo menos parte dela sabia. Vestiu-se depressa e avançou pelo corredor, segurando o celular com firmeza, como se fosse um escudo.

Não era que Alice não quisesse ter filhos. O *timing* nunca tinha sido certo. Já fizera um aborto, com o primeiro namorado com quem fora morar e com quem um dia quis muito ter se casado. Ele não queria ter filhos, ou pelo menos era o que dizia até os dois terminarem e ele imediatamente ter um filho com outra pessoa. Mas Alice tinha uma lista de nomes, e Dorothy sempre estivera presente. Dos vinte aos trinta e tantos anos, acreditara que um dia teria filhos, até não acreditar mais. Era como equilibrar uma bola de boliche no meio de uma gangorra. Havia pessoas que tinham muita certeza, em uma direção ou na outra, e havia pessoas como Alice, que nunca tinham tomado uma decisão até um dia pararem de prestar atenção e serem derrubadas. Um dos atores de *Um estranho casal* chegou a ter um bebê aos 79 anos. Os homens nunca precisavam decidir nada.

    O apartamento era enorme. O corredor por onde tinha entrado era comprido e escuro; de um lado havia estantes, do outro, fotos emolduradas da família. A voz alta de Leo ecoava de outro cômodo, e também se ouvia o som de um porco britânico, que Alice reconheceu — era importante, lidando com crianças pequenas, estar a par de seus gostos no que dizia respeito aos desenhos animados. Alice andava devagar, as meias abafavam o som dos passos no piso de madeira. Quase todas as fotos eram das duas crianças: Leo vestido de Caça-Fantasmas e a irmã, Dorothy, vestida de Homem de Marshmallow Stay Puft; os dois na banheira, cercados por um mar de bolhas… mas, no centro da parede, havia uma foto do casamento. Do casamento de Alice e Tommy Joffey. Chegou mais perto da imagem e quase encostou o nariz no vidro da moldura. Na foto, Alice usava um vestido de renda que ia até o chão, branco, com mangas curtas e um laço gigante abaixo do corpete, parecendo um presente humano. O cabelo estava penteado de um jeito que nunca tinha visto, caindo em camadas por cima do ombro, como uma modelo de roupa de banho. Alice não conseguia identificar o próprio semblante: levemente mais abobado do que alegre, corado pela endorfina ou pelo pânico, não dava para ter certeza. Havia fotos de Alice grávida, segurando a parte inferior da barriga imensa como se fosse cair no chão caso não a prendesse nos braços. Levou as mãos ao abdômen, onde a pele estava macia e flácida, como uma massa de pão se avolumando.

— Mamãe! — Uma voz aguda a chamava do cômodo mais próximo.

Alice atravessou o corredor e enfiou a cabeça para dentro de uma porta aberta. O quarto — todo rosa, com uma cama de dossel — era três vezes maior do que seu quarto de infância na Pomander Walk. Uma garotinha estava sentada no tapete, tomando chá com um urso de pelúcia do tamanho dela, talvez maior. Alice sentiu o corpo ser inundado por uma sensação que não conseguia identificar muito bem. Queria dar um abraço bem apertado na garotinha. Queria fazer com Dorothy o que Leo tinha feito com ela, abraçá-la com tanta força que ambas cairiam no chão.

— Oi, Dorothy — cumprimentou. — Posso participar?

A filha fez que sim, solene perante a importância de sua tarefa, e serviu uma xícara de chá de mentirinha para a mãe. Alice se posicionou entre a criança e o urso. Então, ouviram um barulho ensurdecedor, e Leo entrou pulando no quarto, colidindo com Alice e abraçando-a por trás. Tommy entrou logo em seguida.

Depois que seus amigos começaram a se casar e ter filhos, Alice pensara nos subprodutos daquelas decisões: um apartamento cheio de brinquedos, dividir a cama com a mesma pessoa para sempre, ter por perto alguém que potencialmente saberia fazer o imposto de renda direitinho, amamentar, saber exatamente o que era uma placenta e por que algumas pessoas a comiam, entender o que acontecia com o amor com o passar do tempo, entender se as pessoas achavam os próprios filhos tediosos, se odiavam os cônjuges, se seria boa em alguma dessas coisas. A princípio, tudo lhe parecia teórico, da maneira como as adolescentes às vezes planejavam o futuro casamento sabendo que tudo na sua vida seria diferente quando de fato se casassem, mas tentando mesmo assim. Só que, quanto mais velha Alice ficava, e quanto mais seus amigos de fato vivenciavam tudo aquilo, mais aquele sonho passava de uma fantasia divertida a algo triste. Casamento era claramente uma questão de compromisso, e ter filhos envolvia uma boa dose de sacrifício, mas, como tudo o que era difícil e desagradável, aquelas condições eram muito mais fáceis de suportar quanto mais cedo fossem apresentadas.

— Que delícia de chá, posso tomar mais um pouquinho? — perguntou Alice. Dorothy assentiu e pegou a xícara de volta com os dedinhos grossos. — Quantos anos tem essa mocinha linda?

— Cara de cocô tem TRÊS anos! — gritou Leo, correndo pelo quarto até bater de cabeça no urso de pelúcia gigante.

Aquilo fez a Carinha de cocô irromper em lágrimas. Ela se levantou e abriu o berreiro, cerrando as mãos em punhos.

— Vixe... — comentou Tommy. — Venha cá, meu amor.

Ele pegou Dorothy no colo e a levou até uma cadeira de balanço no canto, de onde tirou uma fita desbotada de algodão presa a uma chupeta. Dorothy pegou o objeto com as mãos e o colocou na boca com um conforto imediato que beirava o êxtase. Em seguida, grunhiu.

— Vá correr — disse Tommy. — Deixe comigo.

Ele se sentou na cadeira e tirou um livro de uma prateleira próxima. Leo se arrastou pelo chão e apoiou a cabeça em cima de um dos pés do pai. Alice não sabia quando tinha virado uma pessoa que corria por diversão, mas calçou um par de tênis que estava perto da porta e foi embora ver o mundo.

37

O porteiro escancarou a porta da frente do prédio, posicionando-se ao lado de uma planta de dois metros de altura, uma das duas que ladeavam a portaria.

— Bom dia, Alice — cumprimentou o homem.

Ele era pequeno, de rosto redondo, o peito largo enfiado em um casaco de abotoadura dupla. Alice sentiu-se péssima por não saber o nome dele, imaginava quantas das pessoas que moravam naquele prédio só se davam ao trabalho de usar o nome dele na hora de escrevê-lo em um envelope no Natal.

— Bom dia! — respondeu ela, e correu em direção ao ar da madrugada na Central Park West.

Ao contrário da Broadway ou da Columbus, as partes comerciais mais movimentadas do bairro, Central Park West era a mesma de sempre. As árvores se inclinavam sobre os muros de pedra como vizinhos compartilhando açúcar, e algumas se curvavam para sombrear os bancos logo abaixo. Os edifícios de frente para o parque não eram as monstruosidades brilhantes que Alice via se projetando no horizonte da região central da cidade. Eram de calcário e tijolo, elegantes e robustos. Poderia estar em qualquer ano das últimas cinco décadas. Havia floreiras em frente aos prédios mais caros, além de porteiros de prontidão nas grandes entradas, preparados para fazer sinal para um táxi ou ajudar a carregar as compras. Ela tirou o celular do bolso e selecionou o nome do pai. O que Tommy tinha dito mesmo? Que fosse visitar o pai? Ver o pai? Ele mencionara algum hospital? Alice tinha quase certeza de que não.

O celular chamou e chamou, então caiu na caixa postal de Leonard. Fazia um tempão que Alice não ouvia aquela mensagem de caixa postal — nas semanas que antecederam o aniversário dela, não tivera motivo para ligar. Se Leonard não podia atender o telefone, que, afinal, era só um trambolho de metal e plástico, por que ligaria? A voz dizia para deixar uma mensagem e, então, ligaria assim que possível. Talvez estivesse no banho. Talvez estivesse tomando café da manhã no City Diner e deixara o celular em casa. Alice sempre invejara aquela característica do pai, de nunca ter superado o século XX no que dizia respeito ao celular, que quase sempre ficava em casa. Leonard podia passar horas e horas sem mexer no aparelho sem a menor dificuldade, enquanto Alice mal conseguia chegar a dez minutos. Em vez de deixar um recado, desligou, mas depois mudou de ideia e ligou outra vez. Após o sinal, disse:

— Oi, pai. Aqui é a Alice. Só queria ouvir a sua voz.

Estava em frente ao Museu de História Natural, do outro lado da rua, e parte dela pensou que, se entrasse ali e fosse direto para baixo da baleia, de alguma forma conseguiria ver a si mesma e o pai deitados. Começou a correr.

Alguns quarteirões ao norte, aproximou-se da esquina da Belvedere. Então, espiou pela rua e ficou aliviada ao vê-la vazia — não havia fantasmas da Alice do passado nem da do presente. Apertou o passo e ultrapassou casais idosos caminhando de mãos dadas e vendedores de cachorro-quente que se preparavam para começar o dia. A estabilidade da cidade a mantinha de pé. Nova York sabia lidar com qualquer crise pessoal, com certeza já vira alguém pior.

O sinal fechou na esquina da 86th com a Central Park West, e Alice se inclinou com as mãos nos joelhos, ofegante. Uma mulher que também estava correndo dava pulinhos sem parar ao lado dela, com fones de ouvido. Alice a ignorou até ela acenar com a mão na sua frente.

— Bom dia — disse Alice.

— Ah, vai! — disse a mulher. Então começou a pular mais depressa, como se fosse uma boxeadora peso-pena, e fingiu tocar bateria. — *You say it's your birthday... da da da da! Well it's my birthday, too!* — A mulher desatou a rir. — Brincadeira, não é o meu aniversário. Feliz quarenta anos, moça! Antes que Alice entendesse o que estava acontecendo, a mulher já a estava abraçando com braços suados.

— Ah, nossa, obrigada — respondeu.

Quando a mulher se afastou, Alice olhou para ela. Era a mãe de dois alunos da Belvedere, uma verdadeira peste. Mary-Elizabeth, talvez? Ou Mary-Catherine? Tinha dois filhos pequenos, um deles tinha sido expulso da pré-escola por conta de um problema relacionado a mordidas. Felix e Horace, eram os nomes. Alice conseguia visualizar os cortes de cabelo certinhos e o comportamento de serial killers.

— Como você sabia?

Mary-Catherine-Elizabeth acenou com o celular.

— Ora, por favor, né? Você tem postado loucamente no Instagram. Vi o bolo com os seus filhos, que fofura. Os meus filhos não comem glúten, senão ficam... — Ela desenhou círculos ao redor das orelhas e se fez de vesga. — Enfim, conseguimos uma babá, uma babá nova, até que enfim, então eu e o Ethan vamos hoje à noite. Vou preparada para tomar uns drinques, depois de um dia inteiro com as crianças. — Ela fez outra careta. — Enfim, vou lá completar os meus quilômetros! Autocuidado! Até mais tarde!

A mulher saiu correndo em disparada, atravessando a rua larga em poucas passadas, e sumiu no parque em direção ao sul.

Alice daria uma festa de aniversário. De novo. Pegou o celular para mandar uma mensagem para Sam, mas, quando olhou o histórico de conversas, viu que não tinha muita coisa. Eram basicamente mensagens de Alice em balões azuis: "Oi! Só pra saber como você está! Pode jantar na semana que vem? Como vão as coisas? Aliás, está passando uma maratona de *Barrados no baile*". E respostas infrequentes de Sam: "Sim para o jantar... essa semana está uma loucura! Rá!". Alice guardou o celular no bolso. Tentaria mais tarde.

Levou mais seis minutos para correr até a Pomander Walk. Do portão para dentro, a travessa estava sossegada, mas não ficaria assim por muito tempo. Alice destrancou o portão pesado e correu até a porta do pai. Não queria se encontrar com os vizinhos, não tinha respostas para perguntas mais básicas — até um "como vai?" era uma mina terrestre existencial. Alice fechou a porta ao entrar, e Ursula veio correndo para o meio de suas pernas. Ela logo se abaixou, pegou a gata no colo e a segurou junto ao peito.

— Oi, gatinha — disse, o rosto enfiado no pelo preto de Ursula, sussurrando para o caso de o pai estar em casa e ainda dormindo.

Todas as luzes estavam apagadas, mas o sol começava a nascer, e Alice conseguia se orientar bem. Saberia andar por ali até de olhos vendados. No fim do corredor, pôs a mão na maçaneta do quarto do pai, mas hesitou. O que queria ver? Queria encontrá-lo ali, dormindo? Queria ver uma cama vazia? Em vez disso, virou-se para a maçaneta do próprio quarto e abriu a porta com força.

Havia um tapete no chão. Parecia velho e caro, quem sabe turco. Talvez sempre tivesse estado ali, embaixo das suas pilhas de pertences, mas Alice não se lembrava de já tê-lo visto. Havia uma escrivaninha onde deveria estar a cama, era grande e bonita, feita de madeira.

— Que porra é essa?! — deixou escapar. Ursula pulou no chão e pousou com um baque. Alice abriu a porta do guarda-roupa e encontrou roupas penduradas com cuidado, além de lençóis e toalhas dobrados. Nada que lhe pertencesse. — Que porra é essa?!

Ela se afastou do quarto e ficou parada em frente à porta do pai. Bateu uma vez, baixinho, e encostou o ouvido na madeira. Não ouviu som algum, então bateu de novo, depois girou a maçaneta bem devagar.

A cama de Leonard estava vazia e bem-arrumada, como sempre, com quatro travesseiros na parte de cima e a conhecida colcha estampada, esticadinha e centralizada. Alice fechou a porta outra vez e voltou pelo corredor. Ursula miava, claramente pedindo para ser alimentada da forma mais elegante possível, então Alice pegou uma lata nova e a esvaziou no pote da gata — que estava no mesmo lugar, em uma bandejinha no chão da cozinha.

Quase tudo na cozinha parecia igual. Era assim quando a pessoa morava na mesma casa durante décadas e era como Leonard — algumas coisas eram compradas uma vez, por impulso ou necessidade: precisamos de um banquinho, então compramos o primeiro que apareceu, e bem, era aquele o seu banquinho e ponto final. Leonard nunca dera muita bola para design de interiores, ou qualquer tipo de design. Mas havia algo diferente na cozinha, e Alice levou alguns segundos para descobrir o que era.

Não havia cinzeiros.

Olhou para a mesa e não havia cinzeiro algum. Então olhou para a bancada da cozinha. A casa cheirava a lavanda e a sabão. Virou-se para a geladeira e pôs a mão no puxador, mas parou — uma foto dela estava presa à porta com um ímã que Leonard tinha desde sempre, um logo circular da NASA que compraram em um museu quando ela era pequena.

A foto parecia um cartão de fim de ano, era feita com fotógrafo profissional e impressa em papel grosso. Feliz Ano-Novo!, lia-se, em grandes letras douradas. Na foto, Alice estava com Leo e Dorothy no colo, e o menino segurava um caminhão de brinquedo na mãozinha gorducha. Tommy estava de pé atrás deles, envolvendo os ombros de Alice com as mãos como se fosse um massagista ruim.

A porta da frente rangeu e Alice levou um susto.

— Pai! — chamou, então se virou com o coração acelerado.

— Hum, não? — respondeu uma vozinha. Uma garota magricela de calça jeans azul e um moletom enorme acenou para ela da porta. — Eu sou a Callie, moro na casa ao lado, sabe? Estou tomando conta da Ursula enquanto o Leonard... o seu pai... está no hospital.

— Ah, sim — respondeu Alice, engolindo em seco. — Oi, Callie. Obrigada. Acabei de dar comida para a Ursula, mas com certeza ela adoraria receber um carinho.

— Tá bom — disse Callie, ainda parada na porta.

Alice tocou o cartão na geladeira e cobriu o próprio rosto com a ponta do dedo indicador.

— Então tá, obrigada — falou, e foi embora.

O horário de visitas começava às onze, então não poderia ir direto para o hospital. Olhou para as chaves na mão e começou a andar de volta para o San Remo. Não conseguia imaginar aquele lugar como seu lar.

38

As crianças gritaram quando viram Alice entrar pela porta da frente do apartamento. *Que coisa boa,* pensou ela, *um comitê de boas-vindas.* Pensara muito sobre as desvantagens de ter filhos — noites sem dormir, fraldas, um compromisso vitalício de amor e apoio —, mas não passara muito tempo ponderando os benefícios.

— Vou tomar um banho rápido e já volto! — avisou Alice.

Sempre tinha morado sozinha, e no momento lhe ocorreu que sempre tinha sido meio solitária, apesar de curtir o sossego, o espaço e a liberdade. No banheiro, Alice trancou a porta — não estava pronta para a intimidade total que, para Tommy, era tão natural — e tentou ligar para Sam. Em vez de deixar um recado quando a amiga não atendeu, Alice mandou uma mensagem: "Adoraria conversar. Por favor, me ligue quando puder".

Havia algumas diferenças em seu corpo: mamilos maiores e mais escuros, um mais do que o outro. A barriga macia e levemente curvada em direção à pelve, a pele cheia de pontos prateados e linhas curtas, como uma mensagem em código Morse que dizia: "Tive dois bebês". Parecia uma brincadeira, um jogo dos sete erros na última página de uma revista. O cabelo estava mais curto, e podia notar que era o corte mais caro que já tivera na vida — a cor era o loiro típico dos verões de infância, quando vivia debaixo do sol, mas era outubro, e já fazia duas décadas que não se via tão loira. Os shampoos eram caros, com embalagens artísticas, e Alice tinha certeza de que o enorme porta-sabonete líquido custava cinquenta dólares. Ainda não sabia o que Tommy fazia da vida. Parte dela sabia, claro, só não a parte que estava no comando naquele momento. Alice tinha muitas perguntas para fazer ao pai. Será que havia parado de fumar, só porque ela pedira? O que teria acontecido com sua outra vida, a que levava antes? Ainda estava acontecendo, sem ela, ou apertara o botão de reiniciar no mundo todo? Parecia uma responsabilidade grande demais. O pai tinha contado como as coisas funcionavam com um sorriso no rosto, não tinha?

Quando já estava de banho tomado, seca e vestida, Alice voltou para a sala de estar, onde encontrou as crianças e uma desconhecida — Sondra? — à mesa da cozinha, trabalhando em alguma coisa. Mas, claro, era Alice a desconhecida ali, não aquela mulher.

— Olha, mamãe! A Sondra ajudou! — disse Leo.

O menininho tirou algo da mesa e correu até ela. Era uma folha de papel cartão dobrada com um coração pontiagudo desenhado com giz de cera na parte da frente e LEO em letras de imprensa no interior.

— Obrigada — agradeceu Alice. — É perfeito.

Ela deu um beijo na cabeça do menino. Havia casamentos arranjados em várias partes do mundo, situações em que se entrava em uma sala com desconhecidos e saía de lá como família. As pessoas aprendiam a se amar todos os dias. Alice sentia como se tivesse entrado em um set de programa de TV, mas não do tipo *Irmãos do tempo*, e sim *Malcolm in the Middle* ou *Roseanne*, algo que tivesse sido filmado em um cenário com um sofá no centro e a câmera onde a TV estaria na vida real. Não parecia real, mas estava disposta a tentar. Então, pegou um giz de cera e uma folha de papel e começou a desenhar.

39

O hospital era igual ao que ela lembrava: diversos edifícios grandes e brancos de vidro agarrados à ponta superior de Manhattan, o rio Hudson logo abaixo. Uma faixa gigante que o anunciava como o décimo primeiro melhor hospital do país tinha sido estendida na Fort Washington Avenue, o que parecia um motivo de ostentação meio triste. Médicos e enfermeiros uniformizados formavam filas nos *food trucks* do lado de fora, profissionalmente imunes às ambulâncias e ao embarque e desembarque de doentes e moribundos. A familiaridade de tudo aquilo era reconfortante. Alice pensou mais uma vez no que Leonard dissera sobre a vida ser insistente. O pai não estava morto. Estava vivo, e ali, do mesmo jeito que o deixara.

Alice esperou dentro do hospital para fazer o check-in. Reconheceu dois dos homens na recepção, London e Chris, que, como sempre, sorriam e conversavam com todos os visitantes enquanto devolviam suas identidades. Quando chegou a vez dela, Alice parou de frente para a cadeira de London e sorriu.

— Olá, aniversariante! — O recepcionista jogou mechas de cabelo invisíveis para trás do ombro. — Olhe só você!

O saguão do hospital era arejado e com pé-direito alto, com uma Starbucks em uma ponta e uma loja de presentes que vendia ursos de pelúcia baratos e barras de chocolate na outra. Barulhento o bastante para que ninguém ouvisse as conversas, a menos que se esforçasse para isso.

— Como você sabia? — perguntou Alice.

London acenou com a carteira de motorista dela.

— Além disso, sou sensitivo.

— Entendi — respondeu Alice, envergonhada. — Foi ontem.

— Pode subir — avisou London. — Lembra onde é? O número do quarto está impresso no crachá — disse, entregando a carteira de motorista e o passe pelo vão da janela.

O hospital não era muito diferente do San Remo, em alguns aspectos. Vários grupos de elevadores e portas sem identificação levavam a lugares onde civis não deveriam entrar. Todos faziam o mínimo de contato visual possível. Alice pegou um elevador vazio e foi para o quinto andar, onde passou por dois conjuntos de portas duplas e pela sala de espera com uma boa vista do rio e das paliçadas cinzentas e íngremes do outro lado, próximas à ponte George Washington. Os corredores pareciam estéreis, com frascos de álcool em gel de cinco em cinco metros, mas ao mesmo tempo não tão limpos quanto era de se esperar, com bolinhas de poeira ao longo dos rodapés e pessoas tossindo no espaço fechado. Alice estava com frio, então fechou o casaco. Estava quase lá.

Não parecia justo. As coisas só deveriam continuar as mesmas quando se voltava no tempo, quando viajava na direção oposta. Alice presumira — percebeu, enquanto passava pelo último corredor — que aquela parte seria diferente, assim como seu apartamento no subsolo tinha sido substituído por um apartamento enorme e ensolarado com crianças fofas e uma babá. Presumira que, se resolvesse as coisas no passado, as coisas ficariam resolvidas, assunto encerrado. Todo mundo morria, é claro. Todo mundo morria *no fim*, em algum momento desconhecido no futuro. As pessoas só deveriam morrer quando seus entes queridos pudessem assentir, lamentar e dizer: "Já era a hora dele". O que Alice tinha feito se, no fim das contas, não desfizera o tempo? Seja lá o que realizara entre seu décimo sexto aniversário e aquele momento tinha mudado sua vida inteira, então, por que a situação de seu pai permanecia inalterada? Alice chegou ao quarto com cortinas fechadas onde estava Leonard. Havia um quadro na parede de fora com o nome dele e os nomes dos médicos e enfermeiros de plantão, além de todos os medicamentos que ele usava. A TV estava ligada, e dava para ver as legendas na tela. Era a previsão do tempo. *Mais quente do que a média, máxima de 18º C naquele dia e 21º C no dia seguinte. Talvez dure até o Halloween.* Alice segurou a cortina e a abriu.

Leonard estava na cama. Não havia tubos no nariz, nem fios no braço, nada preso exceto um acesso no antebraço que pendia como uma ponta de cenoura murcha. A camisola hospitalar estava coberta por um roupão de flanela que envolvia o corpo magrinho feito um cobertor. O quarto estava um gelo, como sempre. Os olhos de Leonard estavam fechados, mas a boca estava aberta, e Alice o ouvia respirando pelos lábios ressecados.

Sempre havia gente entrando e saindo dos quartos de hospital, era uma das coisas que tornava a experiência suportável. Um desfile interminável de médicos, enfermeiros, terapeutas de vários tipos e funcionários trazendo lençóis limpos. Havia sempre uma obrigação de voltar à civilidade e ao papo furado. Havia sempre um novo nome para aprender, uma saudação para oferecer. Naquele momento, havia uma mulher ali, parada perto da janela. Alice achou bom que ela estivesse tirando um tempinho para olhar para o Hudson antes de continuar entregando líquidos ou refeições ou conferindo os sinais vitais ou retirando o lixo, seja lá qual fosse o trabalho dela. Alice se aproximou do pai. A mulher se virou e sorriu.

— Alice — cumprimentou, segurando suas mãos com firmeza, como se tivesse pequenas garras de lagosta pálidas.

Cumprindo seu dever, Alice deixou que a mulher a segurasse, mas ela não se deu por satisfeita e continuou puxando-a até que os corpos se encontrassem em um abraço apertado. A mulher era pequena e agradavelmente densa, como uma boneca de neve, com uma coroa de cachos grisalhos.

— Oi — disse Alice. — Não acho que você seja médica.

A mulher se parecia com todas as terapeutas do Upper West Side que ela já vira na vida, ou uma diretora de Ensino Fundamental, profissão que exigia tanto ternura quanto pulso firme. Havia algo familiar no rosto dela, mas Alice não conseguia identificar o quê. Talvez fosse do balcão de queijos no Zabar's. Ou da fila da pipoca no cinema subterrâneo do Lincoln Plaza. Parecia a mãe de alguém. Alice teve um breve momento de pânico ao pensar que pudesse ser a própria mãe, mas não, era impossível.

A mulher riu.

— Nossa, imagina só? Você sabe como eu lido bem com sangue... Ela soltou suas mãos e se sentou na única cadeira do quarto.

— Como ele está hoje? — perguntou Alice.

— Está bem — respondeu a mulher. Havia uma bolsa grande a seus pés, e ela pegou uma pilha de tricô. — Mais ou menos como estava ontem.

Alice virou-se para o pai. Estava amarelado e pálido sob as luzes fluorescentes, com uma barba por fazer que, àquela altura, estava mais para uma barba de verdade. Tocou a mão dele.

— Oi, pai — murmurou.

— Como foi o resto do seu aniversário? As crianças fizeram alguma coisa? — perguntou a mulher.

— Foi bom, sim — respondeu Alice.

Em seguida, sentiu algo lhe cutucando as costas; virou-se na hora e viu a mulher segurando um envelope.

— Seu pai escreveu isso para você. Um cartão de aniversário, acho.

Era um envelope branco simples com o nome de Alice escrito na péssima caligrafia de Leonard. Ela o pegou com cuidado e o segurou com as duas mãos.

— Quando foi que ele escreveu isso?

— Não tenho certeza. Mas faz um mês que me entregou. E pediu que eu entregasse a você. Hoje. — Ela estreitou os olhos. — Ah, Alice... — A mulher a abraçou pela cintura. — Ele queria muito estar aqui para o seu aniversário.

— E está — retrucou ela, e então se afastou, embora a mulher resistisse.

— Vou deixar vocês dois a sós. Quer alguma coisa lá da cantina? Um sanduíche de alface empapado? — A mulher tinha olhos gentis. Alice fez que não. A mulher vasculhou a bolsa em busca da carteira, pegou uma nota de vinte dólares e guardou a carteira de novo. — Já volto.

Assim que ela saiu, Alice abriu o cartão do pai. A caligrafia era quase hieroglífica, mas conseguiu entender o que estava escrito: "Bem-vinda de volta, Al. Você vai se acostumar. Feliz aniversário, de novo. Com amor, pai". Não era o que queria encontrar ali, preferiria um: "Surpresa! Eu estou acordado! É só uma pegadinha!". Ou: "Tem uma chave secreta escondida debaixo da cama; encontre-a, e vai poder me ligar de novo, como um brinquedo de corda". Alice devolveu o bilhete ao envelope e o guardou no bolso de trás.

— Fala sério, pai, uma ajudinha teria sido legal — reclamou.

Enfiou a mão na bolsa da mulher, pegou a carteira e a abriu. O nome na carteira de motorista era Deborah Fink; a foto podia ter mais de uma década, e Deborah era mais magra naquela época, com cachinhos ainda castanhos que iam até os ombros. O endereço listado era na West 89th Street, a poucos quarteirões ao sul da Pomander. Alice já devia ter passado por ela na rua milhares de vezes, talvez até já tenha se sentado ao lado dela no ônibus, subindo ou descendo a Broadway.

Uma médica bateu à porta e enfiou a cabeça para dentro do quarto. Alice ficou petrificada, como se tivesse sido flagrada cometendo um furto. A médica era uma mulher negra e alta que andava com um estetoscópio, que tinha um pequeno coala de brinquedo pendurado, o que a fez pensar que parecia uma pediatra. Todo mundo gostaria mais dos médicos se sempre parecessem pediatras. Ela também queria uma caixa de adesivos e brinquedinhos, além de prêmios por ter conseguido fazer algo difícil ou assustador.

— Ah, oi — respondeu Alice, guardando a carteira na bolsa de Deborah e, no processo, se espetando com uma agulha de tricô. — Ai. Estou bem. — Em seguida, apertou a mão recém-higienizada da médica.

— Eu sou a dra. Harris, estou de plantão hoje. Você é a filha do Leonard? — A dra. Harris tirou mais álcool em gel do dispenser na parede e esfregou as mãos enquanto falava.

Alice fez que sim.

A médica entrou no quarto. Era incrível ver como algumas pessoas conseguiam se sentir confortáveis em meio à doença, perto de corpos que estavam falhando em fazer o que deveriam. Mas, claro, era aquilo que se esperava dos corpos: que falhassem. Era Alice quem estava errada, tentando nadar contra a maré.

— Falei com a sua madrasta ontem e vou falar com ela de novo hoje. O seu pai está estável, por enquanto. Mas quero pedir aos médicos de cuidados paliativos para conversar com vocês duas e dar uma noção do que está por vir e como garantir que ele fique confortável. Acho que em breve teremos que conversar sobre uma transferência para o andar de cuidados paliativos. — A dra. Harris fez uma pausa. — Você está bem?

Alice não estava bem.

— Claro — respondeu. — Sabe como é.

— Sei, sim. — A dra. Harris olhou para Leonard. — O seu pai tem sido um guerreiro. Ele é um homem forte.

— Obrigada — disse Alice.

A dra. Harris abriu um sorriso discreto e saiu, parando do lado de fora para anotar uma observação no quadro.

— Desculpa não ter contado — falou Alice. — Gostei mais da sua versão. Saudável, bonito e morando na casa da Pomander. — Ela baixou a voz. — Eu me casei. Tenho dois filhos. Não sei se tenho um emprego. Como eu faço para descobrir se tenho um emprego? Não sei como isso funciona, pai. Devia ter feito mais perguntas.

Leonard fez um barulho, poderia ser desconforto, dor ou só um ruído involuntário durante o sono, Alice não sabia. Inclinou-se e pôs a mão sobre a dele.

— Pai, está me ouvindo? Desculpa não ter contado. Mas estou aqui, estou de volta. Sou eu. — A língua de Leonard se mexeu dentro da boca, como a de um papagaio. — Eu estava lá e agora estou aqui, está tudo diferente, e não faço ideia de que merda está acontecendo.

Aquela parte estava igual. Era como se Alice tentasse falar com o pai do outro lado de um abismo gigantesco. Ninguém entenderia todas as palavras, e era bom que já tivessem dito o que precisava ser dito. Não tinha a ver com a situação daqueles que se viam sentados no leito de morte de um ente querido de quem estavam afastados, à espera de um único pedido de desculpas ou da senha para um cofre cheio de amor e ternura. Alice e o pai sempre tinham sido bons amigos. Era a sorte, ela sabia, a mais pura sorte, que concedia personalidades complementares a algumas famílias. Alice só queria mais tempo.

De repente, um som de cortina se abrindo lhe chamou a atenção. Deborah estava de volta, trazendo batatinhas, uma barra de chocolate Snickers e dois cafés.

— Pra você — disse ela. — Pode escolher.

Alice enxugou os olhos e pegou o café da mão esquerda de Deborah.

— Madrasta — falou.

Deborah acenou com a mão livre e derrubou as batatinhas no chão. As duas se abaixaram para pegá-las, esbarrando-se no espaço apertado ao lado da cama de Leonard.

— Ah, por favor, meu bem — disse ela. — Você sabe que eu sou só a sua Debbie.

— Eu sempre quis que ele encontrasse alguém — comentou Alice. — De verdade.

— Eu sei — respondeu Deborah. Debbie. Sua madrasta, Debbie, que a chamava de *meu bem*. — Ele nunca me chamaria para sair se não fosse por você.

— Posso ficar com o chocolate também?

— Que eu saiba, meu amor, ainda é o seu aniversário. Você pode ter tudo o que quiser.

Debbie avançou até que as pontas dos sapatos das duas se tocassem e, depois, se esticou para dar um beijo na testa de Alice. Ela cheirava a leite quente, café ruim e perfume de jasmim. Alice pensou em todas as matérias que já lera, nos livros de autoajuda com todos aqueles conselhos idiotas para que as mulheres pudessem ter tudo e em como o simples fato de contar todas as coisas que tentávamos equilibrar em uma só vida já era, na verdade, subestimar, e muito, a realidade.

— Vou tentar — disse Alice.

40

Tommy tinha dito que a festa seria casual, mas depois disse que os fornecedores chegariam às quatro para que tudo estivesse pronto por volta das seis, e o barman chegaria às cinco, mas as bebidas já tinham sido entregues. Quando pessoas com camisas brancas e coletes pretos começaram a chegar, Alice concluiu que ela e Tommy tinham definições muito diferentes para a palavra "casual".

Conseguia se lembrar de algumas coisas, por exemplo, de querer a festa. Ela sempre queria uma festa, mas depois não curtia.

O armário dela era incrível: não chegava a ter os cabides automatizados de Cher Horowitz em *As patricinhas de Beverly Hills*, mas não estava muito longe disso. Além de todos os vestidos vintage, muitos dos quais reconheceu, e a pilha de calças jeans azuis, o armário estava recheado de peças de grife caras e bem-feitas que Alice jamais teria condições de comprar com o salário da Belvedere. *Ok*, pensou. *Agora sim...* Aquela era a parte divertida de viajar no tempo, era o tipo de cena que conhecia. Alice foi passando a mão pelas roupas como uma participante de *Supermarket Sweep*. Deixou a porta do armário aberta e se sentou de volta na cama. Queria saber quem iria à festa, então abriu o e-mail e começou a rolar a tela. Era quase tudo lixo, como sempre. Fez uma busca por "Belvedere" na caixa de entrada, e cerca de mil mensagens apareceram — sobre formulários de vacinação, arrecadação de fundos da escola, presentes de fim de ano para os professores...

— Caralho, eu sou uma *mãe* — disse a si mesma.

Não era só mãe, era uma mãe da Belvedere. Havia uma variedade de pais e responsáveis, é claro, mas a variedade estava mais para uma poça d'água do que para um rio. Leonard sempre se destacara, com as camisetas e os tênis deselegantes, mas ganhava dinheiro o bastante para ser apenas excluído, não menosprezado. Alice tivera muitos amigos que trabalhavam na Belvedere e levavam os filhos para estudarem lá. Melinda, por exemplo, assim como quase todos os funcionários que tinham crianças. Era uma grande vantagem, uma mensalidade bem reduzida para filhos de professores e funcionários de outros setores, embora Alice soubesse, por alguns de seus amigos, que a grande redução tinha minguado com o tempo. Esses eram os pais da escola de que ela gostava. Os outros — os pais que pagavam inteira, como Emily e Alice os chamavam — não eram tão legais.

Mas Alice os conhecia bem. Tirou alguns vestidos do armário — esvoaçantes, justos, com estampas elaboradas ou até com algumas penas — e os espalhou em cima da cama. Era como brincar de vestir bonecas, mas na própria vida. Naquela versão de sua vida, pelo menos.

Dorothy entrou devagarinho para ver a mãe; no mesmo instante, passou a mãozinha cheia de geleia na colcha e foi seguindo para um dos vestidos, uma peça bege que parecia ideal para uma freira muito, muito rica.

— Oi, Dorothy — disse Alice. — Gostou desse?

A filha lambeu a palma da mão e balançou a cabeça.

— Gostei do rosa.

O rosa era muito bonito, Alice teve que admitir. Tinha gola alta com um babado largo que a fez se lembrar do vestido de baile de formatura em *A garota de rosa-shocking*; a saia ia até o meio da coxa, de onde continuava com penas suficientes para uma dezena de avestruzes.

— Não acha muito exagerado? — perguntou.

Dorothy fez que não vigorosamente.

— É *tipo um flamingo*.

A filha parecia ser bem direta. Alice tinha certeza de que a amaria demais, se fosse mãe dela, se conseguisse se lembrar de como era ser mãe de Dorothy. Sentia alguma coisa — amor, quem sabe, ou devoção — entrando no quarto como uma nuvem invisível. Não era exatamente como imaginava a maternidade, mas o que Alice sabia a respeito disso, afinal? Mal se lembrava de estar no mesmo ambiente que a própria mãe — tinha três ou quatro memórias e olhe lá; todas as outras lembranças eram de interações à distância, depois de Serena ter ido embora. Todos sempre lhe diziam que era difícil uma mãe perder a guarda dos filhos, mas não era tão difícil quando a mãe estava de acordo. A maternidade parecia ser como esquiar ou cozinhar refeições elaboradas do zero: claro, qualquer um poderia aprender a fazer aquilo, mas era muito mais fácil quando, desde novinhos, tínhamos referências de pessoas próximas com um bom domínio da atividade.

Sondra chamou Dorothy, e a menina voltou correndo para a cozinha, onde o jantar estava sendo servido para as crianças. Alice deu uma olhada no celular de novo; tentou ligar para Sam, mas a amiga continuava sem atender. A mãe deixara uma mensagem, o que era praticamente a única parte de sua vida que parecia inalterada. Havia alguns recados de pessoas cujos nomes ela não reconhecia, todas lhe desejando um feliz aniversário atrasado. Alice era popular.

Tommy entrou e fechou a porta. Estava suado de novo, usando roupas de ginástica. Um casamento entre pessoas ricas com filhos pequenos parecia envolver os pais se revezando para se exercitar e, em seguida, tomar um banho. Alice lembrou-se do sexo que fizeram e de como, para ele, devia parecer já ter se passado uma eternidade.

— Oi — cumprimentou. — Você se lembra de quando a gente transou no meu aniversário de dezesseis anos?

— Opa — disse Tommy. — Você ligou para o bombeiro? Ainda tem um vazamento nos fundos do meu escritório; deve estar vindo do apartamento de cima.

— Claro — respondeu Alice.

Estava só de lingerie, que era de ótima qualidade, do tipo que vinha em uma caixa, rodeada por papel de seda, e que deveria ser lavada à mão. Alice estava acostumada a comprar calcinhas em embalagens de três e a usá-las até o algodão ficar manchado ou rasgado demais para ignorar. Por fim, jogava as peças velhas no lixo e comprava mais.

— É ótimo, não acha? — perguntou, passando a mão no sutiã de renda.

— É, sim, vejo pelas faturas do cartão de crédito. — Tommy tirou a camisa. — Como está o seu pai? A Debbie também estava lá?

— Estava, sim. Ela foi muito legal. O meu pai não está falando, mas fez alguns ruídos. Acho que ele sabia que eu estava lá. Com certeza sabia que eu estava lá — disse Alice, mas não tinha tanta certeza.

O que era definitivo? O que era real? Estivera ao lado do pai, segurara a mão dele. Nenhum dos livros sobre luto que havia comprado e mal tinha lido mencionava aquele tipo de cenário. Ou talvez simplesmente não tivesse lido com a devida atenção. Vai ver tinham capítulos secretos, escritos apenas para pessoas como ela, como o manual de *Beetlejuice*. Uma informação não era necessária até que se precisasse dela. Alice sentou-se na cama e olhou para os livros empilhados na mesinha de cabeceira. Brené Brown, Cheryl Strayed, Elizabeth Gilbert. Parece que, se Oprah tivesse lido e amado um livro, Alice o comprava. Não havia um livro que não reconhecesse. Tommy entrou no banheiro, e ela ouviu o chuveiro sendo ligado e começando a molhar as paredes de azulejo. Havia uma gavetinha na mesa de cabeceira, e ela a abriu, guardou a carta do pai e a fechou de novo, em silêncio. Estava passando *Vila Sésamo* na sala de estar. A letra do dia era "L". Os filhos de Alice gritavam alegremente.

Sondra deu uma volta rápida com Leo e Dorothy pela festa, para que os dois dessem um oi aos convidados e fizessem reverências graciosas. De repente, Alice sentiu vontade de segui-los até os quartos e se aninhar com eles debaixo das cobertas, aquecida pelo calor dos corpinhos, mas estava usando o vestido de flamingo, e aquela era sua festa, então não podia sair. Sam ainda não retornara as ligações, e Alice estava começando a entrar em pânico. Leonard explicara que era como uma rampa, um escorrega para a frente, e era ali que tinha ido parar. O que quer que tivesse feito, quaisquer decisões que tivesse tomado, tudo a levara àquele momento. Estava fazendo listas mentais, tentando juntar todas as peças do que tinha acontecido no meio-tempo. O casamento, claro, e as crianças. Mas Alice ainda estudara artes na faculdade — alguns de seus projetos estavam pendurados nas paredes — e ainda amava as mesmas coisas. A geladeira estava cheia de sopa *avgolemono* do Fairway, de pão chalá do Zabar's e de salmão defumado do Murray's, e seus livros favoritos ainda estavam na estante, nas edições que sempre tivera. Alice sorria para todo mundo que entrava no apartamento, sentindo-se com uma amnésia festiva. Contanto que ninguém lhe fizesse perguntas diretas e significativas, ficaria bem. Como já frequentara muitas festas parecidas nas casas dos pais da Belvedere, Alice realmente achava que havia uma boa chance de conseguir escapar ilesa daquela situação se falasse sobre quais eram os aperitivos mais gostosos e bombardeasse as pessoas de perguntas depois que mencionassem a reforma que estavam fazendo em casa.

O apartamento se encheu depressa. Os casacos iam sendo pendurados em cabides apropriados em um longo suporte de metal no grande hall de entrada, e os garçons atravessavam a sala de estar carregando bandejas de aperitivos. A sala estava cheia de pessoas bem-vestidas, e músicas que Alice adorava saíam de alto-falantes embutidos que não sabia manusear. Os pais mais esnobes ficavam juntos em um grupinho pequeno, em número suficiente para caberem em um veleiro. Como sempre.

Tommy era um bom anfitrião; Alice o observava circular pela sala. Tocava as mulheres com delicadeza nas costas ou nos ombros, de um jeito que não era lascivo nem condescendente. Parecia amigável, embora impessoal, como alguém concorrendo a um cargo político. Os dois trocaram olhares, um em cada lado da sala, e ele piscou várias vezes, como um flerte. Era aquilo que ela queria? Era algo em que tinha pensado, por mais que mal quisesse admitir para si mesma. Já frequentara aquele tipo de festa e observara os anfitriões ricos desfilando pela sala, cheios de confiança construída em quadras de tênis e pistas de esqui, fazendo tudo com muita generosidade porque tinham muito a oferecer. Já vira aqueles casamentos de perto, já fofocara sobre aqueles casamentos, debochara de tudo.

Mas o jeito como Tommy a olhava não era brincadeira, e a sensação que Alice estava experimentando também não. Quase chegava a parecer — mudando de viagem no tempo para fantasia, já que os gêneros eram, basicamente, primos bem próximos — aquela parte do conto de fadas em que a princesa se vê caindo em um feitiço mágico e deve se forçar a permanecer acordada. Alice via direitinho como seria fácil se deixar levar.

— Uma ótima festa — comentou para um dos garçons, pegando uma taça de champanhe da bandeja. — Obrigada.

O garçom assentiu e se virou para o próximo convidado.

A mulher que Alice encontrara durante a corrida naquela manhã fez contato visual com ela da porta e, assim que tirou o casaco, começou a caminhar pela sala. Alice escolhera um lugar perto da janela, com as estantes atrás, o que significava que estava em um ponto de difícil acesso. Para chegar até ela, seria necessário contornar por um dos lados do sofá e, se optasse pela direção errada, a pessoa teria que se espremer entre a mesa de centro e os joelhos de todos que estavam sentados, ou se contorcer ao redor de uma mesinha lateral e evitar derrubar um abajur.

Mary-Catherine-Elizabeth tinha coxas muito eficientes e conseguia superar qualquer obstáculo. Atravessara a sala em um minuto e no caminho ainda pegara um minisanduíche de lagosta. Alice a viu dobrar e enfiar o sanduíche inteiro na boca, abrindo os lábios o suficiente para que os dedos não borrassem o batom.

— Com licença — disse, quando Mary-Catherine-Elizabeth já estava bem próxima.

Ela ainda estava mastigando, então levantou o dedo, pedindo a Alice que esperasse, mas ela já ia se esquivando pelo lado mais estreito do sofá, serpenteando pela fileira de pernas à frente, as penas da saia fazendo cócegas nos tornozelos de todos.

Havia uma pequena fila para o banheiro. Alice sorriu para as mulheres, que sorriam de volta para ela. Os homens estavam agrupados no hall de entrada, usando seus uniformes de camisa de botão, algumas para dentro e outras para fora das calças. Os pais com as camisas para fora eram os mais ousados, que não trabalhavam com finanças; ou eram advogados, ou vinham de famílias ricas o suficiente para que os bens passados de geração em geração os livrassem da necessidade de trabalhar — um grupo que se dividia em subgrupos: documentaristas que faziam filmes sobre tráfico humano ou drogados gananciosos e com sede de poder que só queriam dar orgulho aos papais. Eles a cumprimentaram com acenos de cabeça e de mão. Nenhum parecia querer falar com ela mais do que ela queria falar com eles. Tommy estava reunido com um grupinho de homens próximo do bar, com a mão no ombro de outro homem. Era assim que funcionava? Os casais apenas se olhavam do outro lado da sala e depois talvez transassem, sabendo que cada um provavelmente se empolgara com a conversa de outras pessoas? Alice olhou para o celular, desejando que Sam ligasse. Será que a amiga viria? Estava com vergonha demais para perguntar a Tommy.

Alice esbarrou em uma das garçonetes e quase derrubou uma bandeja de miniquiches no tapete.

— Desculpa — pediu. — Emily!

Emily se endireitou, toda vermelha.

— Não, eu que peço desculpas, dei o maior esbarrão em você.

— Não, fui eu que esbarrei! O que você está fazendo aqui? — Alice e Emily se encostaram na parede do corredor para deixar outros garçons passarem.

— Estou surpresa que você saiba o meu nome... Hum, uau, sei lá, eu trabalho de garçonete mais como um bico. Ainda estou na Belvedere. — As bochechas dela estavam magenta.

— Claro — disse Alice. — Não quis causar constrangimento. Estou feliz de ver você! Como está Melinda?

Emily recuou o queixo.

— Melinda? Está bem, imagino? Ela se aposentou há uns dois anos, eu acho? Você foi entrevistada pela Patrícia quando foi lá com a Dorothy, pelo que eu me lembre.

— Claro — respondeu Alice. — Devo ter esquecido. E você, como está? E o Ray?

Alice se sentiu inebriada. Era óbvio que naquela vida, naquela linha do tempo, naquela realidade, não deveria saber nada a respeito da vida particular de Emily. Mal a conhecia! Mas estava louca de vontade de ter uma conversa real.

Era impossível que o rosto de Emily se contorcesse ou ficasse mais vermelho, ou ela teria entrado em combustão.

— Estou bem, sim. Se o Ray está bem? A gente já falou sobre o Ray, por acaso? Enfim, preciso levar essas quiches para os seus convidados.

Emily deslizou de costas pela parede para contornar Alice, que teve que sair da frente da grande bandeja prateada. Nos alto-falantes, tocava uma música do Talking Heads: *This is not my beautiful house, this is not my beautiful wife*. A porta do banheiro finalmente se abriu, e Sam saiu dali.

Alice arfou, aliviada. Em seguida, envolveu-a pelo pescoço e a puxou para um abraço, antes de ser interrompida pelo volume do tamanho de uma bola de praia entre as duas. Alice olhou para a barriga de Sam.

— Ah, caramba, sinto muito — disse.

A amiga revirou os olhos.

— Não precisa sentir muito — retrucou. — Foi uma gravidez planejada.

Alice pegou Sam pela mão e a puxou pelo corredor até o quarto, deixando um rastro de penas de flamingo pelo caminho.

41

Sam se sentou na cama sem esperar ser convidada e tirou os sapatos.

— Os meus pés estão inchados, é tipo tentar andar em cima de duas almôndegas.

Ela levou um dos pés para cima do joelho oposto e começou a esfregá-lo.

— Quantos filhos você tem? — questionou Alice. — O seu marido é o Josh, né? Que você conheceu na faculdade? Em Harvard?

— Meu Deus, Alice. — Sam deixou o pé pesado cair de volta no chão. — Por acaso está tendo um derrame?

— Não, estou bem... — Ela se interrompeu. — Não estou bem. Quer dizer, devo ficar bem, mais cedo ou mais tarde, mas agora parece que estou em uma situação meio... estranha?

Alice andava de um lado para o outro na frente da cama, e as penas seguiam o movimento. Parou diante da janela e olhou para o parque. Algumas árvores já apresentavam tons de laranja e amarelo. Quase um dia inteiro havia se passado. O tempo ia continuar, incansável. Precisava tomar uma decisão.

— Você se lembra do meu aniversário de dezesseis anos?

Pelo reflexo da janela, Alice viu a amiga virar o corpo na sua direção. A barriga estava com o formato de uma bola de basquete perfeitamente esticada. Parecia até um relógio tridimensional. Daquela vez, Alice sabia qual era a sensação de ter alguém nadando dentro do próprio corpo. Sentiu um fantasminha tremular perto do umbigo, como um lembrete.

— Eu lembro — disse Sam. — Você lembra?

Samantha Rothman-Wood não abriria mão delas duas, pensou Alice com uma gratidão infinita. Não havia amiga melhor do que uma amiga adolescente, por mais que aquela adolescente crescesse. Ela se virou e voltou para a cama, acomodando-se com as penas da saia ao lado de Sam.

— Tenho dois filhos e esse é o meu terceiro. Sou casada com o Josh, e nos conhecemos em Harvard. E você, Alice? De onde veio? Para onde foi? — A amiga falava em uma voz suave.

Sam era uma boa mãe. Cozinhava, brincava, deixava as crianças assistirem à TV, amava o pai delas, fazia terapia. Se Alice pudesse ter escolhido uma mãe, teria escolhido Sam.

— Quando você não atendeu hoje — disse Alice —, fiquei com medo de ter acontecido alguma coisa, sabe? Entre nós?

Sam riu.

— Sim, aconteceu uma coisa. Juntas, temos quatro filhos e meio. Você sabe como é difícil achar um momento em que ninguém está chamando o seu nome, ou tocando o seu corpo, ou precisando de ajuda para ir ao banheiro?

— A gente já falou disso alguma vez? Desculpa. Estou me sentindo uma péssima amiga no momento, porque não só compartilhei uma informação bem grande, bem estranha e bem maluca, como agora também não faço ideia se é um assunto que simplesmente fingimos que nunca aconteceu. Faz sentido? — Alice enterrou o rosto entre as mãos.

Sam pôs a mão na barriga, e Alice notou que estava se mexendo; quem quer que estivesse ali dentro estava dando pitacos na conversa.

— Então você é tipo a Jenna de *De repente 30*, só que *De repente de 40 para 16 e depois 40 de novo*? Mais ou menos isso?

— Exatamente — respondeu Alice, afundando ao lado de Sam e encostando a cabeça no ombro da amiga.

— Que doideira — comentou ela. — Mas tudo bem. — E fez uma pausa. — Ou eu acredito em você de novo, ou acredito que você tenha psicose contínua, o que, pensando bem, é quase a mesma coisa. Você acredita que isso esteja acontecendo com você, e eu acredito que você acredita. E obviamente o Leonard também acreditou.

— Por que diz isso? — perguntou Alice.

Alguém bateu à porta, então Tommy enfiou a cabeça para dentro do quarto. As duas se viraram para olhá-lo.

— Que programa de índio... — comentou ele.

Então fez cara de que talvez estivesse encabulado... se é que alguma vez já tenha ficado encabulado com alguma coisa que não fosse pedir um boquete.

Alice começava a se lembrar de mais coisas. Era como ver alguém pintar uma tela gigante em alta velocidade, ver o branco ser preenchido com detalhes.

— Não se diz mais esse tipo de coisa — corrigiu. — Espere um pouco, já vou voltar para lá.

Tommy assentiu e saiu do quarto.

— Por que foi que eu achei que me casar com o Tommy seria a resposta para qualquer coisa? — perguntou Alice. — Quer dizer, era exatamente assim que eu imaginava a vida de adulta, tudo isso... — Ela gesticulou para o quarto. — E as minhas roupas são foda. Sabe quantos sapatos eu tenho? As crianças são lindas, e engraçadas, e...

Alice pensou no pai. Seja lá o que tenha feito ou dito, não fora suficiente. Não contara a ele tudo o que precisava.

— Entendo. Acho — disse Sam. — Você pode fazer isso de novo, não pode? Não é assim que acontece no livro?

— Que livro? — perguntou Alice. — Sei lá.

— *Aurora do tempo*. A melhor ideia que já tive na vida e pela qual não fui paga, sabe?

— Não sei do que você está falando.

— Peraí — respondeu Sam.

Ela saiu da cama, depois saiu do quarto ainda descalça, do jeito mais elegante que uma pessoa extremamente grávida poderia andar. Alice se levantou e começou a roer as unhas feitas. Logo em seguida, Sam voltou a abrir a porta, deixando entrar a barulheira da festa. Em uma das mãos, trazia uma pilha de camarões em um guardanapo, e, na outra, um livro.

— Aqui — falou Sam, passando-o para Alice. — Vá em frente, eu seguro as pontas para você.

Alice olhou para o livro. Era laranja, com letras enormes, letras que ocupavam quase a capa inteira: *Aurora do tempo*, de Leonard Stern. Ela abriu o livro e leu a orelha: "Uma nova aventura no tempo escrita por Leonard Stern, autor do fenômeno mundial *Irmãos do tempo*". Era exatamente o que tinham conversado enquanto tomavam sorvete. "No último ano do Ensino Médio, Aurora Gale não esperava que a própria formatura seria memorável, mas, quando acorda na manhã seguinte, aos trinta anos, logo entende que tem um mistério a resolver. Será que essa garota brilhante vai voltar à vida normal, ou ficará presa para sempre, indo e vindo entre dois pontos diferentes da própria existência?"

O copyright era de 1998, ano em que a própria Alice se formara no Ensino Médio.

— Isso é real? — perguntou.

O pai tinha conseguido; Alice sabia que conseguiria, e conseguiu mesmo. Virou o livro e olhou fixamente para a foto de Leonard que ocupava toda a quarta capa. O rosto dele, em preto, branco e cinza. Era uma fotografia de Marion Ettlinger, Alice sabia — ela fotografara todos os escritores importantes da época, e seu estilo, prateado e reluzente, era inconfundível. A imagem era bem nítida, dava para ver cada fio de cabelo do pai. As sobrancelhas de Leonard estavam arqueadas, como se não estivesse esperando ser fotografado, como se Marion tivesse acabado de encontrá-lo por acaso com o queixo apoiado na mão. Usava camiseta e jaqueta de couro pretas, e os olhos encaravam a câmera fixamente.

— Ok — disse Alice, segurando o livro com firmeza. — Eu amo você.

Sam deu um beijo em sua bochecha.

— Até o futuro. — Então sorriu e abriu a porta.

42

O Upper West Side era lindo à luz do dia, bastava ignorar os executivos, os mauricinhos, os banqueiros e as cadeias de lojas reluzentes que engoliram todas as fachadas características da juventude de Alice. Mas o lugar era ainda mais bonito à noite, quando todas as lojas fechavam, e as ruas tranquilas resplandeciam sob o brilho dos postes de luz. Alice sempre amara a caminhada do apartamento de Tommy até sua casa — o pai lhe comprara um apito antiestupro quando Alice tinha doze anos, só por precaução, e ela vivia com o apito no bolso, junto das chaves mais afiadas, sempre prontas para serem usadas. Apesar de precisar estar atenta a todos os homens no raio de um quarteirão e à proximidade de cada um — o radar interno que todas as mulheres tinham naturalmente —, Alice adorava andar sozinha à noite. Quanto mais tarde, melhor. Andou pelo meio da rua, com o celular em uma das mãos e um exemplar de *Aurora do tempo* na outra, movimentando os braços como se andasse pelo shopping com uma missão. Subiu a Central Park West até passar pelo Museu de História Natural, que estava fechado, mas com as torres arredondadas em cada ponta ainda iluminadas, pequenos faróis cheios de dinossauros. Alice virou na 81st Street e passou correndo pela fileira de porteiros uniformizados com mãos a postos. Atravessou a Columbus e seguiu pela ladeira até a Amsterdam, onde os bares estavam bombando, e multidões de pessoas fumavam vape do lado de fora, algumas até ignorando o celular por tempo o suficiente para paquerar um pouco. Muitos lugares da infância de Alice não existiam mais, como o Raccoon Lodge, onde sua babá mais descolada encontrava o namorado motoqueiro, e o pequeno estábulo de equitação em uma garagem convertida da 89th Street, onde Alice tinha implorado a Leonard que a deixasse fazer aulas, quando criança. Mas Nova York era assim mesmo: todos viam os lugares que amavam, onde já tinham beijado alguém ou chorado, se transformarem em outra coisa.

Duas moças — mais novas do que Alice, talvez universitárias — estavam apoiadas uma na outra, recostadas na carcaça abandonada de uma cabine telefônica, prestes a se beijar, ou a vomitar, ou ambos.

— Amei o seu vestidooooo — disse uma delas, e Alice sorriu.

Mulheres podiam lhe dizer qualquer coisa que ela sorriria; se um homem tivesse falado aquilo, Alice teria fechado a cara e atravessado a rua. O celular em sua mão vibrou: mensagem de Tommy. "Cadê você, porra?" Não vira as mensagens anteriores: "Alice? Alice, cadê você? Está na hora do brinde". Dava para imaginar o rosto dele se contraindo de raiva. Quando foi que o tinha visto irritado assim? No Ensino Médio, Tommy nunca se irritava com nada, pelo que Alice lembrava. Ferrar com a nota do vestibular errando duas questões? Tirar dois na prova de uma matéria avançada? Não entrar para o time de basquete da escola? A vida deles acontecera dentro de uma bolha tão fechada que os problemas reais teriam que ser especialistas em arrombamento para conseguirem invadir. Gente rica tinha problemas, claro — os pais de Tommy eram frios e ausentes, a avó era uma notória beberrona, fora outras possíveis situações das quais ninguém sabia —, mas Alice nunca tinha visto o que acontecia com Tommy em casos de raiva real, se ele ficava triste ou azedo, se guardava a raiva ou a botava para fora. Era o tipo de coisa que levava anos para descobrir: quais hábitos acabariam se transformando em traços imutáveis. Parte dela sentia-se animada de estar naquela etapa de um relacionamento, a parte chata, o platô no topo da montanha. E os filhos. Apertou o passo, correndo o mais rápido que os seus mules permitiam, e atravessou a Amsterdam na 85th Street, enquanto as penas do vestido faziam cócegas nas panturrilhas agora frias.

A duas portas da esquina, em uma lojinha que antes vendia contas tibetanas, havia uma vidente. Uma grande bola de cristal de néon ocupava meia vitrine. Dava para ver que a sala tinha sido bloqueada, de modo que quem entrasse ali era obrigado a se sentar em uma das duas cadeiras fofas do outro lado do vidro, à vista de todos os passantes. Uma das cadeiras estava ocupada por uma moça de sobrancelhas bem fininhas. O olhar de surpresa perpétua parecia uma escolha inusitada para uma vidente, mas Alice parou mesmo assim.

A mulher se levantou devagar, como se o futuro fosse esperar. Alice enfiou o celular no bolso de trás e abriu a porta. De perto, o lugar parecia ainda mais encardido, e dava para ouvir um episódio de *Law & Order* vindo de uma televisão invisível do outro lado da parede fina.

— Quer saber o futuro?

— Quanto? — perguntou Alice.

— Vinte dólares a leitura de mão, 25 o mapa astral e cinquenta o tarô. Noventa os três. — A mulher a olhou de cima a baixo. — Belo vestido.

— Tá — disse Alice. — Obrigada. O que for mais rápido.

Então passou espremida pela mulher e se sentou na cadeira do outro lado da vitrine, o livro no colo.

A mulher estendeu a mão, e Alice fez o mesmo. Então a vidente jogou o rabo de cavalo por cima do ombro e puxou a palma de Alice para mais perto.

— Quando é o seu aniversário? — perguntou.

— Foi ontem — respondeu, evitando fazer uma piada sobre videntes.

— Ontem! — repetiu a mulher, então ergueu os olhos. — Parabéns.

— Obrigada. É uma data estranha. Uma idade marcante e estranha. Ou será que foi um aniversário marcante e estranho? As duas coisas.

A mulher examinou a mão de Alice, a parte da frente e a parte de trás, segurando-a entre as próprias mãos como se fosse a panqueca mais delicada do mundo.

— Sol em Libra, lua em... Escorpião?
— Não faço ideia — respondeu Alice.

Aquilo parecia a parte agradável de ir fazer as unhas, quando tesouras e alicates já tinham sido deixados de lado, e a manicure simplesmente segurava sua mão e dedicava atenção a ela por alguns minutos.

— Sabe que horas você nasceu? Qual ano? E onde?
— Hum, umas três da tarde? 1980? Aqui. Manhattan.

A mulher sorriu, orgulhosa de si mesma.

— Lua em Escorpião. Também sou de 1980. Março. Qual hospital?
— Roosevelt.

Alice conseguia imaginar os pais na sala de parto, Leonard em modo repetição, segurando a mão da mãe dela, botando compressas frias na testa de Serena, então vendo o corpo vermelho e escorregadio de Alice deslizando para os braços do médico. Qual era o significado de Leonard voltar àquele dia e ela voltar àquela festa idiota, onde ficara bêbada e vomitara e fora uma garota infeliz, assim como em todos os outros dias de sua existência adolescente? Parecia um desperdício para ambos. Leonard já vivera dias emocionantes, mais emocionantes do que Alice jamais viveria.

— Não tem a ver com a leitura, só fiquei curiosa.

À luz da bola de cristal rosada, o rosto da mulher estava vermelho. *Uma iluminação melhor teria ajudado o negócio*, pensou Alice, *ainda mais no Upper West Side atual, onde todo mundo queria que os consultórios dos dentistas e os espaços de coworking parecessem showrooms de design de interiores.*

— Bem, funciona assim: você faz uma pergunta, eu respondo. Baseada no que vejo na sua mão e no seu signo. E, como é o seu aniversário, também vou tirar uma carta. Agora feche os olhos, respire fundo três vezes e pense na pergunta. Não posso responder perguntas sobre outras pessoas, como "Será que o meu homem está me traindo?", esse tipo de coisa. Faça uma pergunta que envolva "como" ou "por quê". Entendeu?

Alice obedeceu. Estava cheia de perguntas na cabeça. *Será que quero estar casada com o Tommy? Será que quero ter filhos? Como faço para manter o meu pai vivo? Que merda eu deveria fazer da vida? Qual vida, aliás? Eu tenho um emprego? Alguma outra vida é melhor do que essa? Como é que eu faço para saber qual vida escolher?* Cada pergunta era mais constrangedora do que a outra; não dava para falar aquilo em voz alta, nem mesmo para uma completa desconhecida. O peito de Alice se expandiu e se contraiu no mesmo ritmo que o da vidente. Ela respirou fundo e tomou uma decisão. Em seguida, abriu os olhos.

— Como eu faço para saber se estou vivendo a vida certa?

A mulher soltou sua mão, pegou um baralho de tarô e o colocou na mesa.

— Corte o baralho — pediu. — De novo. Agora, pegue a carta de cima.

Alice virou a carta. Um garoto de roupas coloridas com uma trouxinha presa a um bastão estava parado à beira de um penhasco, claramente prestes a cair nas rochas abaixo. O Louco, lia-se, em letras grandes, na parte inferior da carta. Um cachorrinho branco mordiscava os calcanhares do garoto, talvez tentando alertá-lo, e ele segurava uma rosa na mão.

— Não parece promissor — comentou Alice.

A mulher se recostou na cadeira e riu.

— Você foi ouvida. Pelo baralho. Vê só? Essa carta… eu sei, as pessoas olham, veem a palavra "louco" e podem ficar chateadas, mas o significado não é esse. Se você tirar a Morte, não significa que está prestes a morrer, e, se tirar o Louco, não significa que é doida. Vou explicar o que é o Louco: é o número zero do baralho, o que significa que está sempre começando do nada, da inocência, de uma tela em branco. Nós somos assim, todos nós… O Louco está sempre recomeçando. Ele não sabe o que está por vir… nenhum de nós sabe, né? O cachorro pode avisá-lo, o Louco pode parar para pegar mais uma flor, pode mudar de direção… ele só conhece o que está vendo. — A vidente apontou para as diferentes partes da carta. — O céu azul. As nuvens. Ele está no início da própria jornada. E isso pode ser um começo novinho em folha ou uma mudança. Ele só precisa se lembrar de estar ciente do que o rodeia. A jornada é o que o transforma. E isso vai depender do tipo de vida a que você se refere, né? Algumas pessoas querem saber sobre a vida amorosa… o Louco pode significar um novo amor. Outras querem sobre trabalho, carreira, dinheiro… o Louco também pode significar novas oportunidades nessas áreas.

— E o cachorro? — Alice estava tonta. — É algum tipo de animal espiritual?

— Veja bem, animais espirituais são coisas totalmente diferentes. O cachorro é leal… — A mulher deu um assobio agudo, e uma bolinha de pelo marrom veio correndo pelo chão em sua direção. Então, ela se inclinou e o pegou. — Isso é um cachorro, mas, ao mesmo tempo, não é só um cachorro. Este cachorro é o meu protetor, a minha rocha. — O bicho, um sósia do Totó de *O mágico de Oz*, apoiou-se nas patas traseiras e esticou o focinho para um beijo. A vidente o deixou lamber sua bochecha, depois o colocou de volta no chão com delicadeza. — Cachorros são assim. Você tem o seu próprio cachorro. Um amigo, um familiar. Pode ser que tenha alguns. Alguém que queira te proteger, que é sempre leal. Você precisa ouvir o seu cachorro.

— Ok — disse Alice.

— O Louco também é uma carta importante. Não tem a ver com uma promoção no trabalho, ou com alguma besteira que você tenha falado, por exemplo. Tem a ver com coisas grandes.

— Não poderia ser maior — concordou Alice.

— Basicamente, a carta está dizendo que nunca se sabe o que está por vir, por isso é importante ficar feliz quando algo acontecer. Seja o que for. Tenho ouvido um podcast chamado *O universo é seu chefe!*, conhece?

Alice fez que não.

O cachorro se aproximou, as unhas tiquetaqueando no piso de linóleo, e cheirou a mão dela.

— É bom, recomendo. Enfim, a apresentadora termina todo episódio dizendo: "A alegria está por vir". Acho que é uma citação de algum livro ou coisa do tipo, não sei. Mas ela diz isso toda semana. *A alegria está por vir.* O Louco é isso. Você só precisa manter os olhos abertos e procurar por ela. Preste atenção para não cair.

— Você fala como se fosse fácil — retrucou Alice.

O celular estava tocando, e ela o tirou do bolso. O alarme do "Encontre Meu iPhone" tinha disparado. Tommy a estava rastreando, o que ela entendia. Os dois tinham se casado novos, eram namorados desde o Ensino Médio. Nunca tinham ficado separados. Alice pensou na ideia de só transar com uma pessoa a vida inteira... parecia até um resquício dos tempos em que a expectativa de vida era de 35 anos.

— Tenho que ir — falou Alice.

Então se levantou e abraçou a mulher, que não pareceu surpresa.

— Eu aceito Pix — avisou ela, então apontou para um cartão com um QR code impresso perto da porta.

Alice tirou uma foto e saiu às pressas, enquanto o pequeno Totó mordiscava suas penas.

43

Das duas, uma: Tommy cancelaria a festa e pegaria um táxi ou chamaria a polícia, Alice não sabia qual opção ele escolheria. Talvez ambas. Desligou o botão de "Encontre Meu iPhone", depois desligou o próprio celular. Tommy provavelmente adivinharia que ela iria para a Pomander, então, assim que chegou à 94th Street, Alice pensou em ir para outro lugar, mas não havia outro lugar para onde ir. Não era crime ir embora da própria festa de aniversário. Era uma babaquice, com toda certeza, mas não era crime. Não estava desaparecida. Só estava *louca*.

Ainda era cedo, dez da noite. Alice abriu o portão, aliviada ao ouvir o rangido familiar do ferro pesado. As luzes estavam acesas na casa dos Roman, e também na casa logo em frente à de Leonard, que no momento pertencia a um ator cujo rosto Alice reconhecia, mas cujo nome jamais se lembraria. A babá da gata, Callie, morava na casa ao lado, e Alice viu os pais dela assistindo à televisão na sala de estar. A própria Callie já devia estar na cama. Era uma excelente rua onde se crescer, mas Alice também se lembrava de como às vezes parecia apertada, de como a vista da janela era curta. Talvez fosse por isso que Leonard tivera dificuldade para escrever — não tinha o que ver no lado de fora, só uma casa idêntica à dele e toda uma cidade de escadas de incêndio e janelas nos fundos. Mas ele talvez não tivesse tido dificuldade, não daquela vez.

As luzes de Leonard — as luzes da casa — estavam apagadas. Alice se perguntou se Debbie estaria ali; não estivera aquela manhã. Talvez ela e Leonard tivessem o tipo de casamento dos sonhos que a própria Alice desejava, ou achava que desejava, em que o casal morava a poucos quarteirões de distância e sempre tinha onde se esconder, cada um no seu canto. A casa da Pomander não era pequena para os padrões de Nova York, mas, para alguém que trabalhava em casa e que tinha estantes em todas as paredes, além de nunca ter aprendido a comprar e cozinhar comida de verdade, era apertada, sim. *Debbie*. Pensar nela a deixou feliz. A madrasta era claramente gentil, o tipo de mulher que sempre ajudaria no dever de casa. Alice conseguia imaginá-la como uma professora amorosa e solidária, com as linhas do sutiã e da cintura da saia bem marcadas, a personificação da palavra "busto".

Alice destrancou a porta, e Ursula se esfregou em suas pernas. A gata a deixara desacostumada em relação aos outros gatos, aqueles preguiçosos que se faziam de desinteressados e fingiam não conhecer os humanos até a hora de comer.

— Ah, Ursula — cumprimentou, então a pegou no colo.

A gata subiu delicadamente em seus ombros, como um xale vivo. Algumas correspondências estavam espalhadas em frente à porta, onde tinham caído por uma fresta. Alice foi até a mesa da cozinha e se sentou no escuro. Ursula pulou para o colo dela e brincou com algumas penas antes de se enrolar em uma bola preta e fechar os olhos. Em seguida, Alice acendeu a luz.

Em uma prateleira no topo da geladeira estavam os vários prêmios que Leonard já recebera: um troféu em forma de nave espacial, outro em forma de cometa. Alice nunca entendeu por que ficção especulativa e espaço sideral eram sempre relacionados — certamente o número de livros de ficção científica que se passavam na Terra superava em muito os que se passavam no Planeta Blork ou em alguma galáxia distante. Talvez fosse por ser mais fácil imaginar uma vida totalmente diferente, fora dos limites com que estávamos acostumados. Chegava a ser reconfortante passar algumas horas em um lugar cem por cento diferente. Alice ficou na ponta dos pés e pegou uma das naves espaciais prateadas. Havia duas naves, e Alice não se lembrava da segunda. A que pegou estava toda empoeirada, mas era pesada — era metal de verdade, diferente dos troféus xexelentos das lojas de suvenir. Ela limpou a plaquinha na parte de baixo enquanto a lia:

Melhor Romance, 1998
Aurora do tempo
Leonard Stern

Colocou a nave espacial na bancada ao lado do livro. Ursula pulou para perto, então ronronou alto e ofereceu o pescoço para ser coçado. Alice ligou a torneira, e a gata começou a lamber a água com a língua áspera, uma fonte ineficiente. Alice também jogou um pouco de água na boca, então pousou a mão nas costas macias de Ursula.

Havia estantes por toda parte, mas Leonard nunca colocara os próprios livros em exibição, e, por mais que tivesse colocado, as obras não estavam organizadas por ordem alfabética ou por qualquer outra ordem compreensível para alguém além dele. Quando Alice era pequena, sabia como encontrar algumas seções: os livros de Agatha Christie, de P.G. Wodehouse, de Ursula K. Le Guin. Passou os olhos pelas prateleiras, em busca do nome do pai, mesmo sabendo que não o encontraria.

Só que Leonard tinha um esconderijo. Alice se lembrava de vê-lo autografando exemplares de *Irmãos do tempo* para vários eventos beneficentes da Belvedere e coisas do tipo, leilões por uma causa ou outra. Acendeu a luz do único (e estreito) armário do corredor, dentro do qual o pai construíra prateleiras de madeira desleixadas, inacabadas e cheias de farpas. Lá, encontrou muitas caixas de papelão amassadas. A mais fácil de alcançar estava identificada como IdT Edições Estrangeiras. Alice a empurrou para ver a caixa ao lado, identificada como Aurora. Desdobrou a escadinha que usavam para trocar lâmpadas que ficava guardada ali e jogou a caixa no chão com um baque. A poeira caiu feito neve fresca sobre as penas cor-de-rosa.

Havia edições de capa dura e brochura: a brochura laranja que Sam lhe entregara e uma edição capa dura com uma sobrecapa preta e branca discreta, basicamente tipográfica, mas com uma portinha amarela no centro, como um pôr do sol visto através de um buraco de rato de desenho animado. Além de um monte de exemplares daquela edição, havia também as estrangeiras — *Alba del Temps*, *Świt Czasu*, *Dämmerung der Zeit* —, todas enfiadas na caixa, como se Leonard tivesse esvaziado a escrivaninha às pressas. Havia caixas de DVD, algo que Alice não via fazia anos. No meio dos boxes, encontrou um de *Irmãos do tempo*, seis discos mais material extra, e logo abaixo havia um DVD de *Aurora do tempo*, que, ao que parecia, fora adaptado para um filme estrelado por Sarah Michelle Gellar.

Devolveu o filme à caixa e empurrou tudo para o fundo do armário, exceto o exemplar em capa dura de *Aurora do tempo*, que enfiou debaixo do braço e levou para o sofá. O pai sempre levara seus cochilos muito a sério, então o sofá tinha um cobertor surrado, mas ainda bem confortável, e uma almofada que era de Ursula, mas que a gata estava disposta a compartilhar. Alice se deitou e fechou os olhos. Já era tarde, e estava exausta. Ursula pulou no sofá, então começou a amassar pãozinho no peito de Alice, fazendo furinhos no corpete do vestido. Ela abriu o livro, sabendo que não pararia de ler até terminar.

Se, ao escrever *Irmãos do tempo*, Leonard estava em busca de aventura e família — ele era filho único, e seus pais eram bem--intencionados, mas desinteressados —, em *Aurora do tempo* ele se concentrava em olhar para a filha, ou em olhar para si mesmo por meio da filha. Alice sabia que não era Aurora, que a personagem não passava de uma criação, uma mistura de pessoas, do próprio Leonard e do que ele pensava sobre Alice, além de outras pessoas também. E havia ainda aquela estranha alquimia da escrita, quando a personagem começava a falar coisas que o autor não esperava. Alice amava o livro do pai. Os livros! Queria ter mais livros dele para ler, escondidos em uma caixa em algum lugar por ali. Não importava se fossem obras publicadas ou se mais ninguém as tinha lido. Era melhor do que um diário, porque não haveria nada que a constrangesse, nada inapropriado. As pessoas tinham direito à privacidade, até mesmo os pais. Mas, no livro de Leonard — livros! —, Alice podia encontrar pequenas mensagens. Às vezes, era um detalhe tão simples quanto a descrição de uma refeição que ela sabia que o próprio Leonard gostava de comer — ovos fritos deixados na frigideira por tempo suficiente para que ficassem marrons e crocantes nas bordas —, ou a menção a The Kinks. Esses detalhes eram pedacinhos dele, preservados para sempre, moléculas que se rearranjaram e se transformaram em palavras em uma página, mas que Alice podia ver pelo que eram: o próprio pai.

No livro, a passagem não acontecia em uma guarita; Aurora, que morava no Patchin Place, no West Village, com a lâmpada a gás no fim da rua que parecia algo em que o sr. Tumnus teria se encostado, rastejara por uma portinha no fundo do armário do próprio quarto, o tipo de porta que geralmente esconde caixas de fusíveis ou válvulas de água, um canto improvisado construído por necessidade. Estava apenas procurando um lugarzinho para si, mas, quando chegou ao fundo do armário, emergiu no bosque do Central Park. A história era complicada: portais, um mistério para resolver, anos diferentes, realidades diferentes. Contudo, Alice podia lê-la pelo que era: uma história de amor. Não um romance — não havia sexo no livro, só alguns beijos e olhe lá —, o livro tratava do amor entre um pai solo e sua única filha. Não era um livro engraçado. Era sincero. Era o tipo de coisa que Leonard jamais teria dito para Alice em voz alta, nem em um milhão de anos. Mas não deixava de ser verdade. Ela enxugou os olhos e olhou para o relógio. Eram quase três da manhã. Alice se sentou e, da janela, olhou para a guarita. O que voltar no tempo tinha lhe custado? Custara pelo menos um dia. Um dia em que o pai ainda estava vivo. Não daria para adiar para sempre, mas Leonard dissera que ela poderia voltar. Ele mesmo tinha voltado, afinal. Alice saiu, fechou a porta da frente sem fazer barulho e entrou na guarita. Daquela vez, viajaria de propósito.

PARTE QUATRO

44

Quando acordou na própria cama, na casa da Pomander Walk, Alice sabia exatamente onde estava, em que momento estava e onde estava o pai. Ficou na cama mais um tempinho, espreguiçando-se. Ethan Hawke e Winona Ryder a olhavam da parede oposta e, sem querer, Alice começou a cantar "My Sharona". Ursula estava aninhada sobre sua barriga.

— Você é mesmo a melhor gata — disse Alice.

Ursula encolheu as patas e rolou de costas, sem abrir os olhos. Alice entendeu o recado e, obedientemente, acariciou a barriga peluda.

Não era igual a *Peggy Sue*, um desmaio acidental que causava uma ilusão parecida com um sonho que nem era real. Não era como em *De volta para o futuro*, em que poderia arruinar e depois consertar a própria vida, observando-se de fora. Não era nem como *Irmãos do tempo* ou *Aurora do tempo*, em que os heróis estavam sempre ocupados seguindo um enredo, do ponto A até o ponto B. Alice não contaria a Leonard que os personagens dele sempre tentavam fazer coisas demais. Por que havia tantos livros sobre adolescentes resolvendo crimes? Fãs de K-pop já tinham arrecadado dinheiro e usado a internet para combater o mal, mas nada disso era exatamente como solucionar crimes. Alice queria falar com o pai sobre Aurora, mas não podia — ele ainda não tinha escrito o livro.

Não… Daquela vez, Alice se sairia melhor. A festa não importava, a aula do cursinho não importava, nada daquilo importava. O pai tinha parado de fumar — aquilo era bom, e ela poderia repetir. Agora, queria garantir que Leonard começasse a se exercitar, que fosse ao médico quando estivesse doente, que se cuidasse para valer. Outra coisa que também importava era garantir que ela e Sam repetissem o que tinham dito na sorveteria. Se Sam não falasse aquilo, Leonard não escreveria o livro. E, daquela vez, Alice sabia que não tinha muito tempo. Aquela palavra de novo! Não era de se admirar que existissem tantas músicas sobre o tempo, livros sobre o tempo, filmes sobre o tempo… O tempo era mais do que horas e minutos, sim, mas Alice sabia o quanto cada fração importava, todos aqueles pequenos momentos somados. Sentia-se um pano de prato ambulante: "A forma como passamos nossos dias é a forma como passamos a vida". Alice não era uma detetive adolescente; era uma cientista. Uma confeiteira. Quanto desse ingrediente deveria acrescentar, quanto daquele? O que quer que acontecesse, veria o resultado pela manhã. Tinha sido estranho acordar no San Remo, mas também tinha sido divertido, voyeurístico até, como passar na frente de um espelho distorcido e ver como era a vida do outro lado. Tudo podia ser desfeito, mais ou menos. Não era como se Alice pudesse viver a vida de qualquer um — não podia decidir ser uma modelo da Victoria's Secret ou uma física nuclear, mas podia conduzir a si mesma e ao pai por certos caminho e, se acabasse por escolher um errado, sempre poderia voltar atrás.

— Aniversariante? Está acordada? — chamou Leonard, do corredor.

Alice o ouviu mexendo em alguma coisa, tirando algo do armário e entrando no banheiro. A porta se fechou, e Alice ouviu o zumbido do exaustor. Nunca tinha sido muito fã dos próprios aniversários, que traziam pressão demais para se divertir, mas sabia que aquele seria um bom dia. Ursula pulou para o chão e começou a brincar com um elástico de cabelo, atirando-o para lá e para cá. Alice jogou a coberta para trás e pousou os pés nas conhecidas montanhas de roupas; talvez fossem as Dolomitas daquela vez, e não os Andes, mas não deixavam de ser montanhas. Ainda estava com a camiseta da loja Crazy Eddie. Envolveu-se com os braços e sorriu.

Leonard bateu à porta do quarto e abriu uma frestinha.

— Está vestida? — perguntou.

— Nunca — respondeu Alice. — Mentira. Pode entrar.

A porta se abriu de vez, batendo na parede fina que dividia os quartos.

— E aí, o que temos para hoje? — perguntou Leonard, com uma lata de Coca na mão.

— Você acabou de escovar o dente *enquanto* toma uma Coca? — perguntou Alice, que se levantou e tirou a latinha da mão de Leonard. — Nós vamos sair para correr. Ou, pelo menos, caminhar. Vamos dar uma caminhada, com uma leve corrida no meio. Depois vamos almoçar no Gray's Papaya. Vou faltar à aula do cursinho, porque, sério mesmo, quem se importa? Que tal?

Não esperou pela resposta; só levou a latinha de volta à cozinha e despejou a bebida na pia.

45

Cheever Place. Sozinha. Um presente de aniversário de Serena, uma bolsa pequena cheia de cristais polidos e uma lista enorme de instruções sobre como usá-los.

Melinda guardando as coisas do escritório. Alice ameaçando pedir demissão. Precisava se demitir, tinha que tentar. Não esperaria para ver como ia acabar, mas era a melhor coisa a se fazer.

Uma esteira em seu quarto na casa da Pomander, vegetais na geladeira. Zero cinzeiros. Geladeira totalmente abastecida com Coca Zero.

Debbie ao lado da cama de Leonard. Nenhuma mudança.

46

Alice sempre se certificava de que Sam contasse a Leonard a ideia do livro, mesmo quando o papo não fluía naturalmente para aquele assunto. Alice gostava do futuro dele mais completo e menos solitário, então descobriu como mudar o rumo da conversa quando necessário, para que Sam dissesse aquilo. Leonard sempre arregalava os olhos ao ouvi-la, a mesma lâmpada iluminando seu rosto todas as vezes.

Alice e Sam usaram fantasias de anime montadas a partir do guarda--roupa de Alice e flertaram com Barry Ford na convenção. Não chegaram a deixar que ele as tocasse, mas ameaçaram chamar a polícia quando lhe disseram quantos anos tinham.

Alice transou com Tommy outra vez, só porque quis, no quarto dele, no apartamento dos pais dele. Aconteceu entre o almoço e o jantar, e os pais dele não estavam na cidade. Tommy tinha um pôster do Nirvana em uma parede, pendurado cuidadosamente com tachinhas, e um pôster de uma Ferrari bem ao lado — o que, na verdade, era o verdadeiro problema.

47

Cheever Place. Em vez de Barry, Andrew McCarthy nos comerciais do Centrum Silver.

Um dia de trabalho. Alice estava de volta à Belvedere e se viu sozinha no escritório de Melinda, que não tinha as coisas de Melinda. Girou na cadeira e olhou pela janela. Tommy Joffey e a esposa estavam na lista de novo. Alice sentiu pena dele, preso para sempre no San Remo, por mais absurdamente sortudo que tivesse sido em todos os dias de sua vida, então se lembrou do pôster da Ferrari.

London na recepção. Debbie ao lado da cama. Leonard, pálido e inconsciente.

Poderia fazer melhor, poderia fazer mais.

48

Existiam padrões: se Alice transasse com Tommy e lhe dissesse algo firme, algo concreto — "casa comigo", ou mesmo um "você agora é o meu namorado" —, acordaria no San Remo. Não gostava de estar lá mais do que gostava de estar na própria quitinete. As crianças eram sempre fofas, mas nunca eram suas de verdade. Tommy era sempre lindo, mas também nunca era seu de verdade, não como esperava que fosse. Era difícil mudar um padrão depois de tê-lo iniciado, como se seu corpo quisesse fazer o que já tinha feito antes e Alice precisasse se desvencilhar de um caminho bem delimitado. O mundo não ligava para o que ela fazia, Alice não tinha grandes ilusões quanto àquilo, mas claramente havia alguma inércia cósmica a ser superada. Pensou no que Melinda dissera: que tudo importava, mas nada era fixo. Melinda não estava falando de viagens no tempo, e Alice refletiu que Melinda *nunca* tinha falado sobre viagens no tempo, porque era uma pessoa sensata e pé no chão, mas era um bom conselho. Todas as pecinhas se agrupavam para formar uma vida, mas sempre poderiam ser reorganizadas.

Às vezes, as coisas mudavam muito e, às vezes, mudavam só um pouco. Às vezes, Alice tinha alugado um apartamento diferente, um que quase sempre se lembrava de já ter visto, mas que descartara por ter o pé direito muito baixo ou um vaso sanitário muito esquisito, ou por ficar a quatro lances de escada.

Pensou em levar Sam consigo, mas mudou de ideia. Vai que acontecia uma cena tipo *Sexta-feira muito louca* e as duas acabassem trocando de corpo ou explodindo?

Às vezes, só queria um bagel fresquinho do H&H, com vapor saindo da massa, quente demais para segurar com as mãos desprotegidas. Às vezes, só precisava passar por ali e sentir o cheiro. A infância era uma combinação de pessoas, lugares, aromas, propagandas de pontos de ônibus e jingles. Não era apenas o pai que ela visitava; visitava também a si mesma, os dois juntos. Era o jeito que o portão da Pomander batia, o som dos Roman varrendo as folhas do chão de tijolos.

Às vezes, não contava a ninguém — nem a Sam, nem a Tommy, nem ao pai. Aquelas eram as viagens de que Alice mais gostava. Era só entrar no próprio corpo e observar todo mundo. Lembrava uma ida ao zoológico, só que dava para escalar cada cerca e chegar perto de cada leão, cada elefante, cada girafa. Nada poderia machucá-la, porque tudo aquilo era temporário. Só precisava sobreviver ao dia.

49

Alice raspou a cabeça com o aparelho de barbear de Leonard. Era algo que já havia pensado em fazer várias vezes, mas o esforço sempre parecera grande demais. Depois, ela e Sam embarcaram na linha 1 até a Christopher Street e caminharam por alguns quarteirões até chegar em um estúdio de tatuagem barato na altura da West 4th Street. Alice queria fazer uma baleia, como a do Museu de História Natural. Sam ficou empolgada e boquiaberta, apoiando os cotovelos na mesa preta do tatuador enquanto observava a agulha entrando e saindo do ombro dela. A única outra coisa que Alice fez durante o dia foi almoçar e jantar com o pai. Com uma fina camada de sangue surgindo por trás do plástico de proteção da tatuagem, Alice dormiu feliz.

50

Nova Zelândia. Quarto aconchegante com vista para o mar. Não era sua casa, só um lugar temporário. O cabelo de Alice ainda estava curto e descolorido, quase branco. A pele estava bronzeada, os braços fortes. Carregava uma câmera.

Chamada de voz de Debbie: "Venha para casa. Não temos muito tempo". Alice quase quis dar risada. *Sempre temos mais tempo, olha só quanto tempo eu tenho*, pensou, mas pegou um avião mesmo assim e viajou o dia inteiro para o lado oposto do fuso horário, chegando antes de ter partido.

51

Alice e Leonard comemoraram o aniversário dela em todos os restaurantes que ela amava: pediram dumplings e dim sum no Jing Fong, em Chinatown; beberam chá no hotel Plaza; foram ao Serendipity 3 tomar sorvetes gigantescos; comeram pizza massuda no estilo suburbano na Uno Pizzeria, que secretamente era sua favorita; passaram diversas vezes pelo Gray's Papaya; pediram pizzas suculentas e gordurosas no V&T; desfrutaram do salmão defumado do Barney Greengrass; saborearam todo tipo de cookies na Hungarian Pastry Shop; foram ao City Diner, onde Leonard fez sua piada favorita — dizer que pediria o peixe cozido —, então pediram hambúrgueres com batata frita e milk-shake; no Lucy's, Leonard deixou Alice tomar uns goles de margarita enquanto beliscavam um prato enorme de enchiladas de queijo. Pediram penne à la vodca no Isola. Às vezes, parecia trapaça fazer aniversário toda hora, sempre uma desculpa para pedir bolo e cantar desafinado. E, claro, era trapaça repetir tudo aquilo no dia seguinte e no resto do ano, mas Alice não se importava; nunca impedia o pai de cantar o parabéns inteiro. Depois de um ou dois aniversários, Alice percebeu que voltava principalmente pelas refeições, só para ter aquelas horinhas com o pai, ou com o pai e Sam, ao redor da mesa, jogando conversa fora e dando risada, felizes. Juntos.

* * *

Leonard sempre ficava radiante quando ela contava. Tirando as refeições, era o momento favorito de Alice. O pai se surpreendia toda vez, às vezes batia palmas de tanta alegria, o corpo dava sobressaltos. Alice imaginara como seria, no decorrer da vida, contar a Leonard as mais diversas coisas que o deixariam encantado de felicidade — felicidade pura, genuína —, mas não havia como seguir adiante naquela viagem, só havia como voltar. Assim, contava aquela única coisa, de novo e de novo e de novo, sabendo como ele reagiria. Um presente para os dois.

52

Durante um tempo, foi bom ir e voltar ao passado como se estivesse apenas seguindo adiante, como se cada dia fosse novo, uma sequência do anterior, não importava o ano, sem precisar pensar tanto no que viria. Alice nunca tivera problemas em viver um dia após o outro. Sabia que aquilo não era verdade, mas, às vezes, quando se sentava na guarita, aguardando pelo passado ou pelo futuro, sentia que poderia fazer aquilo para sempre, e assim ninguém jamais morreria e todas as escolhas que fazia não importariam, porque, na manhã seguinte, tudo seria desfeito.

53

Leonard com a pele pálida, os olhos fechados, a respiração fraca. Podia fazê-lo melhorar, e era o que fazia, diversas vezes, em um passe de mágica. Leonard jovem, Leonard engraçado, Leonard bebendo Coca-Cola e fumando um cigarro. Leonard imortal, ao menos por um dia.

PARTE CINCO

54

Duas semanas já tinham se passado desde o seu aniversário, cada visita avançando um novo dia. Alice já estava acostumada a ter quarenta anos — realmente não a incomodava —, mas o corpo de fato parecia mais enferrujado do que se lembrava. Quando se levantava, ouvia estalos no joelho, como se fosse uma tigela de cereal crocante. Se tivesse simplesmente voltado para casa naquela noite, na primeira noite, em seu aniversário de quarenta anos... Se tivesse pedido o carro chique de aplicativo e dado o próprio endereço ao motorista, em vez do da casa do pai, teria vomitado, apagado e acordado com quarenta anos mais um dia e uma ressaca. Ainda não consertara nada em sua vida. Não era como Aurora, não era nem mesmo como um dos Irmãos do Tempo. Se sua vida fosse um slogan, seria: "Volte no tempo e não conserte nada!". Livros tinham finais felizes, ou pelo menos satisfatórios, com alguma resolução. Um ponto final. O problema de Alice é que sempre surgia uma nova frase.

O apartamento na Cheever Place era menor do que se lembrava. Depois de um dia fora, a sensação era sempre aquela. Quase todos os apartamentos com jardim ocupavam um andar inteiro, com uma porta levando para a área externa, seja com gramado ou, no caso de seu prédio, um grande quadrado de concreto. Mas, por causa da maneira como a proprietária dividira a casa, a área alugada era só uma sala com cozinha anexa e duas portas internas: uma que dava para o closet, outra para o banheiro. A escrivaninha de Alice, que na verdade era só um dos lados da mesa da cozinha, estava coberta por uma montanha de papéis, com risco de desmoronar a qualquer instante. Os sapatos dela, que deveriam ficar na pequena sapateira ao lado da porta, estavam jogados no chão, como se elfos os tivessem levado para passear.

Alice se jogou na cama. O cachorrinho que morava ao lado, com a senhora que gostava de se sentar na varanda da frente e conversar com todo mundo que passava, não parava de latir, anunciando a chegada iminente do carteiro. Era um salsichinha já velho, que não conseguia subir ou descer as escadas sozinho, então se queixava latindo toda vez que queria estar em um lugar que não alcançasse. A cama de Alice era um colchão comprado, pela internet, de uma empresa que tinha visto anunciada no metrô, colocado sobre um estrado da IKEA que sempre rangia. Não levava uma vida infeliz. Não tinha uma vida *sofrida*. Estava tudo bem. Tinha saúde, emprego, amigos, uma vida sexual decente. Tinha pontos na Sephora e não fazia compras na Amazon. Levava as próprias sacolas para o mercado. Alice não sabia dirigir, mas, se soubesse, teria um carro elétrico. Ela votava, sempre, até nas eleições para vereador e senador. Tinha plano de aposentadoria e quitava as faturas dos cartões de crédito todo mês. Mas ela olhava ao redor do apartamento e não via algo que a deixasse realmente feliz. Era para a vida adulta ter algo de bom, não era? Uma fase de independência, definida por ela própria e não por outras pessoas?

Alice apalpou a cama, procurando o celular, que encontrou debaixo do travesseiro, quase sem bateria. Ainda eram oito da manhã, mas Sam já estaria acordada.

— Oi — disse Alice.

— Oi, docinho! Feliz aniversário atrasado! Desculpa estar tão sumida, está tudo uma loucura — respondeu Sam.

Tudo estava sempre uma loucura. Dava para ouvir gritos e ganidos no fundo. Alice imaginava a casa de Sam como um campo de batalha, onde qualquer um poderia ser atacado a qualquer momento.

— Posso dar um pulo aí? Sei que você está ocupada, mas posso ir aí? Ficar de bobeira?

Alice sentia falta de mexer no cabo do telefone do quarto na casa da Pomander, vendo a pele rosada do dedo entre as voltinhas do fio enrolado.

— Você *quer* vir *pra cá*, para *Nova Jersey*, ficar de bobeira com a *minha família*? — perguntou Sam, incrédula. — Não vou te impedir e ficaria superfeliz. Particularmente, eu optaria por algum lugar com álcool e só adultos, mas fique à vontade, meu bem.

— Chego aí assim que lembrar o caminho — disse Alice, desligando o telefone para traçar o trajeto.

Não era complicado: pegou a linha F para a Jay Street, depois a linha A até a 34th, então a linha de Nova Jersey, que parecia um metrô, mas não era. Alice gostava de longas viagens de trem. Estava inquieta demais para ler — passara quase vinte minutos encarando a estante, incapaz de decifrar se estava a fim de finais felizes, ficção científica ou algo com morte logo na primeira página —, então decidiu colocar o episódio mais recente de seu podcast favorito, *Shippando*. O slogan era: "Foi para isso que inventaram a internet", o que talvez fosse um exagero, mas Alice amava. Toda semana, as duas apresentadoras escolhiam personagens fictícios que não tivessem relacionamentos amorosos canônicos e passavam até quarenta minutos discutindo por que os dois deveriam ficar juntos, como isso aconteceria e por aí vai. Archie e Jughead, Buffy e Cordelia, Stevie Nicks e Christine McVie, Chris Chambers e Gordie Lachance, Tami Taylor e Tim Riggins... Nem sempre Alice shippava aqueles casais, ou sequer os teria escolhido, mas as apresentadoras eram divertidas, então era ouvinte assídua.

— Ok, ok — começou Jamie, uma das apresentadoras, depois da música de abertura. — Estou empolgada. É um casal meio antigo, mas não dos mais antigos que a gente já formou.

— Hoje vamos falar sobre os dois livros do autor cult Leonard Stern, *Irmãos do tempo* e *Aurora do tempo*. Então, Jamie, o que faz de alguém um autor cult? Fazer parte de um culto? — continuou Rebecca, a outra apresentadora.

Leonard sempre fora assim: capaz de surgir do nada. Uma pergunta no *Jeopardy!*, uma resposta nas palavras cruzadas. O pai já aparecera até em um episódio de *Os Simpsons*, brigando com o dono de uma loja de quadrinhos sobre suvenires de *Irmãos do tempo*, o que fora uma mão na roda para Alice fazer amizades na escola. Ela nem precisava dizer nada, boatos sobre pais famosos se espalhavam rápido. Só depois da faculdade descobriria que aquilo não era algo bom e nunca resultava em conexões sinceras.

— Ok, antes do nosso telefone imaginário começar a tocar com milhares de ouvintes indignados, achando que vamos sugerir incesto... Em primeiro lugar: não. E, em segundo lugar: não — anunciou Rebecca. — No episódio de hoje, vamos shippar horrores o *Irmão do Tempo* não esquisito, Scott, interpretado por Tony Jakes, com Aurora, que acho que tinha um sobrenome... Aurora Gale! De *Aurora do tempo*.

A sonoplastia de um trompete eletrônico tocou ao fundo.

— Scott e Aurora! Tony Jakes e Sarah Michelle! Amo esse casal! — Jamie riu da própria piada. — Então, antes de tudo, quero deixar claro que eu sei que é estranho, mas não posso fazer nada se o meu cérebro definiu que Aurora é a Sarah Michelle Gellar, uma pessoa real, mais ou menos naquela época antes de *All My Children* e depois de *Buffy*, enquanto Tony Jakes não existe. Tipo, não sei dizer qualquer coisa sobre ele.

— Ele tem um haras, de acordo com a Wikipédia — acrescentou Rebecca, claramente pesquisando na hora.

— Tá, um haras. Beleza, então Tony Jakes tem um haras e sumiu das telas há, sei lá, duas décadas e, de acordo com esse perfil superantigo que li na revista *People*, ele é gay e também faz reforma de casas. Ou seja, ele parece incrível, amo ele.

— Bom, aqui está o que eu encontrei sobre o Leonard Stern — apresentou Rebecca. — Sabe quantos anos o cara tinha quando publicou o primeiro livro?

— Vinte e cinco? — chutou Jamie.

— Errado! Leonard Stern tinha 38 anos! E só foi publicar *Aurora do tempo* aos 52! — Rebecca parecia triunfante.

— Amei — respondeu Jamie. — Palmas pros sucessos tardios.

— Sério — ponderou Rebecca —, a gente precisava criar um outro programa sobre pessoas que alcançam o seu potencial depois dos quarenta. É uma boa ideia pra podcast! Mande mensagem pra gente no Twitter se você concorda.

Rebecca e Jamie ainda estavam falando, mas Alice tinha parado de prestar atenção. Nunca tinha pensado em Leonard como um sucesso tardio. O pai construíra a carreira no decorrer da vida dela; como isso poderia ser tardio? Mas, ouvindo os números em voz alta, da boca de estranhos, parecia significativo. Aquelas duas mulheres estavam falando sobre personagens inventados pelo pai dela como se fossem reais, e eram. As pessoas às vezes não entendiam isso. Alice não era escritora, mas já passara tempo demais em jantares com romancistas para entender que ficção é um mito. Histórias fictícias, mais precisamente. Talvez existam histórias ruins por aí, mas as boas, as boas *mesmo...* essas sempre são reais. Não os fatos, os detalhes, ou isso e aquilo ou os enredos, que podem se passar no espaço, no inferno ou em qualquer lugar no meio disso. Mas os sentimentos. Os sentimentos são verdadeiros.

— Ok — continuou Rebecca —, mas quer saber a minha curiosidade favorita sobre Leonard Stern, que descobri literalmente hoje de manhã, olhando na Wikipédia? Ele se casou com a mulher que interpretou a mãe da Aurora no filme!

Rebecca pigarreou, e Alice endireitou a postura, de repente prestando ainda mais atenção.

— Mentiiiira — retrucou Jamie. — A moça daquela série? Com as crianças?

— Sim e sim — respondeu Rebecca. — A mãe da Aurora é interpretada pela atriz Deborah Fox, que também fez parte do clássico dos anos 1980 *Before and After School*.

Era a imagem que Alice tinha dela: a professora de busto farto. Fechou os olhos e pôde visualizar toda a abertura da série: uma sitcom sobre uma mulher que adotou várias crianças, mas que também era a diretora do colégio onde elas estudavam. Passava na TV aos sábados de manhã nos anos 1980, e a premissa era bem problemática, um grupo de crianças multirraciais e a moça branca, doce e avantajada que salvara a todas. Deborah Fink era Deborah Fox, uma atriz. E se casara com Leonard depois de coestrelar o filme dele.

— Uau! — exclamou Alice.

Sempre havia mais coisas para descobrir. Quantas outras surpresas ainda descobriria sobre o pai? Alice riu sozinha, pensando em Leonard, Debbie e Sarah Michelle Gellar no Gray's Papaya, uma realidade paralela em que aquela era sua família.

55

Os Rothman-Wood moravam perto da estação Upper Montclair, em uma enorme casa azul com balanço na varanda. Ficava a apenas três quarteirões da estação de trem, mas era tão raro Alice visitar que precisou conferir o tempo todo no mapa se estava seguindo na direção correta. Virava o celular na mão, para que estivesse sempre apontando na direção que deveria caminhar. Depois de apenas duas curvas erradas, Alice pôde ver o azul surgindo no horizonte. As calçadas de Montclair já estavam repletas de folhas secas, e as árvores pareciam abrigar mais pássaros do que no Brooklyn. Alguns vizinhos já tinham começado a montar a decoração para o Halloween, e algumas lápides enfeitavam os gramados na rua de Sam. O vizinho ao lado tinha uma fileira de abóboras contornando o jardim até a entrada da casa, e Alice reparou que Sam fizera o mesmo.

— Oi — disse a amiga.

Estava sentada no balanço da varanda, impulsionando-se para a frente e para trás com os dedos dos pés.

— Oi! — respondeu Alice, enfiando o celular no bolso. — Levei só 25 minutos para chegar aqui.

— Ah, por favor! — retrucou Sam. Estava com as mãos apoiadas na barriga; estava enorme, um semicírculo perfeito. — Essa galera de Nova York se acha o centro do mundo. Leva menos tempo para chegar aqui do que seja lá onde os jovens moram agora. Queens?

— Bushwick, eu acho.

— Sei. Lá é igual Nova Jersey. Nossa.

Sam apoiou os pés no chão de madeira, e o balanço parou. Ela se levantou com dificuldade, a barriga triunfal completamente à vista.

— Uau — comentou Alice.

Nunca tinha visto muito de Sam grávida. Uma vez jantaram em um restaurante escuro quando Sam mostrou um ultrassom, o perfil do miniastronauta que viria a ser o filho mais velho dela. Depois daquilo, com a agenda sempre frenética das duas, tentaram marcar um jantar em março, que logo passou para abril, e assim por diante. Alice tinha visto fotos de Sam e Josh de férias em Porto Rico, com a barriga de Sam saltando por entre as peças do biquíni de bolinhas, mas, mesmo antes de o casal ter se mudado para Nova Jersey, antes de as crianças terem nascido, nunca mais fora como na época do colégio, quando se falavam no telefone do minuto que chegavam em casa até o minuto que caíam no sono. Quando dormiam uma na casa da outra todo fim de semana. Era como assistir a uma animação em *stop motion* de uma planta crescendo.

— Você está maravilhosa.

Sam revirou os olhos.

— Eu te garanto que não me sinto maravilhosa, mas obrigada. Vamos pegar algo para beber e depois nos sentar em algum lugar?

Alice assentiu e seguiu Sam pela porta da frente.

— Cadê as crianças?

— As crianças? Bom, a Mavis está no quintal, e essa está aqui. — Sam apontou para a barriga.

— Ah, sim — disse Alice. — Isso que eu quis dizer.

Lembrou-se da lista de nomes de menina de Sam: Evie, Mavis, Ella. Gestações eram frágeis — não interferiam no equilíbrio do mundo. Sam já sofrera alguns abortos, talvez tivesse acontecido de novo. Aquela era sua grande dúvida, a que Leonard não tinha respondido porque ela não soubera como perguntar: as outras crianças, as outras vidas, ainda existiam em algum lugar? Acreditava que sim, mas era impossível ter certeza.

Sam abriu a geladeira e pegou duas latas de água saborizada.

— Pode ser de toranja?

Alice fez que sim com a cabeça. A casa era imensa, como a dos programas de televisão, as séries a que ela e Sam assistiam depois da escola, como a sitcom de Debbie. Cômodos espaçosos o suficiente para pais e irmãos e operadores de som com microfones enormes acima da cabeça de todos. Sam as conduziu para a porta traseira.

Mavis estava em um brinquedo de madeira, pendurada de cabeça para baixo pelos joelhos, Josh, ao lado dela, mantinha os braços estendidos, prontos para pegá-la caso a filha precisasse de resgate. Alice acenou e Josh acenou de volta, sem poder sair de seu posto. Não tinha problema, ambos sabiam que ela estava ali por causa de Sam.

— Quarenta anos não é tão ruim — afirmou a amiga. — Está tendo problemas com isso? Com a ideia de envelhecer? — Ela abriu a lata e tomou um longo gole. — Deus do céu, ficar grávida é que nem ter ressaca. Estou sempre com sede, sinto vontade de fazer xixi o tempo todo e nunca quero me levantar para ir ao banheiro.

— Não, está tudo bem — respondeu Alice. — Essa parte não me incomoda.

Sam a encarou.

— Então qual é o problema? O que está acontecendo? Você sabe que eu adoro quando você vem, mas você nunca vem.

— Só estou com saudade — confessou Alice. — E sinto falta do meu pai. — Ela soltou um som que era o meio-termo entre um soluço e um choro. — Me desculpa.

— Que nada, meu bem! Não se preocupe! Você sabe o quanto eu amo o Lenny. Ele me pagou os royalties por tê-lo convencido a escrever um livro que rendeu zilhões de dólares? Não. Mas disse obrigado nos agradecimentos? Sim. Ele se ofereceu para pagar pelo estudo dos meus filhos? Sim, também. Não preciso que ele pague, mas nunca se sabe. Vai que o Josh é atropelado por um ônibus e eu preciso parar de trabalhar? O seu pai é a minha Oprah particular. — Sam apertou o braço de Alice. — Estou brincando. Não sobre Leonard se oferecer pagar pelo estudo das crianças, isso ele fez mesmo.

— Não sabia disso.

Mas Alice conseguia imaginar. Podia visualizar o pai falando aquilo para Sam, grávida da primeira filha. Ele provavelmente queria mais filhos. Alice nunca pensara nisso, os dois sempre foram uma dupla, mas, vindo de uma família pequena, ele talvez quisesse mais. Ou talvez tenha presumido que Alice ainda lhe daria um ou dois netos! O pai nunca a pressionaria, de forma alguma, mas Alice se perguntava se, quando ele voltava no tempo, Leonard tentava encontrar outra pessoa. Ou se, depois de conhecer Deborah, voltava para tentar encontrá-la antes. Ter filhos com ela. Talvez. O que mais teria feito que não queria contar para Alice? Mil coisas, provavelmente.

— Vai visitar o seu pai hoje? — perguntou Sam.

Josh ajudou Mavis a soltar os joelhos do brinquedo, e a menina desapareceu no topo da estrutura, que tinha o formato de um navio pirata.

— Vou lá à tarde. — Alice encostou a lata gelada na testa. — É uma merda, sabe?

— Eu sei. — Sam envolveu os ombros da amiga com o braço. — Nossa, essa criança não para de chutar.

— Posso sentir?

Alice ficava relutante ao encostar na barriga de mulheres grávidas. Professoras na escola, amigas de faculdade, Sam… Sempre parecia invasivo, quase doentio. Alice nunca tinha sido uma daquelas pessoas obcecadas por bebês, que brincavam com as crianças nas mesas de restaurantes ou no banco da frente dos aviões. Ter um bebê, carregar um bebê, parecia algo tão injustamente público, uma força que atraía estranhos a comentarem sobre suas escolhas de vida sem sequer um convite. Mas Alice sentia que precisava de provas de que aquele mundo era real. Que aquele dia, seja lá quando fosse, era um dia real na vida dela… e na de Sam também.

— É claro — respondeu a amiga. Ela pegou a mão de Alice e colocou na parte de baixo da barriga. — Ah, sabe quem acabou de se mudar para Montclair? Aquele garoto. Quer dizer, homem, ele agora é um homem. Enfim, aquele garoto da turma um ano antes da nossa na Belvedere. Kenji?

— Kenji Morris — confirmou Alice.

Ela o vira com frequência nos últimos tempos. Kenji estava no final da fileira de garotos que surgira no seu aniversário de dezesseis anos na casa da Pomander. Um ano mais novo, alto para a idade, e bem magro, o que o fazia parecer um salgueiro quando se mexia. A mãe era japonesa, e o pai já tinha morrido. Alice não sabia mais nada sobre ele. Talvez fumasse Parliament? Não, ele não fumava. Tiveram aulas de espanhol juntos, ele era bom com idiomas e era a única pessoa do segundo ano na turma.

— Isso, Kenji Morris — disse Sam. — Ele e a filha moram logo ali, dobrando a esquina. Acabou de se divorciar. A filha dele é da idade da Mavis, a gente se encontrou no parque outro dia. Ele é legal! Não o conhecia de verdade.

— Deixa eu adivinhar: é advogado.

— Não, sua pedante. Nem todo mundo que estudou com a gente virou advogado, tá? Ele é arquiteto. — Sam bufou.

— Essa é uma profissão de mentira para homens em comédias românticas.

— Isso também não é verdade. — Sam apoiou a cabeça no ombro de Alice. — O que você quer de almoço? O menu é queijo-quente ou sanduíche de manteiga de amendoim com geleia. Ou ovos mexidos.

Daquela vez, na viagem no tempo do dia anterior, Alice não contara para Sam nem para o pai. Parecia desnecessário contar a Sam àquela altura, agora que sabia que a realidade não duraria e só faria a amiga precisar de mais sessões de terapia. Mesmo sem contar, a ideia ainda se mostrava presente no fundo da mente. Uma hora ou outra, todo fã de Keanu Reeves acabava pensando em viagem no tempo.

— Ele está careca?

Alice se lembrava de Kenji com clareza, o cabelo preto jogado de lado por cima de um dos olhos. Os cortes de cabelo dos anos 1990 eram horríveis. O corte Caesar, as franjas curtinhas, tinha até alguns garotos brancos usando dreads. Mas o cabelo de Kenji sempre tivera aquele jeito perfeitamente arrumado de quem estava pronto para a foto de turma.

— Está brincando, né? O cabelo dele está maravilhoso como sempre. Sério, está até melhor, porque estão surgindo uns fios grisalhos... e não sei se estou ficando velha, mas ele está um gostoso.

Não é estranho como, no colégio, um garoto, sei lá, uns seis meses mais novo, mas que é do ano abaixo, fica parecendo um bebê? Os meninos da nossa sala eram péssimos, sem querer ofender, mas no ano abaixo até tinham uns bonitinhos. Por que a gente não saía com eles?

Mavis deslizou pelo escorrega de plástico, pisando sobre uma pilha de folhas com tênis minúsculos. Josh tinha ido até os fundos do quintal, pronto para empurrá-la no balanço.

— Boa pergunta — disse Alice.

Sempre se apaixonava pelos garotos mais velhos. Eram lindos, com ar de adultos e não demonstravam o menor interesse, tirando em algumas festas, quando um deles enfiava a língua em sua boca parecendo um desentupidor, depois ia embora quando ficava entediado.

— Como você soube que queria se casar com o Josh? — quis saber Alice.

Sam riu.

— E eu sabia? Sei lá. A gente era tão novo. Eu queria, claro que queria, e aqui estamos, não foi nada contra a minha vontade ou coisa do tipo. Amo o Josh. Mas acho que eu era nova demais para ter certeza do impacto das minhas escolhas. Não tem um jeito de descobrir aquilo que você precisa descobrir, sabe? Tipo, se você vai dar conta de criar um filho, ou se tem alguma merda esquisita do patriarcado que só dá as caras aos quarenta anos, ou se você vai ser péssima em administrar dinheiro, ou vai se recusar a fazer terapia. Devia ter um app para isso.

— Hum, já viu os apps de encontro? É literalmente só pau. Ninguém fala sobre o patriarcado. E, se falar, pode ter certeza de que é só fachada pro tanto de pau que vai vir em seguida. — Alice fez uma pausa. — Mas você e o Josh se dão tão bem.

— É verdade. Quase sempre. Mas também somos humanos, sabe? Carregamos pesos diferentes de merdas diferentes. As coisas que me enlouquecem nele podem não enlouquecer outra pessoa. Mas é uma escolha. Até hoje. Estamos casados há quinze anos, mas eu ainda tenho que fazer essa escolha. Isso não para.

Mavis desceu pelo escorrega de novo e, daquela vez, quando pisou nas folhas, levantou a cabeça, olhou para a mãe e saiu correndo pelo gramado a toda velocidade. O corpinho dela voou para os braços de Sam, e Alice observou as duas se abraçando aos risos. Josh também olhava para elas. Nunca pensara naquilo como uma escolha constante, uma decisão perene, e a ideia a deixou tanto exausta quanto alegre. Alegre por não ser a única que se sentia sempre no meio de um planejamento para o futuro, exausta por não ter como escapar daquilo. Lembrou-se dos pais de Serena — seus avós, apesar de se verem tão pouco que eles mal ocupavam a função — e como, do dia para a noite, eles decidiram encerrar a viagem ao México e comprar uma casa de férias no Arizona, onde podiam jogar golfe, comer salada e tomar limonadas geladas. Tudo dentro do confinamento de um condomínio fechado. Tivera algo a ver com política, mas Serena não gostava de falar sobre esses assuntos, então se limitava a dizer: foi a política. *Scottsdale é muito agradável durante o inverno.* Até que um dia, quando o avô de Alice adoeceu, Serena o levou para uma instituição de cuidado integral, e a avó ainda assim voltou para a Califórnia. Será que ela ligava todos os dias? Mandava cartões-postais para as enfermeiras lerem para o marido? Quem sabe o que se passava por trás das decisões das pessoas, após cinquenta anos de casadas? Quem sabe a influência que o casamento dos pais de Serena exercera nas expectativas que a filha passara a ter dos próprios relacionamentos? Talvez Alice estivesse sozinha porque Leonard sempre estivera sozinho.

— Vamos — chamou Sam. Então, levantou-se e fez um cafuné na cabeça da filha. Alice deu uma piscadela para Mavis, que piscou de volta, franzindo o rosto todo. — Hora de comer.

56

O horário de visitas terminava às cinco da tarde, mas, quando Alice mostrou a identidade para London às 16h45, ele não disse nada, só liberou a entrada. Sentia-se péssima. Não exatamente *enjoada*, mas pesada e devagar, como se estivesse em câmera lenta. Com dor de cabeça. Tudo parecia confuso. Pelo menos quando estava na guarita, Alice sabia o que esperar. A sensação era como a de montar uma mixtape na época do colégio, voltando até encontrar o ponto exato e então acrescentar algo novo. Colocar as coisas na ordem certa sempre parecera fundamental, uma canção atrás da outra. Mas era impossível controlar a forma como as pessoas escutariam a fita, se elas se importariam, se escutariam várias e várias vezes ou se a fita ficaria engasgada e se soltaria como um emaranhado de enfeites de Natal. Era mais fácil voltar no tempo do que seguir adiante. Seguir adiante era assustador, qualquer coisa poderia ter acontecido. Qualquer coisa poderia acontecer. Sabia que o leque de possibilidades era relativamente estreito, mas ainda assim… Alice não tinha como controlá-lo.

O hospital estava mais silencioso do que o normal. O dia estava nublado e escuro, então talvez a maioria dos visitantes tenha voltado mais cedo para fugir da chuva iminente. Com um aceno de cabeça, Alice cumprimentava educadamente as pessoas por quem passava nos corredores sem fim, cada um levando a outro e mais outro, até chegar ao leito do pai. Esperava a mesma cena que já presenciara tantas vezes: o pai quase adormecido, de olhos fechados, Debbie se ajeitando na poltrona, o som do noticiário na TV dos quartos adjacentes. Mas, quando Alice puxou a cortina, Leonard estava sozinho e acordado, de olhos abertos, a cabeça apoiada nos travesseiros. Ele olhou para a filha e sorriu.

— Finalmente. — Leonard abriu as mãos, como um mágico revelando que uma moeda ou um coelho havia desaparecido.

Alice parou, ainda segurando firme a cortina barata de nylon.

— Pai.

Leonard sorriu.

— Estava esperando outra pessoa? — O rosto dele estava magro, e a sombra da barba, grisalha. Leonard gesticulou para a poltrona.

— Bem-vinda ao meu pequeno reino.

— Só não esperava que estivesse acordado.

Alice sentou-se depressa na poltrona e apoiou os braços no colo com firmeza, como se fossem o cinto de segurança em uma montanha-russa.

— A Debbie acabou de sair. Ela queria te ver, mas você pode ligar para ela mais tarde, né?

Havia algumas bolsas de líquido penduradas atrás dele, uma pingava devagar até o braço. Os nomes dos médicos e dos enfermeiros estavam escritos em um quadro branco, junto com a lista de todos os medicamentos de Leonard. Era tudo igual, a única coisa diferente era o fato de que ele estava acordado, conversando e olhando para ela.

— Bom ver você, Alicezinha.

— Bom ver você também — respondeu Alice, mas era uma redundância.

— Como foi o seu dia? — perguntou Leonard. — Está parecendo um pouco cansada.

— Eu estou cansada — confirmou Alice, mas era mais do que isso.

Estava constrangida, ansiosa e empolgada. Já passara tanto tempo triste no presente que agora não sabia bem o que fazer tendo a presença do pai logo à frente, acordado. Pensar na morte de Leonard e no quanto isso impactaria o resto de sua vida era pesado, mas era um peso familiar. Não que Alice achasse que tinha superado a questão. Pelo contrário, entendia que não era um obstáculo a ser solucionado, como um quebra-cabeça ou um cubo mágico; o luto era algo que entrava em casa e se instalava. Talvez ficasse andando de um lado para o outro, mais distante da janela, mas nunca ia embora. É uma parte de nós impossível de expulsar, por mais que tentasse com súplicas, orações, bebidas ou exercícios. Alice estava tão acostumada com o pai tão próximo de partir que essa partida era quase desejada — ninguém quer ver uma pessoa amada sofrendo. Mas também estava cansada. Cansada da tensão que sentia toda vez que o telefone tocava, cansada do nervosismo ao sair do hospital a cada visita, cansada da sensação de saber que sua vida mudaria e que teria que lidar com um buraco enorme para sempre. Em breve. Alice achava que talvez aquilo fosse exatamente o inverso, uma imagem espelhada da sensação de estar grávida e saber que a vida jamais seria a mesma. Subtração ao invés de adição. Várias das tradições eram idênticas: pessoas mandavam flores, cartões, comida. Alguém colocava o nome dela na lista de afazeres: "Mandar uma mensagem para Alice Stern". E, pronto, logo tudo voltaria a ser problema só dela, todos os dias, para sempre. Alice levara muito tempo para chegar até ali, não sabia se conseguia fazer tudo de novo.

Não lembrava exatamente o que tinha acontecido na última viagem. Os dias se misturavam. Achava que não tinha contado a ele, no fim da noite, como às vezes acontecia.

— Tudo bem, tudo bem. É, você me parece bem — disse Leonard, brincando.

— Você está melhor — retrucou Alice. — Melhor do que nos outros dias.

Leonard assentiu.

— Ninguém consegue descobrir o que tem de errado comigo, sabe? Só sabem que eu estou morrendo, claro — ele sorriu com a pura honestidade da situação —, mas não sabem por quê. Acho que, quando analisam os meus exames de sangue, é como se estivessem olhando para um senhor de noventa e seis anos.

Leonard mexeu as sobrancelhas. Ele sabia. Óbvio que sabia.

— Pai — disse Alice —, não tenho conseguido falar com você. — Tentou fazer as contas. Vinte e quatro anos tinham se passado desde o aniversário de dezesseis, mas também tinha sido apenas um dia, uma semana, duas. — Você não pode me contar o que sabe? Tenho voltado direto para tentar ajudar, resolver essa situação, tipo... — ela gesticulou para o leito —, essa situação toda, mas essa é a primeira vez que você está acordado! Eu não sei o que fazer. Então tenho ido e voltado várias vezes, porque... Por que não?

Alice tentou rir, mas o som mais pareceu um grunhido. Queria que estivessem em casa, com Ursula em seu colo. Existiam hospitais que aceitavam gatos? Já vira matérias no noticiário sobre cães, labradores dóceis, peludos e dourados, enfiando aquele focinho gostoso nas mãos dos enfermos. Leonard não iria querer uma lambida de um cachorro aleatório, mas teria adorado a presença da dignidade eterna e sem limites de Ursula.

— Bom, só funciona entre três e quatro da manhã, e o lugar tem que estar vazio. O que é difícil. Eu tomo cuidado para que esteja tudo certo. E é isso, basicamente. Aprendi faz tempo que regras são regras. Não importa se não fazem sentido. É assim que funciona. É isso que você quer saber? — Leonard sorriu. — Ficção científica só precisa fazer sentido dentro dos próprios limites, mesmo que os limites sejam o seu mundo.

— Você já explicou essa parte. Uma vez. Quem mais sabe disso? — perguntou Alice. — Só nós dois?

O semblante de Leonard endureceu.

— Os Roman sabem. Cindy voltava para os anos 1970 e ficava dançando a noite inteira. Isso foi antes de nos mudarmos. Ir e voltar vai ficando mais difícil. Mais difícil voltar, na verdade. Você sente no corpo. Por muito tempo, achei que não causaria dano algum, mas, bem... — Ele gesticulou para o leito. — A Cindy ia para o Studio 54, curtia de tudo que é jeito, até que, na volta, começou a ter problemas.

— Que tipo de problema?

Alice pensou no próprio corpo e em como parecia estar ficando mais lento, como a cabeça doía pela manhã, não importava onde estivesse.

— É como ter visão dupla, ficar meio instável, e a instabilidade fica mais pronunciada conforme envelhecemos. É meio que o oposto do que a gente quer, sabe? Queremos que as coisas fiquem cada vez mais claras quanto mais nos afastamos de um certo momento, quanto menos podemos confiar na própria memória, mas não é assim que funciona.

Leonard entrelaçou os dedos. A pele estava fina e pálida.

— E como você garante que voltou para onde quer estar? — Era aquilo que ainda não tinha descoberto. — Quer dizer, como você sabe quando parar?

— Você sabe onde quer estar? — Leonard arqueou a sobrancelha.

— Não faço ideia. Sei que as coisas não eram perfeitas, originalmente, mas aí, quando voltei, as coisas continuavam não sendo perfeitas, só que de uma forma completamente diferente.

Pensou em Tommy, nos dois lindos filhos e no apartamento gigante e ficou aliviada por não estar lá.

— Ah, sim — disse Leonard. — Uma vez, e só uma vez, quando eu voltei, você tinha se mudado para a Califórnia com a Serena. Foi um desastre, então eu me certifiquei de que nunca mais fosse acontecer. Mas a gente vê como funciona, a gente vê o que muda e o que não muda. Sem querer parecer budista demais, porque nem budista eu sou, e com certeza entendi errado a lição, mas, fora da gente, tudo à nossa volta é uma fachada, sabe?

Alice fez que não.

— Pois é, tenho quase certeza de que o Dalai Lama nunca falou sobre fachadas.

— Obrigado, senhorita. Mas você sabe o que quero dizer. Tem coisas que mudam e tem coisas que não mudam. Todos nós tentamos resolver as nossas confusões internas, e ninguém é bom nisso. Nem os budistas! Eles têm ideias melhores para tentar, ou talvez sejam melhores em deixar tudo isso de lado. Não tem a ver com o tempo, e sim com o que fazemos com o tempo. Onde depositamos a nossa energia…

Leonard fechou a boca no meio da frase e, em seguida, fechou os olhos também. Então, Alice percebeu: só porque ele estava acordado e falando, não significava que estivesse melhor. O que quer que tivesse feito, não fora suficiente. O pai encontrara o amor, parara de fumar, escrevera outro livro, começara a se exercitar e mil coisas que ela não tinha visto, Alice tinha certeza, mas nada importava. Ainda estavam ali.

— O que você tem? — perguntou.

As palavras mal tinham saído de sua boca quando Alice se deu conta de que sabia a resposta. Era aquilo ali: o que ela andava fazendo, o que Leonard já tinha feito sabe-se lá quantas vezes. Não tinha a ver com a Coca-Cola. Não tinha sequer a ver com o cigarro. Era aquilo. Era claro que não conseguiria salvá-lo.

Leonard levantou as palmas em direção ao céu.

— Acho que qualquer pai ou mãe faria o que eu fiz. Sinceramente, queria ter conseguido ir a outros momentos também, sabe? Alice com três anos, Alice com seis, com doze... eu com trinta, eu com quarenta... — Ele marcou os pontos no braço, como David Byrne dançando no clipe de "Once in a Lifetime". — Ninguém fala disso... pelo menos não com os pais. Talvez as mães falem mais disso, aposto que sim. Mas o fato é que ninguém nunca falou comigo sobre como é amar muito alguém e depois ver esse alguém se transformar em outra pessoa. Você ama essa nova pessoa, mas é diferente, e tudo acontece muito, muito rápido, até as partes que parecem durar uma eternidade enquanto estão acontecendo.

O pai tinha toda razão. Alice sentiu que seria ofensivo dizer que ele também mudara, mas é claro que ele sabia. Alice o amava naquele momento, mas não da mesma maneira que o amara quando criança, porque ele não era o mesmo, e Alice também não. Era aquilo que vinha fazendo ao ir e voltar — mesmo nos dias em que não passava muito tempo com o pai e saía para fazer coisas bobas com Sam, ou quando passava o dia na cama com um rapaz bonitinho. Não era como se achasse que Leonard tinha sido o pai perfeito — em todo Dia dos Pais, na internet, era bombardeada com fotos de pais fazendo trilha, pais cozinhando, pais jogando softbol, pais construindo coisas com ferramentas, pais fantasiados. O pai dela nunca tinha feito nada daquilo e, às vezes, Alice queria que tivesse, mas não podia culpá-lo por ser quem era. Leonard era assim, e ela o amava por isso, sobretudo aquela versão dele, a versão jovem que vivia como se nada pudesse lhe fazer mal. Alice vinha tentando adiar o momento de dizer adeus àquela versão de Leonard. Seja lá o que tenha acontecido do outro lado, quer estivesse consciente ou inconsciente, o pai estava em outro momento, mais lento e mais indigesto. Ninguém podia ser jovem para sempre. Nem mesmo o pai, que viajara no tempo, que inventara mundos, que criara coisas que ainda estariam ali quando ele não estivesse mais. Que a criara.

Leonard deixou que os pensamentos de Alice preenchessem o ambiente.

— Tudo bem perder pessoas, Al. A perda é o que dá sentido a tudo. Não podemos apagar o luto, a dor, porque senão o que nos resta? Um episódio de *Barrados no baile*, em que a música tema toca no final, e você sabe que vai ficar tudo bem?

— Tá, agora eu sei que você não estava prestando atenção, porque aquela série tinha mais gente com trauma do que um pronto--socorro. — Alice riu.

— Deu para entender. Esse final… não existe. — Leonard balançou a cabeça. — E você não pode tentar para sempre. Ou pode, mas aí vai terminar como eu. É isso que está acontecendo. É isso que eles não sabem. Isso nunca aconteceu com Scott e Jeff… os dois estavam sempre prontos para voltar aos anos 1980, com aqueles coletes idiotas. Nem com a Aurora. — Leonard olhou para Alice. — Tentei fazer a Aurora o mais parecida possível com você. Ela acabou ganhando vida própria, como sempre acontece, mas, quando comecei, estava só pensando em você, indo e voltando no tempo, como eu sabia que iria acontecer. Acho que é assim que alguns pais se sentem quando os filhos tiram carteira de motorista, sabe? Tipo, você está por aí, para além do meu alcance. E eu só precisava confiar que você seria forte o suficiente. E era. A Aurora também.

— Então, o que eu faço? — perguntou Alice. Que vergonha. Não tinha dezesseis anos, tinha quarenta, e já sabia que o pai não ia lhe dizer, que não tinha como dizer, por mais que quisesse. — Por que você não me contou?

— Por muito tempo, eu não sabia o que aquilo estava fazendo com o meu corpo. Aí, quando percebi… o que eu ia fazer, proibir? Eu não ia proibir ninguém. Todo mundo faz o que precisa fazer, todo mundo toma as próprias decisões sobre como deve se comportar. O que quer fazer, o que precisa fazer... — explicou Leonard. — Quer assistir a *Jeopardy!*?

Sim, Alice queria. Arrastou a cadeira para o mais perto possível da cama e ficou esperando enquanto o pai tateava o colchão em busca do controle remoto enorme do hospital, com botões do tamanho de moedas. O pai precisava usar as duas mãos para apertar o botão com força suficiente. Alice encostou a cabeça na grade de plástico da cama e virou o rosto para a tela. Alex Trebek teria as respostas.

— Tenho mais uma pergunta — anunciou.

— Só uma? — Leonard deu risada, então tossiu. Daí apontou para a televisão. — Só tem perguntas por toda parte.

— É sempre o meu aniversário. Quando eu volto. Por quê? Nada acontece... digo, nada de muito importante. Quer dizer, para mim.

Alice examinou as unhas.

— Não tenho como saber — respondeu Leonard. Parecia exausto. — Mas eu posso dizer o seguinte: o dia em que você nasceu foi o momento em que me tornei a melhor versão de mim mesmo. Sei que parece uma cafonice sem igual, mas é verdade. Antes de você vir ao mundo, eu estava ótimo pensando só em mim, o dia todo. — Ele sorriu. — Eu estava esperando para falar disso com você.

— Sobre ser um cafona egoísta? — perguntou Alice.

Mesmo ali, não conseguia evitar as piadinhas, as provocações.

— Sobre a sensação de voltar. Era simplesmente... — A voz começou a falhar. Leonard pigarreou algumas vezes e balançou a cabeça. — Era quando eu sentia mais amor. Em toda a minha vida. Você se lembra de quando fomos àquele casamento, e a noiva disse ao marido que ia amá-lo mais do que qualquer filho que viessem a ter?

Alice revirou os olhos.

— Sim. — Tinha onze anos e tomara uma infinidade de coquetéis Shirley Temple, usando um vestidinho de festa de veludo.

— Bom, assim, eles obviamente ainda estão casados, e eu me divorciei. Mas nunca senti pela Serena algo que chegasse perto do amor que sentia por você. Nem pela Debbie. — Ao dizer aquilo, Leonard pôs um dedo nos lábios. — E aí, naquele dia, *puf*. Lá estava, tudo de uma vez. Como quando um poço de petróleo é perfurado, e tudo começa a jorrar pelos ares. Talvez seja isso. Sei que nem sempre fui o melhor pai, mas eu tentei. A gente se saiu bem, né?

— A gente se saiu mais do que bem, pai. Mais do que bem.

O hospital fazia barulhos — rodinhas no chão liso, gritos e tosses, cumprimentos de uma enfermeira, risadas por trás do balcão —, mas Alice não ouvia nada. Fechou os olhos por um momento e pensou em tudo o que tivera em seu décimo sexto aniversário: um pai que amava e com quem queria passar tempo, que confiava nela o bastante para deixá-la sozinha. Uma melhor amiga. Um crush. Alice se perguntou se o dia para o qual voltava ia mudando com o tempo. Talvez viesse a existir um dia nos seus quarenta, cinquenta ou sessenta anos que seria tão cheio de amor, tão completo, que uma Alice de noventa anos voltaria para lá. Só que Leonard não estaria presente, porque, não importava o que ela fizesse, àquela altura ele já teria partido. Aquele até poderia não ser o melhor dia para outra pessoa, mas era para ela, pelo menos por enquanto.

— A pergunta é "O que é *Irmãos do tempo*?" — respondeu um participante de *Jeopardy!*, com a mão ainda no botão, vermelho de satisfação por saber que estava certo.

PARTE SEIS

57

Tinha pássaros na Pomander — pombos, claro, mas também andorinhas barulhentas e, de vez em quando, até algumas gaivotas escandalosas que vinham vagando do Hudson, a um quarteirão e meio de distância. Estavam todos reunidos na escada de incêndio, no encontro diário para tratar de minhocas, vento e migalhas de pão. Alice ficou ouvindo seus grasnados por alguns momentos, encarando o teto. Da cama, dava para ver um pedacinho de céu nublado, entre um e outro prédio dos fundos. Ela se sentou em um movimento fluido, e a camiseta amarela enorme subiu pelas costelas enquanto se espreguiçava.

Leonard estava no mesmo lugar de sempre, tomando café da manhã à mesa. Havia um jornal dobrado ao seu lado, e Ursula estava de butuca na janela, como se esperasse Alice aparecer.

— Toc, toc — disse Alice, e estalou a língua para chamar a atenção do pai.

Ele parecia perplexo de vê-la acordada tão cedo. Não sabia a quantidade de vezes que Alice estivera ali, acordada, acordada, acordada...

— Feliz aniversário, minha pequena andarilha — disse Leonard.

Então, despenteou o cabelo de Alice como fazia quando a filha era criança e da altura da cintura dele. Alice não chorou, mas engoliu em seco várias vezes seguidas.

Tinha um plano.

58

O cursinho era irrelevante, então Alice faltou. Leonard nem deu bola. Ela revirou as gavetas em busca do gravador e o levou para o City Diner, onde pediram queijo quente e duas porções de batata frita.

— Me fale dos seus primos — pediu Alice. — Quem era o seu arqui-inimigo no Ensino Fundamental? Com quem foi o seu primeiro beijo? Como a minha mãe era quando jovem?

Leonard riu com a xícara de café na boca. Então respondeu às perguntas, uma de cada vez. Tinha um primo chamado Eggs, que acabara virando operador de apostas; uma garota chamada Priscilla, que tinha quebrado o lápis dele ao meio; e Priscilla outra vez, alguns anos mais tarde; Serena aos 22, loira e bonita sem nem tentar. De vez em quando, Leonard parava de falar e dizia:

— Tem certeza de que quer mesmo ouvir isso tudo?

Mas Alice assentia vigorosamente e apontava para o gravador.

— Pode continuar.

59

Tinham que jantar no Gray's Papaya, e foi aquilo que fizeram, por mais que Alice estivesse começando a cansar de cachorro--quente. Já experimentara todos os sucos, e o de mamão era o vencedor. Leonard ficava feliz quando a filha colocava mais coisa no cachorro-quente, então ela recheou o seu com tudo o que tinha direito. Sam torceu o nariz, mas Alice percebeu que a amiga também estava impressionada. Tinham que tomar sorvete, e foi o que fizeram. Alice queria garantir que Sam sempre dissesse o que precisava dizer, dando-lhe vários empurrõezinhos até que a ideia viesse à tona. Às vezes, pedia calda de chocolate, em outras, de caramelo. Não parecia fazer diferença.

60

Havia um número limitado de festas na vida de uma pessoa, então Alice decidiu deixar o pai ir à convenção depois do jantar. Na vida adulta, havia raríssimas oportunidades de estar rodeado de amigos após a meia-noite. Decidiu deixar Tommy cometer os próprios erros — não precisava intervir. Alice e Sam usaram camisolas de seda, tiaras e batom escuro, como uma dupla de vampiras sensuais, e já estavam se divertindo antes mesmo de algum convidado tocar a campainha. Quando Helen e Lizzie chegaram, Helen perguntou:

— O que é isso, *Jovens Bruxas*? — E era só aquilo que Alice e Sam precisavam ouvir.

Pelo resto da noite, foram duas bruxas adolescentes, lançando feitiços e fingindo levitar ao ficarem por trás uma da outra, erguendo os corpos. Quando Phoebe chegou com as drogas do irmão, Alice disse:

— Sim, por que não?

Os garotos tocaram a campainha e entraram como um pequeno desfile, como sempre.

— Vocês foram passando na casa de cada um para buscar todos, um por vez? Tipo um furacão que sai pegando sofás e portas, que nem em *O mágico de Oz* ou algo assim, só que com garotos adolescentes?

Com uma risadinha, Alice abriu caminho para que os garotos entrassem em meio a uma nuvem de perfume Polo Sport que os carregava até a sala de estar. Tommy estava ali, no meio do grupo, cercado por admiradores e acólitos, como sempre, e Alice deixou que ele lhe desse um beijo na bochecha. Era um bom garoto, por mais que não fosse o bom garoto *dela*. Depois, os meninos se jogaram no sofá e se apoiaram nas bancadas como se fossem incapazes de aguentar o próprio peso. Fosse lá o que tivesse no comprimido, estava começando a fazer efeito, e Alice sentiu a madeira pesada da porta em contato com a pele. Kenji Morris foi o último da fila e parou junto ao capacho.

— Você está bem? — perguntou ele, jogando a cabeça de lado para tirar a franja do rosto.

— Seu cabelo é bem bonito — disse Alice. — Parece uma cachoeira.

— Obrigado — respondeu Kenji.

Parecia ter um leve receio de que Alice fosse tocá-lo, então se esquivou pela porta.

Em um piscar de olhos, Lizzie já estava na cola de Tommy. Não parava de lamber e chupar o anel de pirulito em seu dedo, como se estivesse fazendo um teste para estrelar um filme pornô. Não havia um adolescente heterossexual vivo que pudesse ter resistido àquilo. Sam passou por eles e se virou para Alice, revirando os olhos.

— Preciso de mais cigarros — disse Alice.

Algumas pessoas jogaram bolinhos de dinheiro em cima dela e fizeram pedidos: um maço de Newport Lights, um maço de Marlboro Lights e alguns filtros.

— Eu vou com você — avisou Kenji.

Ela estivera quieto em um canto desde que chegara, balançando a cabeça no ritmo da música.

A mercearia mais próxima que não pedia identidade ficava na Amsterdam. Dentro de casa, Alice estava com tanto calor que se esquecera que era outono e, assim que passaram pelos portões de ferro, ficou arrepiada de frio.

— Toma — disse Kenji, tirando o suéter da North Face e entregando a ela.

Alice enfiou os braços pelas mangas depressa. A peça cheirava a sabão em pó e fumaça de cigarro, por mais que Kenji não fumasse, ou pelo menos ela achava que não. Nunca tinha prestado muita atenção. O silêncio reinava no quarteirão entre a Broadway e a Amsterdam. Durante boa parte do Ensino Médio, nos acostumamos a andar por aí com grupos enormes, e na faculdade também. Alice já tivera essa mesma sensação: a de, de repente, estar sozinha com alguém pela primeira vez, apesar de já ter estado no mesmo recinto que a pessoa centenas de vezes. Não sabia o que dizer, então pensou um pouco e se decidiu.

— Ei — disse Alice. — Sei que vai ser totalmente inesperado, e peço desculpas se for estranho dizer isso a caminho da mercearia, mas sinto muito pelo seu pai, muito mesmo.

Kenji parou.

— Uau, tá.

— Desculpa — disse Alice. — Eu não deveria ter dito isso, foi um momento muito esquisito.

— Não — respondeu Kenji —, não tem problema. É só que, sabe como é, ninguém nunca toca no assunto. Ou as pessoas se desculpam, tipo, uma vez, como se tivessem acabado de pisar no meu pé, e depois fica tudo bem, sabe?

Alice pensou em quantas vezes já fizera a mesma coisa. O pai de Helen tinha morrido quando estavam na faculdade, depois de uma longa doença, e Alice enviara sequer um bilhetinho? Achava que sim. A situação toda a deixava desconfortável, e não queria fazer ou dizer a coisa errada, então parecia melhor não dizer nada e se retirar. Mas claro que não era melhor. Alice já sabia que odiaria as pessoas que fizessem a coisa errada quando Leonard morresse, assim como aquelas que não dissessem nada, embora pudesse perdoar os que não tinham perdido pai, mãe ou um ente querido, já que simplesmente não entendiam.

— Eu entendo. Quantos anos você tinha?

— Doze — respondeu Kenji.

Estava tremendo dentro da camiseta branca enorme.

— Merda — disse Alice. — Sinto muito. Foi de câncer, né?
— Aham. Linfoma.
Os dois caminharam em silêncio até chegarem à esquina. Kenji começou a ir em direção à porta da mercearia, mas Alice pôs a mão no braço dele.
— Eu sinto muito que isso tenha acontecido. Aposto que você sente muita saudade dele. O meu pai também está doente. E a minha mãe é quase como se estivesse morta... sei que não é a mesma coisa, mas já faz um tempão que ela nos deixou, então somos só eu e meu pai. E é assustador.
No mesmo instante, Kenji a puxou para um abraço.
— Não sabia que o seu pai estava doente.
Alice apoiou a cabeça no ombro dele. Era ossudo, como o corpo de vários garotos adolescentes; eram corpos que ainda não sabiam o tamanho que deveriam ter, onde começavam e onde terminavam. Era seu aniversário de dezesseis anos, e o pai não estava nem um pouquinho doente. As coisas estavam começando a se embaralhar na cabeça dela. Parecia que tudo estava acontecendo ao mesmo tempo.
— Onde você estava quando aconteceu? — Alice recuou um passo, então mais um, até se ver sentada em um hidrante. — Desculpa se for uma pergunta pessoal demais.
— Não, tudo bem — disse Kenji. — Até que é bom falar disso. Quando ninguém fala, é meio como se nunca tivesse acontecido, por mais que eu saiba que aconteceu. Às vezes eu fico meio, tipo: "Eles sabem, né?". — O garoto passou a mão pelo cabelo. — Eu estava na escola. A enfermeira chegou e... Nunca vou esquecer, estava na aula de literatura do sr. Bowman. Aí ela disse que a minha mãe tinha vindo me buscar. Eu já sabia o que era, então recolhi as minhas coisas bem devagar, sabe, como se, até ouvir a confirmação, ele ainda fosse estar vivo. Tipo, realismo mágico. Mesmo eu sabendo que o pior já devia ter acontecido.
— Caramba — respondeu Alice. — Entendo totalmente.
Não era justo que aquilo acontecesse com alguém tão jovem. Acontecia o tempo todo, é claro, mas não deveria. Conhecera uma menina chamada Melissa, que só estudara na Belvedere durante o primeiro e o segundo anos do Ensino Fundamental. No segundo

ano, a mãe dela morreu, e Alice se lembrava direitinho dela, das tranças que fazia no cabelo da filha todos os dias, as duas tranças compridas e castanhas que se agitavam quando Melissa corria ou brincava no balanço do parquinho. O pai dela assumira a tarefa de fazer as tranças e, quando Melissa saiu da escola, era fácil imaginar a mãe ainda por perto, aonde quer que fosse. Seria pesado demais pensar o contrário, difícil demais para sequer imaginar, como descobrir que, na verdade, a Terra poderia explodir a qualquer momento. Kenji a conduziu em direção à porta.

— Vamos comprar as coisas antes que aquela galera destrua a sua casa.

Alice deu risada. Ainda não tinha acontecido, em nenhuma de suas festas de dezesseis anos, mas havia uma primeira vez para tudo. Àquela altura, Tommy e Lizzie provavelmente já estariam transando na cama dela. Seu corpo estava agitado; seja lá o que Phoebe arranjou, estava batendo.

— Tá — respondeu. — Mas talvez eu precise de uma ajudinha para ficar em pé.

61

Eram quase duas da manhã quando as pessoas começaram a ir embora. O horário limite para que muitos adolescentes estivessem de volta em casa era 1h30, o que à primeira vista parecia tarde, mas depois parecia cedo, até Alice chegar aos vinte e tantos anos e começar a achar tarde de novo. Tudo era relativo, até o tempo. Talvez especialmente o tempo. Praticamente dormindo, Sam ajudava a esvaziar as garrafas na pia e depois a jogá-las na lixeira de recicláveis. Tommy tinha ido embora — ele e Lizzie saíram juntos aos tropeços, como se fossem a algum lugar, quando, na verdade, só dividiriam um táxi e cada um entraria de fininho na casa dos respectivos pais, rezando para que ninguém sentisse o cheiro de cerveja, fumaça e sexo que exalavam. Boa parte da adolescência envolvia fingir que o corpo não tinha começado a fazer as coisas que os corpos adultos faziam. Era como quando as crianças tinham que aprender a ser pessoas individualizadas, um processo genericamente doloroso. Às 2h30, a casa estava vazia, exceto por Sam, que dormia na cama de Alice, e Alice, acordada de frente para a janela principal. Pegou o telefone fixo e ligou para o número que estava na geladeira.

— Alô?

Não era o pai dela, e sim Simon Rush. O local parecia lotado e barulhento, um viveiro cheio de escritores de ficção científica. Alice podia visualizar o pai ali, com um dedo grosso enfiado no ouvido oposto para abafar o barulho.

— Simon? Oi, aqui é a Alice. O meu pai está?

Teria pedido desculpas por ter ligado tão tarde, mas claramente não havia necessidade.

— Oi, Alice, claro, só um minuto.

Ouviu o som abafado de uma mão no bocal, então o que presumiu que fosse o ruído do telefone de plástico duro batendo na mesa de cabeceira de madeira. Demorou alguns minutos para que Leonard atravessasse o quarto. Alice até imaginava a cena: todos os amigos espalhados pelo recinto, rindo e conversando, bêbados e fumando, tendo uma noite excelente. Talvez houvesse infinitas oportunidades para festas e para o amor, bastava construir uma vida que tivesse espaço para tudo aquilo. Quando Leonard finalmente chegou ao telefone, estava meio ofegante.

— Al? O que houve? Está tudo bem? Já tá tarde!

— Estou bem, pai.

Queria que ele fosse para o hotel porque facilitaria o que tinha a fazer. Alice precisava escolher ser adulta em primeiro lugar e filha dele em segundo, em vez do contrário. Sempre tinha sido boa na autodisciplina quando era mais nova (chegava em casa no horário combinado, tirava notas boas), mas se esquecera de fazer o mesmo como adulta.

— Só queria dar boa noite.

Leonard suspirou aliviado.

— Ufa, caramba, você me assustou. E aí, se divertiu hoje à noite?

— Claro — respondeu Alice.

Seu corpo voltara ao normal. Nas últimas horas, ela e Sam basicamente tinham ficado sentadas de frente para o espelho do armário, experimentando todos os tons de batom que Alice tinha e conversando sobre Ethan Hawke e Jordan Catalano. Também discutiram se os filmes que amavam eram mesmo bons ou se os atores eram tão bonitos que não fazia diferença. As duas carimbaram os lábios na parte de dentro do armário, primeiro em uma linha reta, depois na metade da porta inteira, uma nuvem de beijos, até ficar parecendo um papel de parede.

— E você? Está se divertindo?

Leonard riu.

— Bom, alguém trouxe uma máquina de fazer margarita e está fazendo margaritas de verdade, então, sim, todo mundo está se divertindo bastante. Vou acordar com dor de cabeça, mas falar com o Barry sempre me deixa com dor de cabeça, mesmo.

— Então tá — disse Alice. — Te amo, pai.

— Tem certeza de que está bem, Alicezinha? Quer que eu vá para casa?

A voz dele soava mais alta, como se tivesse envolvido o bocal com a mão em concha. Alice podia imaginá-lo virando de costas para os amigos e encarando a parede, talvez pedindo silêncio com o dedo.

— Estou bem mesmo, eu juro.

— Então tá. Também te amo, muito.

Dava para ouvir o sorriso dele. Leonard tinha sido jovem, e ela tinha sido jovem — os dois tinham sido jovens juntos. Por que era tão difícil entender como as duas gerações eram próximas? Que pais e filhos eram companheiros de vida? Talvez fosse por isso que Alice estava ali, naquela época. Talvez fosse o momento em que os dois estavam no auge, e juntos. Então pensou em Kenji e na mãe linda dele. O garoto tinha ido cedo para casa, seu horário limite era meia-noite. Alice entendia por que a mãe de Kenji devia ter dificuldade de deixá-lo sair de vista. Depois de ter provas da crueldade repentina da vida, como poderia relaxar? Como era possível simplesmente deixar as coisas acontecerem?

— A gente se vê amanhã, pai — disse Alice. Queria lembrá-lo de todas as coisas que ele deveria fazer: escrever *Aurora do tempo*, encontrar Debbie, ser feliz. Mas sabia que não precisava. Daquela vez, teria que confiar. Porque não voltaria. Onde quer que acordasse, era ali que ia ficar. — Faça uma coisa por mim?

Ia pedir para ele não viajar mais no tempo, dizer que todo aquele amor no fim acabaria matando-o. Mas aí pensou em como, naquele exato momento, era bom ouvir a voz forte e saudável do pai, ouvi-lo se divertindo com os amigos e se sentir tão plena, então percebeu que não conseguia.

— Claro, meu bem. O quê? — perguntou Leonard.

Alguém ligou um liquidificador ao fundo. Estava tão alto que provavelmente Leonard mal a ouvia.

— Se cuida — disse Alice. — Tá?

— Até o futuro — respondeu Leonard, a frase de *Irmãos do tempo*.

Ela riu. Leonard devia estar bêbado, bêbado o suficiente para achar o próprio trabalho divertido. Ele desligou primeiro, e Alice ficou ali, sentada, até o telefone começar a apitar. Em seguida, pôs o fone de volta no gancho e olhou para o relógio. O plano era deixar um bilhete para Leonard e contar mais ou menos o que sabia. Dizer a ele para não viajar, não saltar no tempo, não visitar. Alice começou a escrever o tal bilhete várias vezes, mas nunca parecia certo. Então escreveu apenas: "Até o futuro/meu futuro/seu futuro, o que significa futuro, afinal? Com amor, Alice". Em seguida, jogou o resto no lixo e foi para a cama.

62

Ainda não tinha amanhecido quando Alice abriu os olhos. Continuava na casa da Pomander — na sala de estar, no sofá, com Ursula ronronando junto ao seu rosto. Tentou se sentar sem incomodar a gata. A luz da cozinha estava acesa, o que a fazia parecer um cenário, uma peça em que Alice era única espectadora. Ursula saltou para a janela e se deitou de lado, encostada no vidro. Debbie entrou no palco pela esquerda, usando calça de moletom e um blusão antigo da equipe de *Aurora do tempo*, o que a fez notar, pela primeira vez, que acordara no mesmo lugar em que fora dormir, só que em um cômodo diferente. Viu Debbie andar até a cozinha, abrir um armário e, então, encher um copo de água da torneira. Ainda estava escuro lá fora, e o vento fazia alguns galhinhos baterem na janela. Outubro era um bom mês para confrontar a morte, era por isso que o Halloween funcionava. As árvores estavam quase todas desfolhadas, e o ar, suficientemente quente para deixar os casacos pesados dentro do armário. Era um mês de transição, em que a natureza mudava de um estado para outro. Alice se sentou.

— Meu bem! — disse Debbie, piscando os olhos no escuro. — O que você está fazendo aqui? Ainda nem coloquei as lentes de contato.

Alice olhou pela casa como se pudesse ver algo que fizesse sentido: a luz do dia, uma estrada de tijolos amarelos, qualquer coisa.

— Acho que estava dormindo — respondeu Alice.

Engoliu em seco, sem querer fazer a pergunta. Também estava de moletom, a velha calça de educação física dos tempos da Belvedere. O uniforme dos Cavaleiros da Belvedere, como se os adolescentes do Upper West Side precisassem de incentivo para se considerarem corajosos e excepcionais.

— Ah, claro. Que bom que está aqui.

Debbie fez sinal para que ela se aproximasse para ganhar um abraço apertado. Ursula esfregou o corpo nos tornozelos de Alice. Quando Debbie enfim a soltou, ela se abaixou para pegar a gata.

— Vou ficar ali no sofá. Pode voltar para a cama, eu não queria incomodar — disse Alice, dando um beijo na bochecha de Debbie e se virando para voltar ao sofá.

— Ah, seu pai com certeza gostaria de te dar um oi, Al — comentou Debbie, a voz mais leve. — Não quer dar um pulinho ali?

Alice se virou de novo. Ursula pulou para os ombros dela e encostou o focinho molhado em sua orelha.

— Ele está aqui?

Debbie inclinou a cabeça de lado.

— Claro que está. E a enfermeira também. Mary. É a favorita dele. A família dela é de Trinidad e, quando vem, ela traz uns sanduíches de grão-de-bico incríveis, chamados *doubles*. Uma delícia.

— Ele está acordado? — perguntou Alice.

O corredor que levava ao quarto estava escuro.

— Às vezes, um pouquinho — disse Debbie, então abriu um meio sorriso. — A Mary acha que estamos perto. Os médicos também disseram isso, claro, mas o que é que eles sabem? Depois que o colocaram nos cuidados paliativos, meio que lavaram as mãos. Acho que os médicos não gostam de perder. Não é bom para as estatísticas.

Alice pensou na faixa gigante pendurada na Fort Washington Avenue, proclamando que o hospital era um dos melhores do país, e imaginou se, em vez daquilo, mantivessem uma contagem de todas as pessoas que morreram e de todos os bebês que nasceram. Entraram xis pessoas, saíram xis pessoas.

— Ok — falou Alice, e então pôs Ursula no chão.

O corredor estava escuro e, quando abriu a porta do quarto do pai, viu uma mulher bonita e de óculos, com um livrinho na mão e uma luz para leitura, sentada no canto. A cama normal tinha sido empurrada para a parede oposta, e Leonard estava deitado em uma cama hospitalar ajustável bem ao lado, o que fazia o quarto já pequeno parecer ainda menor. Restava apenas uma faixa estreita de chão para se locomover, não mais do que trinta centímetros de largura.

— Leonard, visita — anunciou Mary, então fechou o livro e o colocou atrás de si na cadeira.

O pai se mexeu bem de leve, virando a cabeça de um lado para o outro.

— Ah, é?

Leonard sempre era melhor na presença de outras pessoas; sozinho, como a maioria dos escritores, era propenso a resmungar, mas sabia ativar o charme quando queria, sobretudo com estranhos, ainda mais com jovens, mulheres e barmen. Com a maioria das pessoas, na verdade. O pai era curioso e sempre fazia perguntas; era por isso que os amigos de Alice o amavam. Não era como a maioria dos pais, que davam explicações condescendentes sobre a churrasqueira ou sobre os Rolling Stones, então desapareciam depois do monólogo. Leonard se interessava.

— Sou eu, pai — disse Alice.

Então avançou alguns passos, espremendo-se pela parede até alcançar as mãos dele.

— Alicezinha, eu estava esperando por você hoje — comentou Leonard. Ele virou a palma para cima, e Alice pôs a mão na dele.

— Feliz aniversário.

— Obrigada, pai — falou Alice. Já fazia semanas. — Como está se sentindo?

Leonard tossiu, e Mary se adiantou, passando por Alice para ajustar os travesseiros dele. Aquilo era uma dança, um dueto entre Leonard e fosse lá o que houvesse do outro lado, e o outro lado estava começando a conduzir. Alice se espremeu na parede para deixar Mary passar. Quando a enfermeira saiu do quarto, Alice se permitiu chegar mais perto do rosto do pai. As bochechas dele estavam fundas, assim como os olhos. Nunca o vira tão pequeno.

— Já estive melhor, Al. — Leonard abriu um sorriso fraco.
— Chamo uma ambulância?

Alice entendia o significado de cuidados paliativos, mas parecia errado não fazer tudo o que estivesse ao alcance. Só que, claro, era o que já tinham feito.

— Não, não — retrucou Leonard, contraindo os lábios em uma careta. — Não. A vida é assim. Todos nós temos a nossa hora, e essa é a minha. Seja hoje, amanhã ou mês que vem, é isso.

— Não gosto disso, pai. — Alice se surpreendeu ao notar que estava chorando.

— Também não gosto muito — comentou Leonard. Então fechou os olhos. — Mas não tem jeito. É assim que termina, para todos nós. Se tivermos sorte.

— Vou sentir muita saudade, sabe? — A voz de Alice falhou. — Não sei quantas das pessoas que eu amo, amo mesmo, também me amam na mesma intensidade, entende? Eu sei que parece patético, mas é como me sinto.

— É verdade — concordou Leonard. — Mas esse amor não some. Continua ali, em tudo o que você faz. Só essa parte de mim vai embora, Al. O resto? Você não conseguiria se livrar, mesmo se tentasse. E nunca se sabe o dia de amanhã. Eu era mais velho do que você é hoje quando conheci a Debbie. Está na hora de seguir em frente, enfrentar os desafios. Até o futuro, finalmente.

Alice fez que sim com a cabeça, esforçando-se para não chorar mais, ainda não.

A conversa claramente deixara o pai sem fôlego. Ele fechou os olhos, o peito subindo e descendo em movimentos curtos e superficiais.

Debbie chegou por trás sem fazer barulho e pôs as mãos nas costas de Alice.

— Tudo bem aqui? Quer um café, Al?

Era um jeito gentil de dizer: "Não vamos exagerar, não vamos exagerar, ele não pode se esforçar tanto". Alice assentiu. Inclinou-se, deu um beijo na bochecha do pai, então saiu do quarto.

63

O resto do dia passou como se estivessem sobrevoando um oceano em um avião lento. Alice, Debbie e Mary se revezavam trocando de assentos: a cadeira no quarto, a mesa da sala de jantar, o sofá. Debbie tirou um cochilo no antigo quarto de Alice. Serviu algumas tigelas de tangerinas, uvas e pretzels, e não sobrou nada. Mary saiu por um tempo, depois voltou. Alice notou que ficava ansiosa quando a enfermeira não estava por perto, mesmo sabendo que não era Mary que mantinha o pai vivo.

— Vamos pedir um Jackson Hole de almoço? — sugeriu Alice.

Debbie pareceu perplexa.

— Meu bem, esse lugar fechou há anos.

Nova York também não parava. Era outra faixa que poderia ser pendurada em uma das ruas da cidade: o número de lugares que amávamos e não existiam mais, substituídos por versões diferentes de si mesmos, lugares que outra pessoa amaria e guardaria na memória muito tempo depois de já termos morrido.

— Ah, sim — respondeu Alice.

Ela se deitou no sofá e puxou o cobertor sobre as pernas. Ursula pulou e se enrolou em um círculo perfeito. Debbie sentou-se ao lado das pernas dela e apertou alguns botões do próprio celular. Ninguém iria a lugar algum até que tudo terminasse.

Leonard acordava e dormia. Não falava mais do que algumas palavras. Falava tão poucas, na verdade, que Alice achou que pudesse ter imaginado a conversa de mais cedo.

— Ele está assim há muito tempo? — perguntou a Mary, que já passara por aquilo com várias famílias, que já vira o fim repetidas vezes e ainda conseguia se levantar pela manhã.

— Não vai demorar muito — disse Mary, respondendo à verdadeira pergunta de Alice.

Às sete da noite, Debbie e Alice jantaram assistindo a *Jeopardy!* na pequena televisão, só que não era mais com Alex Trebek, que tinha morrido de câncer. Não sabiam nenhuma das perguntas, nem mesmo as das categorias que deveriam saber, como Musicais da Broadway e Nova York. Alice estava exausta, mesmo não tendo saído de casa o dia inteiro. A ideia da existência de um mundo exterior — barulhento, vibrante, *vivo* — era demais para suportar. Depois do jantar, Debbie forçou Alice a acompanhá-la em uma caminhada pelo quarteirão, que fizeram em silêncio, de braços dados, como irmãs em um romance de Jane Austen.

Leonard estava quieto. Em seus momentos no quarto, Alice ficava de olho para ver se o peito dele estava se mexendo. Debbie e Mary se revezavam como escoteiras protegendo uma fogueira. A certa altura, Debbie guiou Alice de volta ao sofá e a colocou para dormir, já que Alice tinha cochilado sentada. Caiu no sono de novo assim que encostou a cabeça no travesseiro, mesmo achando que não fosse conseguir. Alice sonhou que estava no Ensino Médio de novo, que estava em sua festa, que Sam a abraçava e Tommy também, e que Kenji Morris estava lá no cantinho, encostado na parede. Mas não era Sam, era Debbie, e estava dando tapinhas no braço de Alice, tentando, com gentileza e alguma insistência, trazê-la de volta à consciência.

Alice arregalou os olhos e esperou Debbie falar.

— Acho que está acontecendo — avisou ela, o rosto pálido e a boca aberta como um peixe limpa-fundo.

Alice achou que Debbie estava com uma cara péssima, então recuou, como de vez em quando fizera quando a mãe ainda morava em casa e ela presenciava alguma cena da vida de adulto, como Serena arrancando um pelo perdido do queixo com a mesma pinça que Leonard usava para tirar farpas. Fosse lá o que estivesse acontecendo no rosto de Debbie, ia além da máscara do cotidiano. Era algo particular e real.

— Que horas são? — perguntou Alice.

Os olhos dela estavam começando a se ajustar à escuridão.

— São três da manhã — informou Debbie. — Tire um tempinho para se preparar, depois venha.

Ela apertou o ombro de Alice com força e voltou para o quarto.

Alice virou as pernas para o chão e se sentou. Dava para ver o relógio acima da mesa da cozinha: eram 3h05. Podia sair naquele momento, cruzar a porta da frente e voltar a ter dezesseis anos, ver o pai tomando café da manhã e lendo o jornal. Podia ver Ursula aninhar o corpo em volta do pescoço forte do pai. Podia fazê-lo rir, implicar com ele e, então, sentir todo o amor de Leonard voltado diretamente para ela, como os faróis de um carro.

Alice não podia salvá-lo, sabia disso. Leonard nem sequer gostava desse tipo de ficção científica: os livros com avanços médicos que poderiam preservar as pessoas por séculos, os livros com cérebros em frascos, os livros com vampiros imortais ou mágicos ambiciosos. Ele achava que soluções fáceis careciam de verossimilhança, por mais que tenha escrito dois livros sobre adolescentes que viajavam no tempo. Ele e Serena poderiam ter continuado casados, ele poderia ter conseguido um emprego de verdade, poderia ter usado roupas que não fossem da L.L.Bean, mas não fez nada disso. Leonard gostava de fazer as coisas do jeito dele. Sempre tinha sido ele mesmo, para o bem ou para o mal, pegar ou largar. E Alice não conseguia largá-lo, não naquele momento. Esperava que o que o pai dissera sobre o amor fosse verdade, sobre todo o amor que ainda existia no mundo. Ele não era religioso, e Alice também não. Havia a ficção, talvez, ou então a arte... será que podiam ser consideradas religiões? Crer que as histórias que contamos poderiam nos salvar e alcançar todos aqueles que já amamos?

Alice se levantou e foi ao quarto do pai; seus próprios faróis iluminando o caminho.

64

Mal reparou no trajeto de metrô para casa. Pareceu mais rápido do que o normal, e ela levantou os olhos bem na hora em que as portas anunciavam seu fechamento na estação Borough Hall, apressando-se para sair antes que perdesse a parada. A caminhada a partir da estação era longa, quinze minutos em um dia bom, mas Alice não se importava. Foi simplesmente colocando um pé na frente do outro até parar na porta de seu prédio.

Mary soubera o que fazer. Ela e Debbie tinham organizado tudo com antecedência — para quem ligar e em qual ordem: a funerária, as empresas de cartão de crédito, os amigos. Já havia um obituário pronto para ser publicado. A fotografia de Leonard apareceria em todos os jornais, no Twitter. Estaria no mosaico de fotos em preto e branco da cerimônia do Oscar, com alguém cantando "Somewhere Over the Rainbow" em vestido de gala. Alice ligou para alguns amigos — ela e Debbie dividiram a lista. Ninguém ficou surpreso. Todos foram gentis. Alice chorou nas primeiras ligações, quase incapaz de falar, mas depois se acostumou com o ritmo da conversa e percebeu que conseguiria sobreviver àquilo. Mas a convicção durou poucos minutos; logo já estava chorando de novo. Alice abraçou

Mary por mais tempo do que já abraçara qualquer outra pessoa relativamente desconhecida na vida. Era assim que as pessoas se sentiam em relação às suas parteiras, seus parceiros de pelotão ou seus colegas de cativeiro — tinham visto coisas juntos que mais ninguém poderia entender.

Alice encontrou a chave do apartamento e a levou à fechadura, mas não conseguiu abrir a porta. O celular vibrou — era Sam —, e ela atendeu, mesmo ciente de que não estaria em condições de falar.
— Ah, meu bem! — disse Sam várias vezes. — Ah, meu bem!
— Sam era uma boa mãe e uma boa amiga. — Vou passar aí. Levo comida.
— Tá bom — falou Alice, e desligou. Voltou a tentar abrir a porta, mas não conseguiu, então acabou jogando as chaves na calçada. — Porra!
Lentamente, a porta que tinha tentado destrancar se abriu.
— Hum, Alice?
Era Emily.
— Ah, oi. Desculpa pelo barulho. Eu estava tendo problemas com a chave. — Alice sentiu que ia começar a chorar de soluçar. — Desculpa.
— Não, não, sem problemas — respondeu Emily. — Estou trabalhando de casa hoje. Ah, espera aí, tem uma encomenda para você, só um minuto.
Ela abriu mais a porta e a segurou com um aparador. Alice desceu os dois degraus do apartamento e olhou para dentro. Sua cama não estava ali; sua mesa não estava ali. A bagunça, as roupas e as artes nas paredes não estavam ali. Tudo tinha sido substituído pelas coisas brilhosas de Emily: um sofá rosa, um tapete em forma de arco-íris, uma cama de dossel. Dali, dava para ver o jardim, como se o apartamento tivesse dobrado de tamanho, como se estivesse refletido em um espelho. Emily voltou com uma caixinha.
— Pronto.
Alice pegou a caixa e a segurou junto ao peito. Não sabia para onde ir.

Emily pôs a mão no pulso de Alice.

— Chefe, você está bem? Você agora mora no andar de cima, lembra? — explicou a colega de trabalho, apontando com as sobrancelhas e depois com um dedo comprido.

— Ah, sim — disse Alice. — Obrigada pelo pacote.

Então, olhou para o remetente: era um presente de aniversário de Sam. Atrasado, como sempre. A tiara e a foto, Alice já podia adivinhar.

— Eu mando mensagem mais tarde, tá? Obrigada.

Não falou do pai, não conseguia.

A chave abriu a porta no topo dos degraus. Era um duplex — já estivera ali antes; a senhoria a convidara para jantar. Madeira original, um belo corrimão curvado. As coisas dela estavam por toda parte, e as de Leonard também: havia pôsteres na parede que já tinham estado pendurados na casa da Pomander. Nem tinha percebido que não estavam mais lá.

O plano era que Debbie ficasse com a casa da Pomander por enquanto, até decidirem o que fazer. Leonard era o único proprietário, e o apartamento de Debbie ainda estava na hipoteca, então a ideia era que ela se mudasse para lá, mas Debbie também tinha oferecido o imóvel para Alice, caso ela quisesse. Alice recusara na mesma hora — achava que não conseguiria superar, se ficasse tão perto todos os dias… Ursula também ficaria por lá. Inclusive, Alice não sabia se seria possível tirá-la de lá, por mais que quisesse levá-la para sua casa. Parecia totalmente plausível que a gata fosse desaparecer em uma nuvem de fumaça, caso alguém tentasse tirá-la da Pomander. Até onde sabia, Ursula nunca sequer fora ao veterinário. Alice quis rir, pensando em todas as coisas que Leonard entendia e ela jamais entenderia, as pequenas e as grandes. Seu celular vibrou. Ia recusar a ligação, desligar o aparelho, quem sabe até jogá-lo na banheira. Era uma mensagem de um número desconhecido: "Oi, Alice, é o Kenji Morris, da Belvedere. Sam me deu o seu número. Ela me contou do seu pai. Sei que a gente não se fala há uns mil anos, mas você sabe que já passei por isso. Me ligue quando quiser". Bem, talvez não jogasse o celular na banheira, por enquanto.

Qualquer história poderia ser uma comédia ou uma tragédia, dependendo de onde a terminássemos. Era aí que estava a magia, no fato de uma mesma história poder ser contada de infinitas maneiras.

O livro *Irmãos do tempo* terminava com uma cena de Scott e Jeff à mesa do café da manhã, discutindo alegremente sobre qual dos dois tinha consumido mais xarope de bordo, depois de terem salvado o mundo tantas vezes. Não havia dúvida de que fariam tudo de novo.

Aurora do tempo terminava com Aurora no meio do Sheep Meadow, no Central Park. A cena se passava no amanhecer, com um céu claro sobre uma cidade silenciosa. Leonard passara meia página descrevendo o rosto de Aurora e a forma como a luz do sol rosada se refletia nos prédios. O ano era ambíguo de propósito — ao contrário dos irmãos, Aurora não queria passar o resto da vida indo e vindo ao longo de décadas e séculos. O leitor esperava que ela finalmente tivesse encontrado o caminho de casa. Algumas pessoas achavam finais felizes intoleráveis, falsos e medíocres, mas a esperança... a esperança era sincera. A esperança era uma coisa boa.

Alice foi até a janela da frente, agora totalmente acima do nível do chão. Dava para ver os prédios de tijolinhos do outro lado da rua e o céu lá no alto. O som ambiente era o trânsito da Brooklyn-Queens Expressway. Pressionou de leve o nariz e a testa no vidro. *Seguir em frente*, a ideia era aquela. Até o futuro, seja lá qual viesse a ser.

Este livro foi impresso pela Vozes, em 2024, para a HarperCollins Brasil. O papel do miolo é avena 80g/m² e o da capa é cartão 250g/m².